JACOB WALDEN

Wahrheit oder Sylt

JACOB WALDEN

Wahrheit oder Sylt

Kriminalroman

GMEINER

Immer informiert

Spannung pur – mit unserem Newsletter informieren wir Sie regelmäßig über Wissenswertes aus unserer Bücherwelt.

Gefällt mir!

Facebook: @Gmeiner.Verlag
Instagram: @gmeinerverlag
Twitter: @GmeinerVerlag

MIX
Papier aus verantwortungsvollen Quellen
FSC® C014496

Besuchen Sie uns im Internet:
www.gmeiner-verlag.de

Im Ehnried 5, 88605 Meßkirch
Telefon 07575/2095-0
info@gmeiner-verlag.de

1. Auflage 2021

Lektorat: Claudia Senghaas, Kirchardt
Herstellung: Mirjam Hecht
Umschlaggestaltung: U.O.R.G. Lutz Eberle, Stuttgart
unter Verwendung eines Fotos von: © machlı / stock.adobe.com
Druck: GGP Media GmbH, Pößneck
Printed in Germany
ISBN 978-3-8392-2864-7

Personen und Handlung sind frei erfunden.
Ähnlichkeiten mit lebenden oder toten Personen
sind rein zufällig und nicht beabsichtigt.

PROLOG

Sylt
Siebeneinhalb Monate danach

Seinen Trolley hinter sich her ziehend, verlässt er das winzige Flughafengebäude und tritt in den bleichen Sonnenschein, der sich noch nicht wie Frühling anfühlt. Kalt und feucht weht ihm der Wind ins Gesicht. Er fröstelt. Stets ist er aufs Neue überrascht, dass es hier so viel kälter ist als in Zürich – oder es einem zumindest so vorkommt. Wie so vieles anders scheint, als es ist. Die Wahrheit interessiert auf Sylt nicht, nur der Schein, der schöne Schein.

»Verdammte Nordsee, verdammte Insel«, murmelt er. Ginge es nach ihm, wäre sein erstes Mal auf Sylt vor zehn Jahren auch sein einziges Mal geblieben. Und eine sündhaft teure Villa in diesem grausigen Kampen hätten sie schon gar nicht gekauft.

Aber es geht nicht nach ihm, sondern nach Monika, seiner Frau, seiner Gattin, Herrin und Gebieterin, Walküre und Xanthippe.

Monika liebt die Insel, die raue Nordsee, den endlos langen Strand und den steten Wind, der ihr den Kopf frei blase, wie sie nicht müde wird zu betonen, und natürlich die exklusiven Boutiquen und Restaurants, in denen sie ihre Kreditkarten strapaziert, und die »Hobbithäuschen«, wie sie die reetgedeckten Anwesen nennt.

Ihm persönlich ist es schleierhaft, warum so viele Leute einen Narren an Sylt gefressen haben, trotz des unberechenbaren Wetters, das er nur als lästig empfindet.

Normalerweise fliegt er ausschließlich mit Monika und – sofern diese Lust hatten – seinen halbwüchsigen Kindern zwei Wochen in den Sommerferien hierher. Zum Glück kann er diese Aufenthalte mit geschäftlichen Treffen verbinden, sonst hätte er längst Depressionen bekommen.

Doch heute ist Monika weit weg und er trotzdem hier, tatsächlich das erste Mal ohne sie. Das hat sie nun davon. Hinter ihm kommt seine Praktikantin auf hohen Absätzen aus dem Flughafengebäude getrippelt.

Angelina ist sehr jung, sehr blond und sehr sexy und erst seit Kurzem in seiner Abteilung. Kurz entschlossen hat er sie gefragt, ob sie ihn auf eine Dienstreise nach Sylt begleiten wolle. Zunächst hat sie sich geziert. Fast schien es, als habe sie etwas gegen Sylt, was er ja gut nachvollziehen könnte. Im Grunde findet er mädchenhafte Zurückhaltung sehr erotisch. Es macht die Reise umso reizvoller. Sein Jagdinstinkt ist nach langer Zeit wieder zum Leben erwacht. Wann hat er dieses Gefühl das letzte Mal verspürt, diese Begierde gegen Widerstände?

Er hat ihr von seinem luxuriösen Anwesen in Kampen erzählt, von teuren Restaurants, und in Aussicht gestellt, ihr als Dankeschön für ihre Begleitung eine kleine Aufmerksamkeit von Bulgari zu schenken. Außerdem könne er sie dann gleich bei seinen dortigen Geschäftsfreunden und einigen besonderen Kunden einführen, das sei doch eine tolle Gelegenheit für sie. Daraufhin willigte sie mit einem verlegenen Lächeln ein.

Wenn alles glatt liefe, würde er noch etwas ganz anderes einführen, denkt er und grinst, als sie auf die Rückbank des Taxis gleiten.

»Kampen«, instruiert er den Fahrer. »Sie können uns am Ende des Wattweges absetzen.«

Die Reise ist nicht geplant gewesen, aber notwendig geworden. Er hat nicht mehr einfach so tun können, als sei alles in Ordnung. Seit zwei Monaten ist die halbjährliche Abrechnung seines Hausverwalters überfällig. Wahrscheinlich ist dieser schmierige Typ einfach abgehauen. Er hatte bei dem Kerl von Anfang an ein ungutes Gefühl gehabt, aber auf dieser Insel war es ja leichter, einen echten Piratenschatz zu finden als gutes Personal.

Angelina seufzt versonnen und drückt ihr Gesicht an die Scheibe, obwohl sie noch nicht einmal das Flughafengelände verlassen haben. Während des Flugs sind sie mithilfe einer kleinen Flasche Champagner zum Du übergegangen. Das ist doch schon mal ein Schritt in die richtige Richtung, denkt er. Er wird ihr natürlich eines der Gästeschlafzimmer anbieten. Sie solle sich das beste aussuchen, wird er sagen, das schönste sei gerade schön genug für sie. Sie wird leicht erröten, so wie immer, wenn er ihr ein Kompliment macht. Und nach dem Dinner in der *Sansibar* (vielleicht Fondue? Oder doch besser ein Menü? Hauptsache, viel Wein dazu!) würde das Bett im Gästezimmer kalt bleiben. So sein Plan.

Die Wattseite Kampens liegt ausgestorben da, wie fast immer. Er kennt es gar nicht anders. Selbst im Hochsommer ist kaum jemand auf den Straßen, in den Gärten, vor den Häusern zu sehen. Doch nun wirkt alles noch viel verlassener. Als hätte eine nukleare Katastrophe alles Leben vernichtet und nur die Kulissen stehen gelassen, denkt er.

Das Schloss des taubenblau gestrichenen Hoftors klemmt. Korrosion, Flugrost, lange nicht geölt? Er runzelt die Stirn. Doch was hat er erwartet? Warum ist er denn hergekommen, mal abgesehen davon, um seine Praktikantin flachzulegen? Auch Angelina sieht mit Befremden auf das verwelkte Unkraut vom Vorjahr, das sich vor dem Hoftor sanft im Wind wiegt.

Höchstwahrscheinlich hat der Hausverwalter bei ihm und seinen anderen Kunden alles ausgeräumt, was sich zu Geld machen ließ, und sich nach Kolumbien oder Mexiko abgesetzt. Der Typ hatte ihm mal erzählt, woher sein Vater stammt, aber es interessierte ihn so wenig, dass er es im selben Augenblick schon wieder vergessen hatte.

Trotz dieser Erwartungen verschlägt es ihm fast den Atem, als das Hoftor endlich quietschend aufschwingt. Der einstige Golfrasen hat sich in eine buschige Wiese verwandelt. Die Hecken haben zig wilde Triebe gebildet, armlang zittern die Zweige im Wind. Das Fähnchen, das das Hole seines kleinen Putting-Greens markiert, ist umgefallen. Ein undefinierbarer Haufen, der sich bei näherem Hinsehen als ein kopfloser ausgeweideter Vogel entpuppt, liegt mitten in der Einfahrt.

Scheiß Katzen, elende Drecksviecher, denkt er und dreht Angelina schnell in eine andere Richtung. Ihr Gesichtsausdruck wird mit jeder Sekunde skeptischer, ihr sonst wie in Stein gemeißeltes Lächeln ist mehr und mehr nervöser Anspannung gewichen.

Er schämt sich. Verdammt, da bezahlt er diesem Carlos ein kleines Vermögen, jahrein, jahraus, damit immer alles picobello gepflegt ist, für den Fall, dass jemand spontan vorbeikommt, und nun, da dieser Fall das erste Mal überhaupt eintritt … Aber was hat er auch erwartet?

Hastig bugsiert er das Mädchen weiter in Richtung Haustür. Doch auf halber Strecke erstarrt er. Es muss etwas passiert sein, da ist er sich plötzlich ganz sicher. So einfach, dass Carlos sich abgesetzt hat, kann des Rätsels Lösung nicht sein. Das würde nicht erklären, was er jetzt sieht. Er lässt

Angelina stehen und geht langsam, Schritt für Schritt, auf den Carport zu.

Der nicht mehr ganz neue – und deshalb nach Sylt degradierte – Porsche Cayenne steht da wie immer im Carport zwischen dem halben Klafter Kaminholz und den Mülltonnen, und doch ist etwas anders, unnormal. Sein Herz pocht. Angst legt sich wie zu enge Metallbänder um seinen Brustkorb.

Er starrt auf den vor Staub und Salz stumpf gewordenen Lack, auf den Möwendreck auf Dach und Scheiben. Verdammt, was haben diese geflügelten Ratten überhaupt in seinem Carport zu suchen? Ist es nicht mehr als genug, wenn sie draußen alles voll kacken? Was wird er im Inneren des Wagens entdecken? Ist da nicht irgendetwas hinter den abgedunkelten Scheiben des Fonds?

»Warum steht denn die Autotür offen?«, hört er Angelina hinter sich fragen. Ihre Stimme kiekst, und als er sich zu ihr umdreht, erkennt er ein nervöses Zucken in ihrem Gesicht. Just in diesem Moment flattert ihm etwas ins Gesicht, er schreit auf, schlägt um sich, taumelt zurück, eine Möwe fliegt kreischend in Richtung Watt davon. Sein Herz rast wie wahnsinnig. Er starrt auf die offen stehende Tür, auf den Vogelkot, der auch die hellbraunen Ledersitze über und über bedeckt, auf die Schatten auf den Rücksitzen. Und dann riecht er es. Er muss nicht mehr nachsehen, er weiß, was er im Inneren des Wagens sehen wird.

»Hast du dich verletzt?« Ihre Stimme scheint weit weg zu sein, er nimmt sie kaum wahr. Sie steht neben der offenen Fahrertür. Er will sie warnen, er will sie beschützen vor dem zu erwartenden Anblick, er stürzt zu ihr, doch zu spät, er kann sie nicht mehr davon abhalten, einen Blick in den Wagen zu werfen. Er muss sich abstützen, um nicht zusammen mit Angelina in den Wagen hineinzustürzen, seine Hand landet in einem dunklen, verkrusteten Fleck auf der Sitzfläche des Fahrersitzes, hastig rappelt er sich auf und sieht nun, was die ewig gierigen Möwen von den Gestalten auf den Rücksitzen übrig gelassen haben. Und dann fängt er an zu schreien, wie er noch nie zuvor in seinem Leben geschrien hat.

1

Irgendwo
Irgendwann

Die Schwärze vergraut. Schatten bilden sich und werden zu Konturen, zu Gegenständen.

Er blinzelt. Vorsichtig hebt er den Kopf.

Dröhnen.

Flackern.

Wo ist er?

Der Raum ist größer, als er überblicken kann. Unübersichtlich. Rechts ein Fenster, Jalousien mit horizontal gestellten Lamellen, dahinter nur Himmel, intensiv blau, unnatürlich blau. Links eine Glasfront, dahinter kaltes Neonlicht. Außerdem: eine Trennwand, eine Art Paravent. Niedrige Schränke, ein Tresen, leer.

Er ist sich absolut sicher, diesen Raum noch nie in seinem Leben gesehen zu haben.

Er lässt den Kopf wieder sinken. Das Dröhnen hört auf, das Flackern erlischt. Er versucht, seine nächste Umgebung zu erfassen, ohne noch einmal den Kopf heben zu müssen. Geräte. Schläuche. Kabel. Digitale Anzeigen, leuchtende Zahlen und Buchstaben, scheinbar zusammenhangslos.

Er stöhnt. Wo, verdammt, ist er hier gelandet? Und wie? Und warum? Er sucht in seiner Erinnerung nach einem Punkt zum Festhalten, zum Anknüpfen, Rekonstruieren.

Unfassbar laut explodiert das Gleiten der sich öffnenden Glastür in seinem Kopf. Ein Impuls fordert, die Augen zu schließen, sich zu verschließen vor dem unbekannten Ort, doch er kann nicht, ganz im Gegenteil, mit vor Angst geweiteten Augen starrt er in Richtung der Tür, von der sich nun Schritte auf ihn zubewegen.

2

Eine Frau mit graublonden Haaren beugt sich über ihn. Sie trägt ein sackförmiges hellblaues Oberteil, das jegliche Hinweise über ihre Figur verbirgt. Ihr aufgeschwemmtes Gesicht sieht müde aus. Die Augenringe sind dunkel und tief wie bei einem Junkie.

»Ruhig«, sagt sie mit rauchiger Stimme und legt eine kühle Hand auf seinen Unterarm. Er zuckt zusammen. »Alles in Ordnung.«

Sein Blick wird allmählich klarer. Er erkennt immer mehr Einzelheiten. Das schmucklose, weiß getünchte Zimmer, pastellfarbener Linoleumboden, ein mit transparenter Plastikfolie abgedecktes Krankenhausbett, dessen Fußende hinter dem Paravent hervorschaut. Die Zahlen, Buchstaben und Linien auf den Monitoren, die sich in unendlichen Zacken und Wellen wiederholen.

Nun bemerkt er auch den Schlauch, der in seiner Armbeuge verschwindet, eine Art Fingerhut an seinem Zeigefinger und einen Fremdkörper an seinem Penis. Vorsichtig tastet er an dem Fremdkörper herum und erkennt mit Schrecken, dass dieser sich nicht nur an seinem Penis befindet, sondern sogar in ihn hineinführt.

»Was ist passiert?«, bringt er mühsam hervor. Er spürt, wie sich Panik in ihm hochschaukelt, wie er innerlich hektisch wird, auch wenn sich sein Körper wie gelähmt anfühlt.

»Wie bin ich hierhergekommen?«

»Wir haben gehofft, Sie könnten uns das erzählen«, antwortet die Frau. »Im Moment wissen wir nicht einmal Ihren Namen.«

Er öffnet den Mund, selbstverständlich, seinen Namen, klar. Wenn er schon sonst nichts zu Protokoll geben kann, dann doch zumindest ... Er sieht in die erwartungsvollen Augen der Krankenschwester, die auf seinen Mund starren, der den Namen ausspucken will, seinen Namen. Doch der Mund bleibt still.

»Ich hole den Arzt«, hört er schließlich die Schwester sagen. Ihre Stimme hat sich verändert. Sie wirkt jetzt abweisend, verächtlich, feindselig, oder kommt ihm das nur so vor?

»Helen hier«, sagt sie nach einigen Sekunden in ein schnurloses Telefon, das sie aus der Tasche ihres unförmigen Oberteils gezogen hat. »Er ist wach.«

3

Der Arzt ist noch jung, keine 30, schätzt er. Verschlafen und übernächtigt, die schlecht geschnittenen braunen Haare stehen in alle Richtungen. Der weiße Kittel und das Stethoskop verleihen ihm eine Aura von Autorität, die jedoch nicht vollständig seine Milchbubigkeit überdecken kann.

»Waldmann«, stellt er sich vor. »Ich bin der diensthabende Internist.« Erwartungsvoll sieht er ihm in die Augen. »Können Sie mir sagen, wie Sie heißen?«

»Ich weiß es nicht.« Flüstern, mehr nicht. Sein Mund fühlt sich an, als hätte er einen Prittstift gegessen.

Waldmann nickt. »Wie geht's Ihnen?«

»Kopfweh. Durst.«

Waldmann nimmt eine Flasche vom Nachttisch und gießt Wasser in einen daneben stehenden Becher, auf den er einen Deckel mit schnabelförmiger Öffnung steckt.

»Nicht aufsetzen«, mahnt er. »Ich helfe Ihnen beim Trinken.«

Waldmann hält ihm den Becher an die Lippen. Er hebt vorsichtig den Kopf, nur ein Stückchen. Das Wasser in seinem Mund fühlt sich an, als müsse es dort eine Feuersbrunst löschen.

»Wissen Sie, wo Sie sind?«

»Krankenhaus?«

»Gut! Sehr richtig!«, lobt Waldmann. »Und zwar auf der Intensivstation. Aber keine Angst, bislang sieht alles gut aus. Wir haben uns allerdings etwas Sorgen um Sie gemacht.« Wieder Pause und erwartungsvoller Blick. Waldmann scheint darauf zu warten, dass er sich an irgendetwas erinnert, etwas erklären kann. Doch er kann nicht. Er hat keine Ahnung, nur einen alles verschleiernden Nebel im Kopf und diese Angst, die immer beklemmender wird.

»Wissen Sie, in welcher Stadt wir uns befinden?«

»Hamburg?«

»Warum Hamburg? Kommen Sie aus Hamburg?«

Er sieht den Arzt unsicher an. »Weiß nicht.«

»In Hamburg sind wir nicht. Sonst eine Idee?«

»Nein.«

»Vielleicht ungefähr die Gegend? Harz? Bodensee? Sauerland?«

Es summt kurz in seinem Kopf, ein Vibrieren, dann Pfeifen im linken Ohr. Schwindel. Er schließt die Augen. Blitzen. Licht, Sonne, ein Strand, Wasser, Wellen.

»Sylt?«, haucht er.

»Sehr gut«, lobt Waldmann erneut. »Und können Sie mir auch sagen, wie Sie auf Sylt ins Krankenhaus geraten sind?«

Wie in einem dunklen Keller, in dem die einzige Glühbirne durchgebrannt ist, tastet er sich an den spärlichen Bildern entlang, die der Schleier in seinem Kopf gerade freigibt.

Haus in den Dünen. Gesichter, die ihm vage bekannt vorkommen. Reden. Lachen. Geschrei. Aufregung. Wut. Etwas ist passiert, ist aus dem Ruder gelaufen. Er versucht, weiter in seine Erinnerung vorzudringen, doch je mehr er sich anstrengt, desto mehr verschwimmt alles in undurchsichtigem Nebel.

»Kommt die Erinnerung zurück?«, hört er den Arzt von weit entfernt fragen. »Wissen Sie wieder, wie Sie heißen?«

Er schüttelt den Kopf, was dieser mit erneutem Dröhnen quittiert. Ohnehin fühlt sich sein Kopf an, als wäre er viel zu weit weg, fast so, als wäre er durch einen Giraffenhals mit dem Rest des Körpers verbunden.

»Was ist das Letzte, woran Sie sich erinnern können?«, fragt der Arzt.

Schweigen.

»Mit wem sind Sie auf Sylt?«

Gesichter. Bekannte und weniger bekannte. Freundliche. Sympathische. Verzerrte. Abneigung. Ekel. Matze. Unwillkürlich zuckt er zusammen. Schmerz schießt durch seinen Kopf und von dort in den ganzen Körper. Er beginnt zu zittern.

»Freunde«, krächzt er. »Mit ein paar Freunden.«

Waldmann sieht ihn ernst an. »Was ist Ihnen eben eingefallen?«

»Nichts, nur …«

»Ja?«

»Nichts.«

Waldmann nickt langsam.

»Wo wohnen Sie auf Sylt?«

»Ein Haus in den Dünen, mit Reetdach, in der Nähe vom Strand.«

»Hmmm«, macht der Arzt und lächelt milde. »Ich fürchte, das bringt uns nicht wirklich weiter.«

»Hat niemand nach mir gefragt?«

Waldmann sieht ihn einige lange Sekunden stumm an.

»Okay«, sagt er schließlich. Er zieht sich einen Stuhl heran und setzt sich neben das Bett. »Ich werde Ihnen jetzt erzählen, was wir über die Umstände wissen, die Sie hierher gebracht haben. Unterbrechen Sie mich, wenn das irgendwelche Erinnerungen bei Ihnen wachruft.«

4

»Heute Nacht gegen halb zwei rief eine Frau bei der Rettungsleitstelle an und meldete, dass sich an der Bushaltestelle Schauinsland in Wenningstedt zwei bewusstlose Personen befänden. Bevor die Rettungsstelle nachfragen konnte, legte sie auf, ohne ihren Namen zu sagen. Die Rettungsleitstelle hat versucht zurückzurufen, doch wie sich herausstellte, kam der Anruf von einer Telefonzelle ein paar 100 Meter von der Bushaltestelle entfernt. Die Sanitäter des Rettungswagens fanden Sie und eine weitere Person wie angekündigt bewusstlos im Wartehäuschen liegend vor.«

»Warum Wenningstedt?«

Der Arzt lacht. »Warum nicht? Ist das das Einzige, das Ihnen zu denken gibt?«

»Und warum Bushaltestelle?«

»Vielleicht wollten Sie nach Hause?«, schlägt Waldmann vor.

Schweigen. Ratlosigkeit.

»Setzen Sie sich nicht unter Druck. Meistens kommt die Erinnerung mit der Zeit zurück.« Der Arzt schenkt ihm ein Lächeln, das aufmunternd wirken soll.

»Es war jedenfalls großes Glück, dass Sie so schnell gefunden worden sind. Durch das heftige Gewitter hat es sich stark abgekühlt, und Sie waren nur notdürftig bekleidet.«

»Okay«, sagt er gedehnt. Sein Gehirn ringt um Bilder, Erinnerungen, irgendetwas.

»Die Sanis haben Sie dann hierher in die *Nordseeklinik* gebracht. In Ihrem Blut fand sich eine Alkoholkonzentration von zweieinhalb Promille. Ihre Zunge wies frische

Bissspuren auf, wie sie typischerweise bei Krampfanfällen auftreten. Daher haben wir eine Computertomografie ihres Kopfes durchgeführt, die aber keine auffälligen Befunde erbracht hat. Sie waren einige Stunden in einer tiefen Bewusstlosigkeit.«

»Krampfanfälle? Wie ein epileptischer Anfall?«

»So in der Art. Aber im Rahmen einer schweren Alkoholintoxikation kann man noch nicht von Epilepsie sprechen. Oder ist bei Ihnen ein Epilepsieleiden bekannt?«

Aus dem Nebel in seinem Kopf taucht seine Mutter auf. Sie sieht frisch und erholt und um Jahrzehnte jünger aus als das abstoßende Bild, das er von ihr in seiner Erinnerung behalten hat.

»Als kleines Kind ... meine Mutter ... sie hat gesagt, dass ich mal einen ... Anfall gehabt hätte. Ich sollte das jedem Arzt sagen. Das war ihr ganz wichtig.«

»Na, dann passt ja alles zusammen«, sagt der Arzt nickend. »Vielleicht haben Sie tatsächlich eine niedrigere Krampfschwelle als andere. Und irgendetwas hat dann gestern Abend die Sicherungen durchbrennen lassen.«

»Aber so etwas ist noch nie passiert!«

»Haben Sie gestern etwas anderes als Alkohol konsumiert?«

Er spürt, wie es in seinem Kopf heiß wird.

»Ecstasy, Kokain, Marihuana?«, schlägt Waldmann vor.

»Nein«, flüstert er. »Selbstverständlich nicht.«

»So selbstverständlich ist das überhaupt nicht«, sagt der Arzt und sieht sehr skeptisch aus. »Auf Sylt ist so einiges im Umlauf, vor allem in der Saison. Aber jetzt, da Sie wieder aufgewacht sind, ist es eigentlich auch egal. Zumindest aus medizinischer ...«

»Wer noch?«, unterbricht er den Arzt. »Wer war der andere ... an der Bushaltestelle?«

»Hmmm«, macht der Arzt nachdenklich, »das darf ich Ihnen nicht sagen. Schweigepflicht, Sie wissen schon.«

»Dann fragen Sie ihn!«, versucht er zu rufen, aber seine Stimme kommt noch immer nicht über ein heiseres Krächzen hinaus. »Sie können ihm von mir erzählen.«

»Ihr«, sagt der Arzt ruhig. »Es ist eine Frau. Und sie ist noch nicht wieder aufgewacht.«

»Wer ist es? Sagen Sie es mir!«

»Wir wissen von ihr genauso wenig wie von Ihnen. Sie hatten beide keine Papiere, keine Handys und auch sonst nichts dabei. Nur die Kleider, die Sie anhatten, und das waren, wie gesagt, auch nicht viele.«

»Wie sieht sie aus?«

»Wenn Ihnen dann ihr Name einfällt, verraten Sie ihn mir dann?«

»Ja. Natürlich.«

»Groß, schlank, etwa Mitte 20. Am auffälligsten sind ihre langen, welligen blonden Haare. Eine richtige Löwenmähne. Und … wie soll ich das jetzt sagen?« Er lacht verlegen. »Ziemlich große Brüste.«

Ein Bild, mehr nicht, das aber deutlich. Kein Name. Nur Gesicht. Gestalt. Er schweigt und zuckt lediglich mit den Schultern.

»Schade«, sagt der Arzt. »Was ist gestern Abend wirklich passiert? Was haben Sie sich alles reingezogen?«

»Ich habe keine Ahnung. Ehrlich!«

Waldmann seufzt und wendet sich zum Gehen.

»Wie geht's denn jetzt weiter?«, krächzt er dem Arzt hinterher.

»Erst einmal müssen Sie hier bleiben. Aber da Sie jetzt wach sind, können Sie im Laufe des Tages auf die normale Station umziehen. Die Schwester wird Sie vorher vom Vitaldatenmonitor nehmen und Ihnen den Blasenkatheter ziehen. Morgen müssen ein paar Untersuchungen durchgeführt werden. Wenn alles okay ist, werden Sie in zwei, maximal drei Tagen draußen sein. Bis dahin werden sich sicher auch Ihre Freunde gemeldet haben. Dann werden wir bestimmt erfahren, wer Sie überhaupt sind.«

Es sollte beruhigend klingen, doch bewirkt das Gegenteil. Der Arzt lässt die Glastür hinter sich offen. Vom Flur ist ein Murmeln zu hören, leise Stimmen, unverständlich, doch irgendwie bedrohlich. Er ist sich sicher, dass die Stimmen über ihn reden.

5

Ein gebeugtes, hageres Männchen manövriert ihn in seinem Bett durch Gänge, in denen er sofort die Orientierung verliert.

Fahrstuhl. Mehr Gänge. Türen. Eine davon öffnet das Männchen, schiebt ein leeres, mit Plastikfolie überzogenes Bett hinaus und ihn hinein.

»Schwester kommt gleich. Alles Gute.« Das Männchen

nimmt eine graue Mappe vom Fußende des Bettes und geht. Die Tür schließt sich, absolute Stille.

Auf einem Tisch in Reichweite eine Flasche Mineralwasser, ein eingeschweißter Plastikbecher. Begrüßungsritual, denkt er, wobei ihn eine Woge aus Angst überspült. Das abstrakte Aquarell über dem Tisch scheint auf ihn zuzukommen. Billiger Druck, schmuckloser weißer Rahmen. Blau und Orange verschwimmen zu undefinierbaren Formen und Figuren. Das Orange flackert. Das Orange droht. Das Orange schreit ihn an.

Er stöhnt und muss aufstoßen. Ein widerlich süß-saurer Geschmack flutet seinen Mund. Und plötzlich fühlt er etwas, eine Ahnung von Erinnerung. Gleißende Sonne, schnelle Bewegungen, schrilles Lachen, ein Impuls, Ambivalenz. Und Angst, immer wieder Angst.

6

Er taucht durch ein violettes Meer, in dem orangefarbene Wellen pulsieren. Seine Haut ist so glatt, dass das Violett nicht ganz zu ihm vordringen kann, sondern Millimeterbruchteile über seiner Haut abperlt.

Es ist angenehm in diesem Meer, ruhig und kühl.

Er ist unantastbar.

Unberührbar.

Mittendrin und doch wie in einem Kokon vor allem und jedem geschützt.

Aber hier gibt es sowieso nichts anderes als ihn und das pulsierende violett-orangefarbene Meer.

Er schreckt hoch und merkt, dass er einige Stunden geschlafen haben muss. Das Licht vor dem Fenster hat sich verändert. Unter dem Aquarell steht ein Tablett mit verschiedenen abgedeckten Tellern.

Dann erst bemerkt er den Mann. Er ist bullig wie ein Schwergewichtsboxer. Auf seiner Glatze glitzern Schweißperlen. Er steht neben dem Bett und blättert in einer Akte. Weiße unförmige Kleidung mit Namensschild, Blutdruckmanschette und Stethoskop um den Hals. Ein Pfleger.

»Na, ausgeschlafen?«, fragt der Mann.

Kopfschütteln. Das geht jetzt besser. Kein Dröhnen mehr. Doch sein Mund ist noch immer staubtrocken.

»Durst«, flüstert er.

Wortlos befreit der Mann den eingeschweißten Becher von der Plastikfolie, öffnet die Wasserflasche und gießt ihm ein. Mühsam rappelt er sich hoch und nimmt mit beiden Händen den Becher in Empfang. Gierig saugt er das Wasser ein.

»Gut gefeiert gestern, was?«

»Weiß nicht.«

»Ganz schön hinüber biste gewesen, als wir dich heut Nacht eingesammelt haben.«

Er starrt irritiert auf den spöttisch grinsenden Mund des Pflegers.

»Ich war der eine Sani«, fährt dieser fort. »Nebenjob.

Sonst reicht das Geld nicht für die Insel der Schönen und Reichen.« Er malt ein paar Anführungszeichen in die Luft. »Solche wie dich haben wir in der Saison fast jeden Tag hier. Aber Junge, Junge, du warst mehr tot als lebendig. Und deine Freundin auch. Was habt ihr euch nur reingepfiffen, um alles in der Welt?«

»Ich weiß es nicht«, haucht er. »Ich kann mich an nichts erinnern.« Sani. Das Wort hallt in seinem Kopf nach. Sani, Sani, Sani.

»Schade auch, hätte mich ja mal interessiert.« Der Pfleger lacht. »Übrigens: Deine Schwester ist da. Soll ich sie reinlassen?«

7

Er hat keine Schwester. Auch wenn er momentan nicht viel weiß, das weiß er. Doch der Duft ist angenehm, vertraut. Er weiß, dass es Aromen von Jasmin, Pfirsich und Sandelholz sind. Er hat es einmal gegoogelt, vor Jahren, verliebt, unglücklich. Ein Parfum. *Sunflowers*.

Das Gesicht des Mädchens, das jetzt neben seinem Bett steht, kommt ihm vage bekannt vor. Kennt er sie? Sollte er sie kennen? Sani, Sani, Sani. Das Wort wabert in seinem Kopf. Dann trifft ihn die Erkenntnis wie ein Donnerschlag.

»Sunny!«, flüstert er.

»Wir haben uns solche Sorgen um dich gemacht, Sebastian!«, sagt sie und streicht ihm über die Wange.

»Ich lass euch dann mal alleine«, hört er den Pfleger aus dem Hintergrund. Das Mädchen bedankt sich höflich. Sekunden später fällt die Tür ins Schloss. Stille.

Das Mädchen hat lange, glatte blonde Haare, ist schlank und mag etwa 18 sein. Sie sieht übernächtigt aus. Dunkle Ringe zeichnen sich trotz Make-up unter ihren Augen ab.

»Sunny!«, sagt er nochmal.

Das Mädchen verzieht den Mund. »Das muss jetzt doch nicht mehr sein. Eigentlich möchte ich diesen Namen nie mehr hören.«

»Aber du bist Sunny, oder?«

»Ich bin Luna. Ich hab mich nur Sunny genannt. Erinnerst du dich nicht?«

»Nein!«

Sie runzelt die Stirn. »An was kannst du dich überhaupt erinnern?«

»Sylt. Ein Haus. Dünen. Ein paar Leute.«

»Ja und?«

»Nichts. Gar nichts. Bis eben wusste ich nicht einmal, dass ich Sebastian heiße. Kommt mir auch total fremd vor.«

»Nun ja.« Luna lacht leise. »Das könnte daran liegen, dass du gar nicht Sebastian heißt.«

»Aber …«

»Das war nur für den Pfleger«, flüstert sie. »Die wollten als Erstes deine Daten haben, Versichertenkarte und so. Ich hab gesagt, du hättest keine Karte, weil du privat versichert bist, und dass du Sebastian Krämer heißt und in Berlin wohnst.«

Er starrt sie verständnislos an. »Und warum das alles? Und wie heiße ich denn nun wirklich?«

»Karsten«, sagt Luna. »Du heißt Karsten. Und glaub mir, es ist besser, wenn niemand deinen richtigen Namen erfährt.«

»Warum?« Seine Stimme kiekst aufgeregt.

»Pst«, zischt Luna. »Nicht so laut. Der Pfleger meinte, du bräuchtest absolute Ruhe und dürftest dich nicht aufregen. Wenn du nicht ruhig bist, schmeißt er mich gleich wieder raus.«

»Karsten Straußberger«, flüstert Karsten. »Ich bin Karsten Straußberger, oder?«

Luna nickt. »So sieht's aus.«

»Was ist passiert? Warum bin ich hier?«

»Du hattest einen Anfall.«

Karsten wartet auf weitere Ausführungen, doch Luna schweigt.

»Und warum bist du meine Schwester?«

»Sonst würden sie mir doch gar nichts erzählen. Wahrscheinlich dürfte ich gar nicht zu dir.«

»Clever.«

»Danke.«

Sie sieht hübsch aus, wenn sie lächelt, denkt er.

»Was ist alles geschehen gestern Abend?«, fragt Karsten. »Es war doch gestern? Oder?«

Luna nickt. Einen Augenblick lang scheint sie nachzudenken.

»Jetzt sag schon!«, drängt Karsten. »Hilf mir! Bitte!«

»Wir haben Party gemacht. Ziemlich viel getrunken. Flaschendrehen gespielt. Und dann ist alles außer Kontrolle geraten.«

Das Flackern. Es kommt schlagartig und aus dem Nichts. Ein eigenartiger Geruch sticht Karsten in der Nase. Eine bleierne Müdigkeit überfällt ihn. Luna verschwimmt vor seinen Augen, und Karsten taucht in bodenlose Schwärze.

8

Bremen. Stadtwerder
Davor

Ein Hauch von Verwesung. Süßlich und modrig. Er stieg aus der Kanalisation durch die Gullydeckel empor, vereinigte sich mit dem Geruch der Weser, die so wenig Wasser führte wie noch in keinem Sommer zuvor, und waberte schwer in der schmierigen Schwüle des Hochsommernachmittags. Über das Blau des Himmels hatte sich ein angegrautes Weiß gelegt, das trotz des Eindrucks von Schmutzigkeit grell in den Augen stach.

Hitze, Stille. Lethargisch, atemlos. Warten auf den großen Knall, das reinigende Gewitter, den erlösenden Regen.

Es hatte seit Wochen keinen Tropfen geregnet. Jeden Tag knallte die Sonne auf die Stadt und ließ die Menschen schmoren wie in einem Dampfgarer. Die Luft erhitzte sich auf fast 40 Grad im Schatten, und in den Nächten kühlte es kaum ab.

Es wurde viel schwadroniert von einem Jahrhundertsommer, von Tropenhitze und Saharawinden. Jeden Tag meldeten die Medien neue Hitzerekorde und brachten Schauergeschichten von den Opfern der Temperaturen.

13. August, ein Donnerstag, Bremen.

An jenem Tag begann etwas, das wenig später Karstens Leben in Davor und Danach zerteilen wird wie mit einer Rasierklinge. Wie ein mit militärischer Präzision gezogener Scheitel.

Doch das weiß er in diesem Moment noch nicht, so wie Karsten im Moment sehr viel nicht weiß.

Karsten saß mit Lorenz direkt an der Weser am Strand des *Café Sand* und schwitzte. Abends wehte hier immer eine leichte Brise vom Fluss her. Doch jetzt am Nachmittag brannte die Sonne. Das Bier in den kleinen braunen Flaschen wurde schneller warm, als Karsten und Lorenz es trinken konnten.

Lorenz' Handy piepste. »Die Mädels kommen«, sagte er nach einem kurzen Blick aufs Display. »Haben eine Überraschung für uns.«

»Aha. Und was?«

»Keine Ahnung. Überraschung eben.«

Lorenz und Karsten waren Freunde seit dem Kindergarten. Nach dem Abitur war Lorenz nach Heidelberg gezogen, um BWL zu studieren. Karsten war in Bremen geblieben und hatte halbherzig ein Jurastudium begonnen. Karsten sagte sich, dass die Entfernung ihre Freundschaft nicht verändert hätte, aber im Grunde wusste er, dass er sich da etwas einredete.

Nun waren Semesterferien. Lorenz war nach Bremen gekommen, um seinen Eltern Miriam vorzustellen, ein Mädchen, mit dem er seit Beginn des Sommersemesters zusammen war. Doch seine Eltern hatten den angekündigten Besuch vergessen und waren zum Golfen nach Schottland geflogen.

Wollte man Lorenz' Eltern in einem Roman charakterisieren, dann müsste man nur diese Story erzählen, aber vermutlich würden dann alle denken: wie unrealistisch! Aber genau so waren Lorenz' Eltern eben. Das hatte Karsten gedacht, als Lorenz und Miriam plötzlich vor ihm an der Gartenpforte standen.

Der Garten lag am Rande eines riesigen Parzellengebiets auf dem Stadtwerder, einer lang gestreckten Flussinsel in der Weser, mitten in Bremen. Nach dem Zweiten Weltkrieg war es den Gartenbesitzern wegen der Wohnungsnot erlaubt gewesen, kleine Häuser zum dauerhaften Wohnen hier zu bauen.

Die sogenannten *Kaisenhäuser*, benannt nach dem damaligen Bremer Bürgermeister Wilhelm Kaisen, standen noch immer. Wenn ein Eigentümer auszog oder starb, mussten sie eigentlich abgerissen werden. Fünf Jahre nach dem Tod von Karstens Großvater hatte sich noch keine Behörde gemeldet, also stand das Haus nach wie vor. Der Garten war, da sich niemand um ihn kümmerte, auf malerische Weise zugewachsen und verwildert, was gegen die Vorschriften des Kleingartenvereins war, aber zum Glück niemanden interessierte.

Karsten und seine Freundin Franziska verbrachten hier die heißen Augustwochen. Lorenz und Miriam mussten sich nicht lange bitten lassen und gesellten sich dazu.

Karsten wusste nicht, wo sein Vater den Sommer verbrachte, er tauchte jedenfalls nicht auf, und das war Karsten auch herzlich egal. Sein Vater ertrug es nicht, sich zu Hause in Bremen aufzuhalten, insbesondere nicht in dem großen alten Haus in Schwachhausen, in dem sich seine Frau das

Leben genommen hatte, was er als Verrat empfand und als eine besonders niederträchtige Weise, ihn zu verlassen.

Bereits kurz nach ihrem Selbstmord, der in der besseren Bremer Gesellschaft für viel Klatsch und Tratsch gesorgt hatte, zog er sich von seiner Eigenschaft als Partner einer großen Kanzlei für Wirtschaftsrecht zurück.

Mit Vitamin B und dank des Todes eines Parteikollegen ergatterte er ein Bundestagsmandat und einen unwichtigen Posten in einem unwichtigen Ausschuss und verschwand aus Karstens Leben kaum weniger gründlich als kurz zuvor seine Mutter.

Wären nicht die monatlichen Überweisungen gewesen, die Karsten ein komfortables Leben ermöglichten, hätte er fast vergessen können, dass sein Vater noch lebte.

Sie fühlten sich vom Schicksal zusammengeführt, der Halb- oder eigentlich Quasi-Vollwaise Karsten, der von seinen Eltern versetzte Lorenz mit seiner Freundin Miriam, und Franziska, die den Sommer immer noch lieber in der stickigen Unibibliothek verbracht hätte, als zu ihrer Familie in den Harz zu fahren.

So ließen sie sich also zu viert durch den Sommer treiben, Franziska und Karsten, Miriam und Lorenz. Sie schliefen, bis die Hitze sie weckte. Sie hingen im Garten herum und tranken sich bereits nachmittags einen an. Sie gingen schwimmen im Werdersee, sie dösten zwischen den Bäumen, krochen dem Schatten nach, lauerten träge auf den Abend, machten die schwüle Sommernacht durch.

Plötzlich wurde es eine Spur kühler und dunkler. Als Karsten blinzelte, sah er, dass sich jemand zwischen ihn und die Sonne gestellt hatte. Die breite Silhouette vor dem blassen Himmel hatte die Arme in die Seiten gestützt und strahlte eine gewisse Bedrohlichkeit aus.

»Kasi! Renzo!«, sagte eine näselnde Männerstimme betont beiläufig. »Hätte ich mir ja denken können, dass ihr immer noch hier abhängt.«

Trotz der Hitze bekam Karsten eine Gänsehaut. Etwas in ihm begann sich zu verkrampfen. Es war Matze.

»Schau an, der Parvenü«, bemerkte Lorenz ebenso beiläufig.

»Leck mich, Renzo.«

Matthias Opdervelde war mit seinen Eltern zu Beginn der Oberstufe nach Bremen gezogen. Matzes Vater hatte sich vom einfachen Kaufmann zu einem der größten Konservenfabrikanten Deutschlands hochgearbeitet.

Über Lorenz' Vater, spezialisiert auf die Vermittlung von Luxusimmobilien, hatte er sich und seiner Familie ein schlossähnliches Anwesen auf einem hektargroßen Parkgrundstück in Oberneuland gekauft. Da allen Opderveldes jegliches Gefühl für Understatement völlig fehlte, gingen sie bald ihrer Umgebung gewaltig auf die Nerven. In der Nachbarschaft, in den Klubs und Vereinen protzten sie so sehr herum, dass sich alle peinlich berührt abwendeten und niemand mit ihnen gesehen werden wollte. Auch Matzes Bemühungen um Anschluss und Freundschaften scheiterten über kurz oder lang an seinem übersteigerten Geltungsbedürfnis.

»Was machst du denn hier?«, fragte Karsten. »Ich dachte, du wärst jetzt in München.«

»Bin ich ja auch«, antwortete Matze. »Bin gestern mit einem Kumpel hochgefahren. Bin ich froh, aus dem Süden weg zu sein. Ihr glaubt nicht, wie heiß es dort war in den letzten Wochen.«

»Och, wir können auch nicht klagen«, warf Lorenz ein.

»Wir haben hier seit Wochen über 30 Grad«, fügte Karsten hinzu.

»Jaja«, fiel Matze Karsten ins Wort, »wir müssen jetzt nicht übers Wetter reden. Aber das hier …« Er breitete die Arme aus und ließ sie über Strand, Fluss und Menschen gleiten, »ist ein Scheiß gegen München. In München fühlt man sich wie im Dampfbad, jeden Tag, rund um die Uhr. Hier ist es richtig kühl dagegen.«

»Auch diesmal können wir nicht gegen dich anstinken, Matze«, sagte Karsten betont gelangweilt.

Matze winkte ab. »Ich sag ja nur, ihr könnt froh sein, nicht die Hitze im Süden erleben zu müssen. Das ist was ganz anderes, eine andere Liga, eine andere Klimazone.«

»Wir haben verstanden, Matze«, sagte Karsten. »Herzlich willkommen im Kühlschrank Deutschlands. Hoffentlich holst du dir keinen Schnupfen.«

Matze drehte sich suchend um die eigene Achse, winkte und pfiff mehrmals. Kurz dachte Karsten, er wolle einen Hund herbeirufen, doch dann tauchte ein Typ mit schwarzen zurück gegelten Haaren neben Matze auf. Er war nicht allein. Miriam und Franziska waren bei ihm. Sie trugen bunte, blumig gemusterte Sommerkleider, oben eng und figurbetont, unten weit und luftig. Karsten hatte die Kleider noch nie an den beiden gesehen.

Miriam ging direkt zu Lorenz und küsste ihn auf den Mund. Franziska setzte sich dicht neben Karsten, legte ihre Hand auf seine Brust und sagte: »Hallo, Schatz.«

Einen Moment herrschte Schweigen. Dann begann Matze meckernd zu lachen.

»Na so was!«, rief er laut. »Ich war ja echt gespannt auf die Freunde der beiden, aber dass das ausgerechnet ihr zwei Dünnbrettbohrer seid!«

Er klatschte sich grölend mit dem anderen ab, der etwas verdutzt daneben stand.

»Darf ich vorstellen, das ist Ricky, Kollege von der Uni in München. Ricky, sag hallo zu Kasi und Renzo, meinen alten Schulfreunden.«

»Hi«, sagte Ricky. »Ich bin Enrico, aber für dieses Genie hier ist der Name anscheinend zu anspruchsvoll.«

»Jaja«, winkte Matze ab. »Sei nicht so eine verdammte Pussy.«

»Stellt euch vor«, schaltete sich jetzt Miriam ein, »Matze und Enrico haben uns nach Sylt eingeladen, ist das nicht cool?«

»Und als wir gesagt haben«, warf Franziska ein, »aber nur mit unseren Männern, da haben sie sofort Ja gesagt, obwohl sie euch gar nicht kannten.«

»Aber ihr kennt euch ja doch!«, stellte Miriam fest. »Das ist ja umso besser.«

»Ja«, brummte Karsten, »ganz super.«

»Wenn ich mal aufklären darf«, sagte Matze. »Wir sind auf der Durchreise. Ich muss nach Sylt, nach unserem Haus dort sehen. Es ist eingebrochen worden, und jemand von der Familie muss dem Hausverwalter auf die Finger schauen, ihr versteht. Und als wir diese beiden bezaubernden Damen in der Stadt getroffen haben, haben wir sie kurz entschlossen gefragt, ob sie uns begleiten möchten. Wie ihr seht, sind eure Mädels begeistert von der Idee. Wenn ihr auch mitwollt, könnt ihr das gerne tun, aber ihr müsstet separat fahren, sechs Leute krieg ich nicht ins Auto. So ein Cayenne ist zwar geräumig, aber alles hat Grenzen.« Er meckerte erneut.

»Danke, kein Interesse«, brummte Karsten.

»Na dann, zu fünft passt's!«

Miriam und Franziska wechselten Blicke.

»Also entweder kommen wir alle mit oder keiner.«

»Und natürlich fahren wir vier auch gemeinsam hoch«, fügte Miriam hinzu.

Was bedeutete: Karsten würde fahren müssen. Miriam hatte kein Auto, Franziska besaß einen 20 Jahre alten Polo, der schon bei Tempo 80 auseinanderzubrechen drohte, und Lorenz fuhr einen klassischen Mini Cooper, der nun wirklich zu klein war für vier Erwachsene mit Gepäck. Die einzige sinnvolle Möglichkeit war der Audi A6, die ehemalige Familienkutsche der Straußbergers, mit der Karsten gelegentlich durch die Gegend fuhr.

»Wir können auch einfach hier bleiben«, sagte Franziska leise zu Karsten, als Matze und Enrico bereits gegangen waren. »Wenn dir das mit Matze immer noch so viel ausmacht …«

»Nein, wir fahren!«, sagte Karsten bestimmt. »Soll er doch sehen, dass wir bessere Freunde sind, als er jemals hatte und haben wird. Aber wenn er es wagt, sich an eine von euch ranzuschmeißen, dann wird er bluten, dafür sorge ich!«

»Huch, wie männlich!«, sagte Franziska und lachte.

»Was ist denn los?«, fragte Miriam stirnrunzelnd, als sie Karstens Gesichtsausdruck bemerkte. »Du siehst aus, als hättest du einen Geist gesehen.«

9

Westerland/Sylt. Nordseeklinik
Danach

Mit einem Ruck fährt er hoch. Er ist schweißgebadet. Sein Herz rast. Aber das Dröhnen in seinem Kopf ist weg, nur noch eine blasse Ahnung. Immerhin.

Luna, wo ist sie hin? Hektisch springt er auf und sackt beinahe vor dem Bett zusammen. Keuchend lehnt er an der Wand, spürt, wie das Pulsieren in seinen Ohren allmählich nachlässt, die Sternchen vor den Augen verschwinden. Vorsichtig tastet er sich an der Wand entlang, um die Ecke, zum Badezimmer.

Er erschrickt furchtbar, als wenige Sekunden nach der Beleuchtung lautstark die Lüftung anspringt.

Scheiße, warum bist du so nervös, denkt er. Du bist doch sonst nicht so schreckhaft. *Als hättest du einen Geist gesehen*, hatte Franziska gesagt. So fühlt er sich nun auch.

Luna. Sie wollte nicht mehr erzählen, hatte nur noch herumgedruckst. Er musste einfach eingeschlafen sein, noch während sie bei ihm saß. Warum? Warum ist er nur so dermaßen erschöpft?

Am Tisch setzt er die Mineralwasserflasche an die Lippen und trinkt sie aus, ohne abzusetzen. Einen Moment lang befürchtet er, alles wieder erbrechen zu müssen. Doch dann entfährt ihm ein fulminantes Rülpsen, und danach geht es ihm besser.

Sein Blick schweift durchs Zimmer. Auf dem Nachttisch liegt etwas. Er erstarrt. Ein Zettel.

Mit klopfendem Herzen beeilt er sich, seinen geschwächten Körper um das Fußende des Bettes herum zum Nachttisch zu manövrieren, stolpert über etwas, taumelt, flucht und fällt aufs Bett. Er erkennt seine Reisetasche, halb unters Bett gerutscht, doch dafür hat er jetzt keinen Blick. Er greift nach dem Zettel, ein kariertes Blatt Papier, DIN A4, aus einem Collegeblock gerissen, einmal in der Mitte gefaltet. Darauf mit blauem Kugelschreiber eine Mädchenschrift, unverkennbar, rund und verspielt, die i-Tüpfelchen sind kleine Kreise. Atemlos beginnt er zu lesen.

Lieber Karsten,
erhol dich noch gut und mach dir bitte keinen Kopf. Ich weiß, das ist leichter gesagt als getan, aber wir können die Dinge nun mal nicht rückgängig machen. Aber wir haben alles in Ordnung gebracht, auch wenn das nicht wirklich möglich ist, aber eben so gut es ging. Also mach dir keine Sorgen.
Schade, dass wir uns nicht unter anderen Umständen kennengelernt haben! Aber man trifft sich ja immer zweimal!? Egal, was kommt: Ich bin auf deiner Seite!
Alles Liebe,
Luna

Karsten lässt das Papier sinken und starrt zwischen den Lamellen der Jalousien hindurch. Ein Stück entfernt ist ein Kiefernhain zu sehen. Karsten betrachtet die sich im leichten Wind bewegenden Wipfel. Von den gleichförmigen Bewegungen geht eine hypnotisierende Wirkung aus.

Auf meiner Seite? Egal, was kommt? Keine Sorgen machen? Alles in Ordnung gebracht? Und dann auch noch:

auch wenn das nicht wirklich möglich ist? Was soll das bedeuten? Was will sie damit sagen? Und was alles sagt sie *nicht*?

Karsten liest den Brief ein zweites Mal. Erst jetzt fällt ihm der Pfeil ganz unten auf. Er wendet das Blatt. Eine weitere Nachricht, mit einem anderen Kugelschreiber geschrieben, offenbar in Eile, unverkennbar die gleiche Handschrift, aber nicht mehr Mädchenschönschrift, sondern schlampig hingekritzelt.

Wenn er sich bislang von einer Mauer aus Angst umgeben gefühlt hat, rollt nun eine Panikwelle wie ein Tsunami auf ihn zu.

Auf der Rückseite steht:

Sag niemandem deinen Namen! Verschwinde von hier! Dein Auto steht neben der Klinik. Schlüssel ist in der Reisetasche. Wenn du den Autozug hinter dich gebracht hast, werden sie dich kaum noch finden können. Hau so schnell wie möglich ab!!!

10

Bremen. Stadtwerder
Davor

Nachdem Matze und Enrico gegangen waren, waren auch Franziska, Miriam und Lorenz nicht mehr lange geblieben. Eine Geschäftigkeit setzte ein, die Karsten gegen den Strich ging. Alle hatten noch dies und das zu erledigen für die Fahrt nach Sylt am Tag darauf. Er nicht. Ein paar Sachen achtlos in eine Reisetasche zu werfen, hatte nicht mehr als zwei Minuten gedauert.

Am Himmel hingen nun dunkle Wolken. Selbst direkt am Fluss ging kein Wind mehr. Bleiern schwer stand die schwüle Luft zwischen Häusern und Bäumen. Karstens Klamotten klebten auf der Haut. Die elektrische Spannung schien auf beinahe haptische Weise greifbar zu sein.

Mit einem Bier setzte er sich auf den verdorrten Rasen im Schrebergarten. Allein zurückgelassen, ohne die anderen, fühlte sich Karsten leer und verlassen. Er dachte über den Unterschied zwischen Alleinsein und Einsamkeit nach und war sich nicht schlüssig, welcher Begriff seine Befindlichkeit besser beschrieb. Auf jeden Fall hatte ihm die Begegnung mit Matze die Stimmung versaut, und die Aussicht auf ein Wochenende in seiner Nähe, in seinem Haus, von seinen Gnaden sozusagen, machte es noch schlimmer. Er hätte sich nicht so schnell breitschlagen lassen sollen. Oder?

Er sah Lorenz vor sich, wie er vorhin mit roten Flecken an Hals und Wangen am Strand vor dem *Café Sand* gesessen war. Aus Vorfreude und vor Aufregung, das war Karsten klar. Er wusste über Lorenz' Erinnerungen an Sylt Bescheid. Die besten Sommerferien überhaupt seien es gewesen, damals, als er mit 16 wegen seines Asthmas in eine Rehaklinik für Kinder und Jugendliche geschickt worden war. Viel besser als die üblichen Ferien, in denen er sich mit seinen Eltern in Fünf-Sterne-Klubanlagen auf den Malediven oder Seychellen zu Tode langweilte. Auf Sylt hatte er sich das erste Mal frei und erwachsen gefühlt. Die meisten Patienten wirkten nicht schwer krank, so dass es sich mehr wie in einem Ferienlager als in einem Krankenhaus anfühlte.

Lorenz lernte ein Mädchen aus Süddeutschland kennen, küsste sie bei Sonnenuntergang am Meer, und in der letzten Nacht stahlen sie sich davon, um in einem Strandkorb miteinander zu schlafen. Es war nicht ihr erstes Mal, wohl aber seins, und natürlich würde er das nie vergessen. Und so würde Sylt auf ewig in Lorenz' Erinnerung ein nostalgisches und verheißungsvolles Leuchten behalten. Wollte Karsten also seinem besten Freund die Gelegenheit rauben, nach Sylt zu fahren?

Die Welt schien vor gespannter Erwartung die Luft anzuhalten. Eine unwirkliche Stille hing zwischen den reglosen Wipfeln der Bäume. Der Himmel hatte sich immer mehr verdunkelt. In der Ferne, irgendwo über Niedersachsen, zuckten vereinzelte Blitze, ohne dass ein Donnern folgte.

Plötzlich kam Wind auf. Modrige und doch frische Luft wehte um Karstens Nase. Eine Ahnung von Kühle streichelte seine Haut und richtete die Haare auf seinen Unterarmen auf. Die ersten Tropfen klatschten dick und schwer auf den Boden. Dann riss der Himmel auf, als hätte jemand einen Knopf gedrückt, und eine Sintflut prasselte auf ihn herunter. Binnen weniger Sekunden war er komplett durchnässt. Ein Hochgefühl stieg in ihm auf. Das Gefühl von Einsamkeit oder Alleinsein verwandelte sich in Freiheit, in Glück. Einem Impuls folgend, riss er sich die durchgeweichten Klamotten vom Körper, sprang wie durchgeknallt nackt durch den Garten und ließ den Regen den Schweiß von seiner Haut waschen. Kleine Pfützen bildeten sich auf dem Rasen.

Als er die Gestalt bemerkte, fuhr er erschrocken zusammen.

11

Miriam fluchte. Ausgerechnet jetzt, auf dem kurzen Weg zwischen dem Fähranleger am *Café Sand* und dem Garten musste ein Wolkenbruch über ihr niedergehen. Binnen weniger Sekunden war sie völlig durchnässt. Immerhin hatte sie noch schnell die Regenpelerine über den großen Tourenrucksack ziehen können.

Sie hätte bei Lorenz bleiben sollen. Dann hätten sie jetzt miteinander in einem Laden oder einem Café den Starkregen vorbeiziehen lassen können. Nachdem sie ihre Wäsche in einem Waschsalon in der Stader Straße gewaschen und getrocknet hatten, wollte Lorenz unbedingt ein paar Klamotten einkaufen gehen. Doch Miriam war müde und wollte möglichst schnell zurück.

Sie stürmte durch den kleinen versteckten Seiteneingang in den Garten und duckte sich unter die hohen alten Bäume. Hierhin war der Regen noch nicht ganz durchgedrungen. Es tröpfelte nur ganz schwach durch die Baumkronen.

Lächelnd betrachtete sie den Baumstumpf, auf dem sie und Lorenz sich in den letzten Wochen fast täglich geliebt hatten. Ja, *geliebt*! Sie hatte diesen Begriff für Sex immer albern gefunden. Liebe war eine Sache, Sex eine andere, am besten kam beides zusammen, aber eben nicht zwingend. Doch seit sie mit Lorenz zusammen war, hatte sich tief in ihr etwas verändert. Lorenz war so ganz anders als ihre bisherigen Freunde. Er war nach den gängigen Maßstäben kein schöner Mann. Er war zu dünn für seine Größe, sein Haar wurde bereits schütter, die leicht gebogene Nase dominierte zu sehr das schmale Gesicht. Seine Bewegungen waren linkisch. Aber vielleicht fühlte es sich genau deshalb, wegen des nicht perfekten Äußeren, so tief und echt an, wie sie es bisher nicht gekannt hatte.

Miriam war es gewohnt und hatte nichts dagegen, dass viele Männer sie anstarrten, ihre Beine (die zu lang waren, um perfekt sitzende Jeans zu finden), ihren Hintern (der ruhig etwas runder hätte sein können), ihre Brüste (die sie selbst etwas zu groß fand) und ihre blonde Löwenmähne (zu kraus).

Lorenz hingegen hatte ihr zunächst kaum ins Gesicht, geschweige denn woandershin sehen können, damals, als sie sich auf dieser öden Semestereröffnungsparty über den Weg gelaufen waren.

Nach diesem Abend dauerte es ganze drei Monate, bis sie das erste Mal miteinander schliefen. So lang hatte sie zuletzt mit 15 bei ihrem allerersten Freund gewartet. Nachdem sie sich das erste Mal *geliebt* hatten (auf der überaus beengenden Rückbank seines Minis, was sie erneut ans 15-Sein erinnerte), war sie versucht gewesen, ihn zu fragen, ob das gerade sein erstes Mal gewesen war. Aber sie traute sich nicht.

Er streichelte sie so sanft und betrachtete ihren Körper wie eine wertvolle Skulptur. Und in diesem Sinne betrachtete sie von da an auch seine behutsame Art: als Kunstwerk, als Wunder, als Kostbarkeit. Miriam hatte Angst, mit Fragen nach Ex-Freundinnen und Sex etwas zu zerstören, also ließ sie es einfach sein. Das war ihre Art, ihm die ihr entgegengebrachte Behutsamkeit zurückzugeben.

Ansonsten war Zurückhaltung schnell Schnee von gestern, und Miriam lernte eine ganz neue Vertrautheit kennen, die sie zu ihrer Verwunderung nicht langweilte, sondern Liebe entstehen ließ, tief und rein und echt und das erste Mal in ihrem Leben.

Unter den Eschen wurde es immer ungemütlicher. Der Regen hatte sich seinen Weg durch die Zweige und Blätter gebahnt. Miriam fröstelte und sah an sich hinunter. Das weiße Oberteil klebte fast transparent am Körper. Egal. Karsten würde es verkraften. Er hatte sowieso schon viel mehr gesehen, genau hier, unter den Eschen.

Einerseits hatte ihr das gefallen. Sein fassungsloser Blick. Sie hatte gesehen, wie es ihn erregt hatte. Seine Shorts hatten es nicht verbergen können. Andererseits hatte sie ihn schon zuvor immer wieder dabei ertappt, wie er sie angestarrt hatte.

Diese Blicke, dieses Glotzen kannte sie nur zu gut, und es irritierte sie. Sie waren in diesem Sommer zu viert so sehr zusammengewachsen, dass ihr jeder Gedanke, der gleichzeitig Karsten und Sex beinhaltete, wie Inzest vorkam.

Miriam schlüpfte unter einem niedrigen Ast hindurch und drückte sich mit dem klobigen Rucksack zwischen einer Hecke und dem morschen Schuppen vorbei. Nun lagen die Wiese und das kleine Haus vor ihr.

Es regnete noch immer in Strömen. Sie wollte gerade leicht gebückt und so schnell wie möglich zur Haustür rennen, da stutzte sie. Sie sah, wie sich Pfützen auf dem Rasen gebildet hatten. Und sie sah Karsten. Mitten auf dem Rasen stand er, nein, er stand nicht, er sprang herum, oder tanzte er? Auf jeden Fall hatte er nichts an. Er war splitterfasernackt.

12

Die Gestalt stand vor den Eschen, wie aus dem Nichts aufgetaucht. Sie trug etwas Weißes, was ihn an ein Gespenst denken ließ. Seine Poren zogen sich zu einer fast schmerzhaften Gänsehaut zusammen. Dann erkannte er die Gestalt: Miriam.

Warum war sie schon da? Und warum allein? Hatten Lorenz und Miriam nicht noch Wäsche waschen wollen?

Miriam lächelte. Die Haare hingen ihr triefend nass ins Gesicht. Ihr kurzer Rock klebte an den Oberschenkeln. Auch aus der Entfernung waren deutlich ihre Brüste und Brustwarzen unter dem im Regen fast transparent gewordenen Top zu erkennen. Auf dem Rücken trug sie ihren riesigen Tourenrucksack, als wollte sie zu einer Himalaya-Expedition aufbrechen. Ein jägergrüner Regenschutz machte den Rucksack noch unförmiger, als er ohnehin schon war.

»Das war wohl ein Regentanz«, rief sie durch das Rauschen des Regens. Irgendetwas in ihrem Blick löste ein Ziehen in Karstens Bauch aus. Rasch legte er die Hände schützend vor seinem Unterleib übereinander wie ein Fußballspieler in der Mauer, der den Freistoß des gegnerischen Stürmers erwartet. Als sie das sah, lachte sie.

»Hat gewirkt«, rief Karsten zurück.

Miriam kam einige Schritte auf ihn zu.

»*Was* hat *wie* gewirkt?«, fragte sie und betonte die beiden Fragewörter überdeutlich. Dabei zog sie die Augenbrauen hoch und legte den Kopf schief.

Karsten spürte, wie das Regenwasser auf seinem Gesicht heiß wurde.

»Der Regentanz. Erfolgreich.«

»Du hast Talent«, bemerkte sie spöttisch. »Kann ich reingehen? Wenn du nichts dagegen hast, würde ich gerne den Rucksack abstellen.«

»Ist offen. Ich komme gleich nach.«

»Okay«, sagte sie und wandte sich zur Haustür. Dort drehte sie sich nochmals um.

»Ich geh unter die Dusche, ja?« Wieder legte sie den Kopf

schief. Trotz des klobigen Rucksacks auf ihrem Rücken wirkte es anmutig.

Weder Karsten noch Miriam hatten die Gestalt bemerkt, die nun unter den Eschen stand und die Szene ganz genau beobachtete: Franziska.

13

Westerland/Sylt. Nordseeklinik
Danach

Karsten bemüht sich um Beiläufigkeit und Selbstverständlichkeit, als er den Gang hinunterschlendert. Er hat frische Kleidung aus seiner Reisetasche angezogen und versucht, seine verschwitzten, verklebten Haare zu ordnen. Mit einem Blick in den Badezimmerspiegel hat er versucht, sich selbst davon zu überzeugen, eher wie ein Besucher und nicht wie ein Patient auszusehen.

Eine geöffnete Tür. Stimmen. Eine Frau und ein Mann. Nicht zu schnell gehen, unauffällig bleiben. Das Foyer. Seine Schritte werden wie von selbst schneller. Er muss sich beherrschen, nicht loszurennen.

»Stehen bleiben!«, brüllt die dröhnende Stimme des Pflegers. »Wo willst du hin?«

Der Pfleger hat die Arme in die Seiten gestützt und kommt langsam auf Karsten zu. Er wirkt bedrohlich, wie ein Raubtier auf dem Sprung.

»Nur mal kurz raus«, antwortet Karsten und bemüht sich um eine feste Stimme. »Frische Luft schnappen.«

»Du hast Bettruhe«, sagt der Pfleger überdeutlich. »Halte dich dran, sonst muss ich dem Arzt Bescheid sagen.«

Bilder aus Filmen mit gefesselten Psychiatriepatienten schießen Karsten durch den Kopf. Ohne ein weiteres Wort geht er mit gesenktem Kopf zurück, den ganzen Gang bis ans Ende. Bevor er in die Stirnseite des u-förmig aufgebauten Trakts abbiegt, wo sich sein Zimmer befindet, sieht er sich um. Der Pfleger wartet an der offenen Tür des Personalraums und sieht ihm hinterher.

14

Eine Viertelstunde später kommt der Pfleger wortlos in Karstens Zimmer und holt das unangetastete Essenstablett ab. Karsten hat sich aufs Bett gelegt, vollständig bekleidet, und sieht zur Decke.

Der Pfleger ist schon fast wieder an der Tür, da dreht er sich um und sagt: »Hübsches Mädchen, deine Freundin.«

»Sie meinen meine Schwester?«

»Jaja, von mir aus.« Er lacht höhnisch. »Schwester!« Er wiederholt das Wort wie die Pointe eines guten Witzes. »Verarschen kann ich mich selbst.«

»Ich weiß nicht, worauf Sie hinauswollen.«

»Och«, sagt er, »mir kann es ja egal sein. Aber irgendwas ist da doch faul. Da kommt ein Mädchen, das dich offensichtlich anhimmelt, und gibt sich als deine Schwester aus. Vor der Tür warten drei Leute auf die Kleine und schaffen es kaum, sich in die Augen zu sehen. Und genau einen Stock tiefer liegt das Mädel, das in der Nacht bei dir war, genauso abgeschossen wie du, nur dazu noch mit Blessuren, die ganz nach Vergewaltigung aussehen.«

Er macht eine gewichtige Pause und starrt Karsten bohrend an.

»Also, was habt ihr ausgefressen?«

»Ich kann mich an nichts erinnern.« Die Antwort kommt mechanisch. Karstens Stimme ist wieder ein Flüstern geworden.

»Jaja, schon klar«, sagt der Pfleger. »Ich bin ja mal gespannt, was im Drogenscreening rauskommt. Dann wird bestimmt auch mal die Polizei mit dir sprechen wollen.«

Wie vom Donner gerührt, starrt Karsten zur Tür, die hinter dem Pfleger ins Schloss gefallen ist.

15

Bremen. Stadtwerder
Davor

Miriam und Franziska saßen nebeneinander im Garten auf der verwitterten Bank, von der man auf das kleine *Kaisenhaus* sehen konnte. Sie hatten bereits einen Gin Tonic intus und den zweiten in der Hand. Sie hatten geredet. Belangloses Zeug. Jetzt schwiegen sie und beobachteten, wie die Nacht das letzte blaue Abendlicht vertrieb.

Etwas stand zwischen ihnen. Miriam musste so sehr an die bizarre Szene von vor einer Stunde denken, an den nackt im Regen tanzenden Karsten, dass Franziska ihre Gedanken schon fast hören musste, so kam es Miriam vor.

Sie hätte Franziska den Vorfall erklären können. Zumindest soweit der Vorfall zu erklären war. Was Karsten dazu bewogen haben könnte, nackt im Regen durch den Garten zu tanzen, konnte sie auch nicht sagen. Doch wer war sie, dass sie das kritisieren oder seltsam finden könnte? Solche Aktionen, wie nackt durch den Regen tanzen, würde man eher ihr zutrauen als Karsten. Nach den heißen Wochen ohne einen Tropfen Regen, nach diesem extrem schwülen Tag und nach der offensichtlichen Verstimmung, die Matze und Enrico bei Karsten hervorgerufen hatten, war es durchaus verständlich, einem solch befreienden Impuls nachzugeben. Oder etwa nicht? Miriam entschloss sich, Franziska nichts von Karstens Regentanz zu erzählen. Es war schließlich nichts passiert. Wenn sie davon erzählte, würde erst etwas daraus werden. So war es nichts, gar nichts.

Miriam konnte schon gar nicht mehr nachvollziehen, was Franziska und sie geritten hatte, in die Einladung nach Sylt einzuwilligen. Auf den ersten Blick war ihr klar gewesen, dass Matze und Enrico Blender waren, vermutlich reiche Söhnchen, die nichts besser konnten, als auf dicke Hose zu machen. Sie selbst hatte auch abgewinkt und auf ihre Freunde verwiesen. Franziska war es dann gewesen, die mit Matzes Cayenne zum *Café Sand* fahren wollte, um Lorenz und Karsten zu suchen und zu fragen. Ein Cayenne, Miriam lachte. Was für ein Klischee!

»Warum lachst du?« Franziska sah sie fragend an. Sie wirkte, als ob sie auch gerne lachen würde.

»Ich dachte nur gerade: Wenn ich hätte raten müssen, was für ein Auto Matze fährt, ich hätte sofort auf einen Cayenne getippt.«

Franziska schmunzelte und zuckte mit den Schultern.

»Meinst du, er hat nichts in der Hose und braucht ein dickes Auto zum Kompensieren?«, legte Miriam nach.

Franziska prustete. Sie hatte im falschen Moment einen Schluck aus ihrem Glas genommen. Hustend und lachend wand sie sich auf der wackelnden Bank.

»Kann doch sein«, sagte Miriam, jetzt auch lachend. »Das sagt man doch immer: je größer das Auto, desto kleiner der Pimmel!«

»Miriam!« Franziska tat empört, konnte aber ihr Lachen nicht unterdrücken. »So ’n Spruch aus deinem Mund?«

»Cheers!« Sie stießen an.

»Karsten und Matze haben ein Problem miteinander, oder? Weißt du was darüber?«

»Ganz lange Geschichte.« Franziska winkte ab.

»Erzähl doch mal!«, bohrte Miriam nach. »Oder soll ich ihn selbst fragen?«

»Nee, lass mal. Sonst ist er wieder tagelang schlecht drauf. Karsten ist im letzten Schuljahr ein paar Monate zweigleisig gefahren.«

Miriam musste ein Schmunzeln unterdrücken. Warum überraschte sie das nicht?

»Eigentlich wollte er mit seiner Freundin Schluss machen und mit seiner Affäre richtig zusammen sein, aber er hat es einfach nicht gebacken bekommen. Schuldgefühle und so weiter. Karsten war dann irgendwann kurz vorm Durchdrehen und hat sich schließlich – halt dich fest – ausgerechnet Matze anvertraut.«

»Ach nee!« Miriam lachte. »Der wirkt ja eigentlich nicht so wie ein Psychologe.«

»Nicht ganz«, nickte Franziska. »Aber jetzt kommt's: Zwei Wochen, nachdem sich Karsten bei Matze ausgeheult hatte, waren Matze und Karstens Affäre plötzlich zusammen. Daraufhin konnte Karsten dann doch mit seiner Freundin Schluss machen, und bei der wiederum hat es auch nur zwei Wochen gedauert, bis sie einen Neuen hatte.«

»Oh je!« Miriam seufzte. Das ist ja wie in einer Soap.«

»Genau. Und Karsten war so runter mit den Nerven, dass er beinahe das Abi geschmissen hätte. Anscheinend musste Lorenz ihn jeden Tag zur Schule schleifen und ihn in den Arsch treten, damit es doch noch geklappt hat.«

Miriam sah auf. Karsten stand in der Haustür, nur wenige Meter entfernt, und sah sie ungläubig an. Wie lang stand er dort schon?

»Ihr redet über mich?«, fragte er leise.

Franziska sprang auf, lief zu ihm und umarmte ihn. Er ließ es etwas steif über sich ergehen.

»Miriam hat gefragt, was zwischen Matze und dir vorgefallen ist, da hab ich's ihr erzählt.«

Karsten löste sich aus Franziskas Umarmung. »Und? Habt ihr euch gut amüsiert?«

»Gar nicht!«, widersprach Miriam. »Ganz schön üble Geschichte.«

»Schnee von gestern«, brummte Karsten. »War zwar hart, eine scheiß Zeit, aber es ist vorbei. Ich hab gelitten wie ein Hund, aber ich hab es überlebt.«

Miriam sah Franziska an, dann prusteten beide los.

»Was ist?«, fragte Karsten irritiert. »Hab ich was Komisches gesagt?«

»Oh, Kasi«, kicherte Franziska, »du bist ja so ein Held!«

»Ja!«, rief Miriam, »ein echter Überlebenskünstler!«

»Ich finde es eigentlich nicht so komisch«, sagte Karsten tonlos.

Miriam hörte auf zu lachen und sah Karsten aufmerksam an. Alle Farbe schien aus seinem Gesicht gewichen zu sein.

»Armer kleiner Kasi«, legte Franziska nach. »Die Welt ist so gemein zu dir!«

Und da brüllte Karsten plötzlich los: »Hört doch auf! Vergesst es einfach! Es geht euch beide eh einen Scheiß an!«

Tränen liefen über seine Wangen. Jetzt tat er Miriam plötzlich leid. Und auch Franziska hatte aufgehört zu lachen.

»Entschuldigung«, sagte Franziska sanft. »Wir wollten dir nicht wehtun.«

Karsten schwieg.

»Weißt du«, fuhr sie fort, »du machst ein ganz schön großes Drama um diese Sache.«

»Weißt du«, äffte Karsten wütend Franziska nach. »Das war die beschissenste Zeit meines Lebens. Ich hab noch mehr gelitten als nach dem Tod meiner Mutter.«

Miriam horchte auf. Karstens Mutter hatte sich umgebracht und Karsten sie gefunden, das hatte Franziska ihr mal erzählt. Anscheinend war seine Mutter depressiv gewesen und hatte Karsten alle möglichen Vorwürfe und ein schlechtes Gewissen gemacht.

»Ja«, sagte Franziska gedehnt, »das kann ja sein. Aber es ist jetzt schon ziemlich lang her. Und trotzdem reagierst du auf das Thema immer noch, als wäre es erst letzte Woche passiert. Du suhlst dich in Selbstmitleid. Dabei warst du ja auch nicht ganz unschuldig daran, wie es gekommen ist.«

»Darf ich die Geschichte dann wenigstens mal aus meiner Perspektive erzählen?«

16

Bremen. Oberneuland
Lange davor

Matze hatte zu seinem 18. Geburtstag geladen. Die halbe Oberstufe des Gymnasiums sollte kommen, dazu noch ein paar blasierte Typen aus seinen Golf- und Tennisvereinen, die zu laut lachten und dünne blondierte Mädchen mit teuren Handtäschchen im Schlepptau hatten.

In der weiß gekiesten Auffahrt des Anwesens überreichten Matzes Eltern das Geburtstagsgeschenk an ihren Sohn: den Schlüssel zu einem dort postierten nagelneuen schwarzen Porsche Cayenne Turbo S mit Vollausstattung. Danach verzogen sie sich, um die Nacht im Parkhotel zu verbringen.

Der Pavillon lag im hintersten Winkel des weitläufigen Gartens, der eher ein Park war. Es war dunkel und ruhig, Grillen zirpten, und die Geräusche der Party, die Musik, die Stimmen waberten vom wechselnden Wind getragen mal leiser, mal lauter von der Villa herüber.

Karsten telefonierte mit Julia, wie immer um diese Zeit. Sie musste an jedem einzelnen Abend, an dem sie nicht bei ihm war, mit ihm telefonieren und ihm haarklein von ihrem Tag berichten, egal, ob etwas Interessantes passiert war oder – wie fast immer – nicht.

Karsten hatte die Gestalt nicht bemerkt und erschrak, als sie plötzlich vom dunklen Garten in den Pavillon trat und das Feuerzeugflämmchen ihr Gesicht erhellte.

Carina. Sie war eine Stufe unter ihm. Er kannte sie vom Sehen, hatte aber nie etwas mit ihr zu tun gehabt. Sie strahlte etwas Unkompliziertes, Ungekünsteltes aus, ein Kumpeltyp, Marke »Mädchen zum Pferdestehlen«.

Durch sein Zusammenzucken erschrak wiederum sie, wodurch ihr der dicke Joint, den sie gerade angezündet hatte, zu Boden und Karsten vor die Füße fiel. Er griff nach ihm und nahm einen Zug. Stark, scharf, intensiv. Er musste husten. Sie nahm ihm mit spöttischem Grinsen die Tüte aus der Hand. Karsten sagte ins Telefon, dass er aufhören müsse, und legte auf.

»Zu doll?« Carina lachte. »Ich dreh keinen Tabak mehr rein, weil ich mit Zigaretten aufgehört habe. Und in den USA machen das alle so.«

»Ach ja?«, stieß Karsten hervor, immer noch hustend. »USA?«

»Ja«, sagte sie, »war gerade dort für ein halbes Jahr. Die kiffen dort alle ohne Tabak.« Sie hielt eine Flasche hoch.

»Dom Pérignon«, bemerkte sie. »Aus dem Privatkühlschrank im Keller. Trinkst du mit?«

»Ich denke, das tut jemandem, der einen *Cayenne* zum 18. bekommt, nicht weh.«

»Keine Sorge. Davon geht Matzes Familie nicht pleite.«

Carina kicherte leise und ließ den Korken in den dunklen Garten ploppen.

»Und wo genau warst du in Amerika?«

»Kalifornien. Direkt an der Pazifikküste zwischen L.A. und San Diego.«

»Hört sich gut an.«

»Ja, Glück gehabt.« Sie nahm einen Schluck aus der schweren Flasche und reichte sie ihm. In ihren Augen fingen sich Reflektionen weit entfernter Partylichter und ließen sie glitzern.

»Meine Gastfamilie war total locker. Der Vater ist Surflehrer und hat mir Wellenreiten beigebracht. Die Mutter ist Künstlerin und hat ein Atelier direkt an der Strandpromenade. Sie hat ständig Partys veranstaltet, auf denen die schrägsten Typen rumgelaufen sind. Ab und zu haben sie sogar mit uns gekifft. Und es war überhaupt kein Problem, wenn ich oder meine Gastschwester einen Typen über Nacht mitgebracht haben. Es war alles sehr entspannt.«

»Du hast einen Freund dort gehabt?«

»Nicht wirklich, nur ein paar kleinere Sachen.«

Trotz der Dunkelheit konnte Karsten erkennen, dass sie lächelte. Sie inhalierte tief und ließ den Rauch langsam aus der Nase quellen. Wo der Rauch die Balustrade des Pavillons erreichte, wurde er vom entfernten Scheinwerferlicht der Partybeleuchtung in Nebelschwaden verwandelt. Wie im Film, dachte Karsten.

Es vibrierte in seiner Hosentasche. Er zog das Handy hervor. Julia. Er drückte sie weg und schaltete das Handy aus. Carina sah ihn etwas schräg an.

»Und du?«, fragte sie nach einer Weile. »Bist du immer noch mit Julia zusammen?«

Lag es an der Frage an sich, am Tonfall, sanft, zart, oder an der für Karsten überraschenden Tatsache, dass sie überhaupt wusste, mit wem er zusammen war? An diesen Augenblick konnte sich Karsten noch Jahre später genau erinnern, denn in diesem Augenblick passierte etwas, das sein bisheriges Leben auf den Kopf stellen sollte.

»Hmmm«, machte er bestätigend.

»Macht ja nichts«, sagte sie und lachte neckend. Dann legte sie ihren Kopf schief und den Arm um seinen Hals, zog ihn zu sich und küsste ihn. Er wehrte sich nicht. Keine Spur.

Sie schliefen miteinander, während der fast volle Mond durch die Baumkronen blinzelte und die ungebräunten Stellen an Carinas Haut, wo sonst der Bikini saß, weiß aufleuchten ließ. Mit Carina zu schlafen, fühlte sich für Karsten an wie für einen Polarforscher der erste Sonnenaufgang am Ende der monatelangen Polarnacht.

Nach dieser Nacht kam sie regelmäßig zu ihm nach Hause. Julia hatte ohnehin unter der Woche keine Zeit, sie lernte unglaublich viel, dazu Klavier, Volleyball, Ballett, Treffen der Evangelischen Jugend. Und so kam es, dass Karsten unter der Woche eine leidenschaftliche Affäre mit Carina hatte und die Wochenenden bei Julia und ihrer Familie verbrachte und sich auch darauf freute. Es war eine kleine spießige Idylle, das Reihenhaus in Borgfeld, das Kaffee-und-Kuchen-

Ritual mit ihren Eltern, *Cluedo* mit ihrem kleinen Bruder, die Besuche bei der Oma im Nachbarhaus, Julias Zimmer unterm Dach, in dem alles niedlich und putzig, artig und fein, akkurat und sauber war, genauso wie in den schnulzigen Teenie-Serien, die in Dauerschleife auf ihrem altersschwachen VHS-Rekorder liefen. Alles zusammen gab ihm, dem wohlstandsverwahrlosten Waisen, jene Familie, die er so nie gehabt hatte, und genau das machte es Karsten unmöglich, mit Julia Schluss zu machen. Es fühlte sich an, als müsste er mit der ganzen Familie Schluss machen, der einzigen Familie, die er noch hatte, nachdem seine eigene implodiert war.

Zunächst schien das alles für Carina in Ordnung zu gehen. Doch eines Tages, es war inzwischen Dezember geworden und nichts hatte sich geändert, das zweite Adventswochenende stand vor der Tür, Karsten lag mit Carina vor dem offenen Kamin im Wohnzimmer seines Elternhauses in der Benquestraße, es roch nach Holzfeuer, Glühwein und Sex, und alles war schön, vielleicht viel zu schön, fing sie unvermittelt an zu weinen.

»Ich halte das nicht mehr aus«, flüsterte sie. »Die Wochenenden sind so scheiße!«

Karsten spürte einen Kloß im Hals. Das schlechte Gewissen, das sowieso immer rumorte, besonders an den Freitagen und Sonntagen, überrollte ihn, und er sagte zu Carina, dass er mit ihr zusammen sein wollte, nur mit ihr, dass er mit Julia Schluss machen würde, dass es ihm aber unendlich schwerfiele, weil er Julia nicht verletzen wollte, dass sie, Carina, noch etwas Geduld haben müsste. Sie nickte, sagte aber nichts und lächelte auch nicht.

In der Folgezeit stritten Carina und Karsten viel. Sie weinte fast jeden Tag, an dem sie sich sahen. Sie konnte nicht verstehen, dass er es einfach nicht schaffte, mit Julia Schluss zu machen, Karsten verstand es ja selbst nicht, er zweifelte an sich und seinem Verstand, verzagte an seinen Gefühlen und seiner Unfähigkeit. Die gemeinsamen Wochenenden wurden seltener.

Es war nicht die beste Idee, sich in dieser Lage Matze anzuvertrauen, aber es war die Zeit, in der Karsten und Lorenz zu seinem Freundeskreis gehörten. Matze begriff herzlich wenig von Karstens seelischen Zwickmühlen, pfiff nur anerkennend durch die Zähne und sagte, er solle den Status quo genießen und es sich selbst nicht so schwer machen, heiraten wolle er ja wohl beide nicht, Karsten solle seinen Spaß haben. Die Erinnerung an Matzes Worte ließ Karsten noch heute die Faust in der Tasche zusammenballen. Und Matzes Verrat nur kurze Zeit später erzeugte einen abgrundtiefen Hass in Karsten, nicht auf Carina, er konnte sie nur zu gut verstehen, aber auch nicht nur auf Matze, sondern am meisten auf sich selbst.

17

Bremen. Stadtwerder
Davor

Karsten schwieg.

»Du solltest diese alte Geschichte endlich abhaken«, sagte Franziska nach einer Weile.

»Ja, verdammt«, rief Karsten ärgerlich. »Längst geschehen! Kannst du jetzt bitte, bitte damit aufhören? Sonst bleib ich doch noch hier, und ihr könnt euch ohne mich mit diesem Idioten und dem anderen Schleimscheißer vergnügen!«

»Oh Mann«, sagte Franziska und klang jetzt auch genervt. »Dass Matze ein Idiot ist, steht außer Frage. Aber das ist doch gar nicht der Punkt!«

»Was ist denn dann der Punkt?«, zischte Karsten. »Um was, verdammt noch mal, geht es überhaupt?«

»Es geht darum, dass du dich hinter der Geschichte von damals verschanzt. Du trägst sie wie einen Schutzschild vor dir her. ›Seht her, ich bin ja so verletzt worden. Ihr müsst mich mit Samthandschuhen anfassen, weil mein Herz gebrochen ist.‹ Hör auf damit! Hör auf mit dem verdammten Selbstmitleid! Zieh deine Lehren daraus, und weiter geht's!«

Miriam sah sich um. Ihr war die Situation jetzt unangenehm. Das sollten Karsten und Franziska besser unter sich ausmachen. Sie stand auf, ging die wenigen Schritte zur Gartentür und starrte in die Dunkelheit. Die Nacht hing schwarz zwischen den Hecken und Büschen, in den Schrebergärten und auf den Wegen.

»Komm schon«, hörte sie Franziska hinter sich mit weicher Stimme sagen, »wie soll ich mich denn fühlen, wenn du noch in der Vergangenheit festhängst? Ich bin doch jetzt für dich da. Und ich will, dass es dir gut geht! Tut mir leid, dass wir gelacht haben. Aber wir hatten schon zwei Gin Tonic, und du warst gerade so melodramatisch wie in einem Rosamunde-Pilcher-Film!«

»Was hat Miriam dazu gesagt?«

Franziska machte ein unbestimmtes Geräusch. Miriam drehte sich um. Das konnte sie ja dann doch am besten selbst sagen.

»Sieh es mal so«, begann sie. Karsten und Franziska hatten sofort aufgesehen, etwas überrascht, als hätten sie ihre Anwesenheit in der Zwischenzeit völlig vergessen. »Du hattest doch sicher viele schöne Momente mit Carina, oder?«

Karsten nickte stumm.

»Wozu dann traurig oder wütend sein? Denk lieber an die Zeit, die ihr hattet, als an die, die ihr nicht hattet. Wäre nicht Matze gekommen, dann hätte sie vielleicht mit jemand anderem was angefangen, früher oder später, aber ganz sicher irgendwann.«

»Ich weiß, dass ich selber schuld bin! Aber das macht es nicht besser, sondern noch schlimmer!«

»Verzeih dir selbst, Karsten!«, sagte Miriam eindringlich. »Jeder macht mal Fehler. Du hattest damals Gründe. Heute würdest du dich sicher anders verhalten. Wenn du dir selbst verziehen hast, wird dir Matze scheißegal werden. Und du wirst deinen Frieden mit der ganzen Geschichte machen können.«

Franziska nickte bestätigend und strich Karsten über den Rücken.

»Themawechsel«, sagte Karsten bestimmt. »Ihr hört euch an wie bei *Gute Zeiten, schlechte Zeiten.*« Hektisch wischte er sich über die Augen.

In der abendlichen Stille war jetzt ein sich nähherndes schleifendes Geräusch zu hören, und plötzlich kam Lorenz durch die Gartentür, einen Hartschalenkoffer hinter sich her ziehend.

Lorenz, mein Lorenz, dachte Miriam, und ihr Herz machte einen Sprung. Wie war sie dankbar dafür, dass Lorenz so unbelastet von irgendwelchen Geschichten war. Oder zu sein schien. Sie hoffte es zumindest.

»Ist was?«, fragte Lorenz. »Was guckt ihr so komisch?«

»Wo warst du so lange, du Hund?«, rief Karsten und sprang auf, um ihm entgegenzugehen. »Ich musste mich hier mit zwei besoffenen Psychotanten rumschlagen! Was, verdammt, hast du so lange gemacht?«

18

Westerland/Sylt. Nordseeklinik
Danach

Drogenscreening. Das Wort hallt nach und breitet sich im diffusen Licht des abgedunkelten Zimmers aus wie eine Wolke. Er hat nichts genommen. Ganz sicher. So ist er nicht drauf, kein Interesse, noch nicht einmal Gras, das letzte Mal war damals mit Carina.

Und wenn Matze was in die Drinks gemischt hat? Zutrauen würde er es ihm. Was auch immer ihn ausgeknockt hat – die Wahrscheinlichkeit, dass es bei Laboruntersuchungen unentdeckt bleibt, geht wohl gegen null. Dagegen ist die Wahrscheinlichkeit, dass sich die Polizei für die Ergebnisse interessiert, umso höher. Oder?

Was würde dann mit ihm geschehen? Sie würden ihn doch nie im Leben so einfach gehen lassen! Würde er in die geschlossene Psychiatrie eingewiesen werden? Entzugsstation? Oder Gefängnis? Untersuchungshaft?

War das der Grund, weshalb Luna noch schnell diese hastige Ergänzung auf die Rückseite ihres Briefes gekritzelt hat? Er muss hier wirklich raus! Irgendwie an diesem Monster von Pfleger vorbei!

Wie es wohl Miriam geht? Es muss Miriam sein, die einen Stock tiefer in einem Zimmer wie er ist, in einem Bett wie er liegt, zu wem soll Waldmanns Beschreibung denn sonst passen? Ob sie inzwischen wach ist? Ist Luna auch bei ihr gewesen? Hat auch Miriam ihr Gepäck und eine Warnung bekommen?

Was soll er jetzt tun? Einfach abhauen, so schnell wie möglich runter von der Insel, im Schutz seiner falschen Personalien auf Nimmerwiedersehen verschwinden? Doch was würde dann aus Miriam werden?

Drogenscreening. Vielleicht hat auch sie Gedächtnislücken. Vielleicht weiß sie aber auch etwas, das er nicht weiß? Etwas, das den Nebel in seinem Kopf ein weiteres Stück vertreiben kann?

Karsten seufzt. Er kann nicht weg, ohne Miriam zu befreien. Sonst würde die ganze Situation unkontrollierbar werden. Vielleicht würde Miriam seinen richtigen Namen sagen, und dann wäre es das gewesen mit auf Nimmerwiedersehen verschwinden.

Doch wie soll er sie da rausholen? Er kann ja schlecht auf die andere Station marschieren, an verschiedene Türen klopfen, bis er das richtige Zimmer gefunden hat, und dann mit Miriam einfach aus dem Krankenhaus spazieren.

Was hat der Pfleger gesagt? Genau hier einen Stock tiefer. Hat er damit gemeint, dass Miriam im Zimmer exakt unter seinem Zimmer liegt?

19

Niebüll. Autoverladungsterminal
Davor

Der Andrang an der Autoverladung in Niebüll war enorm. Als klar war, dass der angepeilte Zug ohne sie fahren würde, waren Karsten, Franziska, Miriam und Lorenz davon ausgegangen, den nächsten zu bekommen, doch es wurde nicht einmal der übernächste.

Zweieinhalb Stunden steckten sie im Wartebereich des Autozugs fest, zweieinhalb Stunden an der hässlichen Schleuse zwischen Sylt und dem Rest der Welt. Hitze flimmerte über Asphalt und zig Autodächern, die Luft war von Abgasen getränkt.

Als sich endlich die Schlange vor ihnen in Bewegung setzte, wurde der Audi auf die untere Ebene des Autozugs geleitet.

»Schade«, sagte Miriam enttäuscht. »Von oben kann man bestimmt superschön aufs Meer schauen.«

»Die SUVs lassen sie nach oben, die sind zu hoch für unten«, stellte Franziska fest. »Vielleicht hätten wir uns auch einen besorgen sollen. Passend zu Sylt.«

»Bloß nicht!«, sagte Lorenz. »Am Traktor erkennt man den Bauerntrampel. Sehr uncool.«

»Vielleicht fahren ja deshalb viele so ein Ding«, bemerkte Miriam. »Damit sie auf dem Autozug nach Sylt oben stehen dürfen.«

»Die wollen nicht nur auf dem Autozug oben stehen«, sagte Karsten. »Die wären auch sonst gerne ganz oben. Immer schön auf dicke Hose machen, dabei ist alles nur geleast. Alles Möchtegern und Gernegroß.«

»Siehe Matze«, sagte Lorenz lakonisch.

»Penisprothesen«, bemerkte Karsten. »Nichts anderes sind diese dicken Protzkisten.«

»Dein Vater fährt doch auch so ein Auto«, fiel ihm Franziska ins Wort.

»Eben«, antwortete Karsten bissig. »Der ist das beste Beispiel.«

»Was ist denn so schlimm an SUVs?«, fragte Franziska.

»Brauchen unnötig viel Sprit, nehmen mehr Platz weg, was in der Stadt echt nervt, und wenn dich so ein Riesending auf dem Fahrrad anfährt, hast du keine Chance«, zählte Miriam auf.

»Vor allem ist ein SUV das Gegenteil von Understatement«, sagte Lorenz, »und deshalb uncool.«

»Vor allem das Gegenteil von deinem Gammel-Mini«, kommentierte Franziska schnippisch. »Ihr seid doch bloß neidisch!«

»Neidisch?« Lorenz lachte. »Worauf? Auf die Profilneurose?«

»Wie bist du eigentlich drauf?« Karsten sah Franziska irritiert an. »Findest du diese Fettarsch-Autos etwa gut?«

»Ich fand das schon ganz nett gestern, im *Cayenne* durch die Stadt zu cruisen. Und ich bin allergisch gegen diese Mentalität, alles scheiße zu finden, was mit Luxus und Lifestyle zu tun hat. Vor allem, wenn man wie ihr mitten im Luxus aufgewachsen ist.«

»Genau deshalb dürfen wir das auch scheiße finden!«, rief Lorenz. »Wir können das beurteilen durch langjährige schmerzhafte Kindheitserfahrungen.«

»Aha«, schnappte Franziska. »Und weil ich so ein Proll aus dem Harz bin, ist meine Meinung weniger wert, oder was?«

»So ein Quatsch«, winkte Karsten ab. »Aber es ist doch ganz normal, dass man kritisch hinterfragt, womit man aufgewachsen ist. Tust du doch auch! Du fährst ja nicht einmal an Weihnachten nach Hause!«

Karsten biss sich auf die Zunge. Fransziska war empfindlich, wenn es um ihre Familie ging.

Warum sie nach Bremen gegangen war, um Jura zu studieren, konnte ihre Familie nicht verstehen. Ihrem Vater wäre es lieber gewesen, wenn sie wie ihre zwei Schwestern eine Ausbildung beim Friseur oder bei der Sparkasse gemacht hätte. Ihre Mutter hätte es gern gesehen, wenn sie ihren Jugendfreund geheiratet, schnell Kinder bekommen und ein Haus gebaut hätte – genau wie ihre Schwestern. Franziska galt nun als Abtrünnige, die sich für was Besseres hielt. Bei jedem Besuch fiel Franziska ein wenig mehr die Enge und Beschränktheit ihrer Familie auf, ihres Dorfs, ihres gesamten früheren Lebens.

Als nach einigen Semestern klar war, dass sie an der Uni nicht nur mithalten konnte, sondern sogar richtig gut war, hörte sie auf, nach Hause zu fahren. Aber ein wundes Gefühl blieb.

Der Zug hatte sich inzwischen in Bewegung gesetzt und Niebüll verlassen. Draußen zogen weite Felder und grüne Wiesen vorbei. Windräder drehten sich majestätisch im Südwestwind. Hinter Klanxbüll standen Schafe auf einem Deich, und dann waren sie plötzlich auf dem Hindenburgdamm. Es war gerade Flut, rechts und links weites Meer, das Wasser schwappte bis fast an den Damm heran und funkelte in der Nachmittagssonne.

Karsten öffnete das Fenster, doch statt sauberer, salziger Meeresluft drang nur der Dieselgestank der zwei Lokomotiven des Zuges herein.

20

Westerland/Sylt. Nordseeklinik
Danach

Die Tür des Stationszimmers scheint geöffnet zu sein, auch wenn er das mehr erahnen als sehen kann. Unschlüssig späht Karsten den Gang entlang. Was würde passieren, wenn ihn der Pfleger jetzt noch einmal entdeckte?

Unvermittelt fällt die Tür zum Stationszimmer laut ins Schloss. Um ein Haar hätte er vor Schreck aufgeschrien. Einen Moment lauscht er dem rasend schnellen, rauschenden Pochen in seinen Ohren. Jetzt oder nie!

Er hält die Luft an, als ob allein sein Atmen ihn verraten könnte. Unbemerkt erreicht er das leere Foyer. Hinter dem großen Tresen steht eine Tür sperrangelweit offen. Er hört die murmelnden Stimmen der Schwestern: Gartenbewässerung und Wohnungssuche und wer mit wem und warum. Kein Wort über Patienten. Wahrscheinlich hat die Übergabe noch gar nicht richtig angefangen. Gut, denkt Karsten, sehr gut. Je weniger Leute von ihm wissen, von seiner Geschichte und dem Drogenscreening, desto weniger Leute werden sich ihm in den Weg stellen. Vorsichtig schlüpft er ins Treppenhaus und lässt lautlos die Tür hinter sich ins Schloss gleiten.

21

Westerland/Sylt. Nordhedig
Davor

»Wir haben noch Zeit, soll ich euch mal die Klinik zeigen, wo ich damals war?«, schlug Lorenz vor.

»Wenn die am Strand ist«, meinte Miriam.

»Und ob.« Lorenz' Augen leuchteten, und gegen Strand sprach nun wirklich gar nichts, ganz im Gegenteil. Die Sonne knallte vom Himmel und brannte auf der Haut, viel intensiver als in Bremen, und der Himmel war von einem fast unnatürlichen Blau, in das man am liebsten eintauchen wollte. Noch dazu war es heiß und stickig in Karstens altem Audi, in dem die Klimaanlage den Außentemperaturen nicht Paroli bieten konnte.

Obwohl Karsten wusste, dass ein Großteil von Westerland aus hässlichen Wohnsilos aus früheren Jahrzehnten bestand, hatte er nach Lorenz' Erzählungen eine romantische Vorstellung von der Klinik gehabt. Er stellte sich diese glücklich machende Asthmaklinik wie einen alten Bauernhof vor, umgeben von einigen in den Dünen verstreuten reetgedeckten Häuschen und selbstverständlich direkt am Strand gelegen. Doch dann sagte Lorenz plötzlich vor einem mehrgeschossigen rostroten Zweckbau in einer stinknormalen Nebenstraße mitten in Westerland, Karsten solle anhalten, sie wären da. Lorenz hatte noch immer sein seliges Grinsen im Gesicht. Er lief vorneweg, konnte es kaum erwarten, ein asphaltierter Weg, volle Fahrradständer, Dünen, dann Treppen, und dann fegte der Anblick alle Bedenken und schlechten Gefühle weg.

Die gleißende, von Meer und Strand reflektierte Nachmittagssonne ließ sie die Augen zusammenkneifen und die Hände schützend an die Stirn legen. Hier roch es nun auch tatsächlich intensiv nach Meer, sauber, feucht und salzig. Ehrfürchtig blieben sie stehen.

»Was wollt ihr denn nun? Rein oder raus?«, hörte Karsten eine Stimme neben ihm.

»Ich mach das schon«, beeilte sich Lorenz zu sagen und gab der schlecht gelaunten Frau, die sich aus der Dunkelheit eines hölzernen Kabuffs gemeldet hatte, einen Zehneuroschein.

»Das reicht nicht«, sagte sie.

»Oha«, lachte Lorenz und reichte ihr noch einen Zehner.

»Eintritt für den Strand?«, fragte Miriam ungläubig.

»Kurtaxe«, erklärte er. »Das nehmen die hier ganz genau.«

Über die wenigen Stufen einer Holztreppe stiegen sie hinab zum Strand, stapften barfuß durch den warmen weichen Sand und ließen sich neben den Resten einer Strandburg nieder, die von der nahenden Abendflut bald vollends weggespült werden würde. Eine Gruppe Kinder tobte um zwei Volleyballnetze herum, die am Strand aufgestellt waren. Zwei Frauen mit sonnengegerbten Gesichtern standen am Rand. Mit stoischem Blick ließen sie die Kinder gewähren.

»Na, willst du nicht deinen Kindergärtnerinnen hallo sagen?«, stichelte Karsten in Lorenz' Richtung. Er ignorierte es.

»Wer als Erstes …«, rief Franziska, aber Miriam und Lorenz waren schon losgerannt wie aufgekratzte Kinder. Karsten hatte es gar nicht bemerkt, dass sich die anderen in Windeseile umgezogen hatten, während er noch immer mit der Badehose in der Hand das Meer anstaunte, überwältigt. So lange war er nicht mehr am Meer gewesen.

Mit beeindruckender Wucht brandeten die Wellen an den Strand, brachen und zerliefen dann schaumig und ohne Hast über den glattgewalzten Sand. Woher kam bei so ruhigem Wetter dieser Wellengang? Vielleicht war das hier immer so. War Sylt nicht genau dafür bekannt und beliebt? Schwere See, dachte Karsten plötzlich, schwere See, mein Herz. Dieses alte Lied von *Element of Crime*. Heilte das Meerwasser nicht Wunden? Konnte die Nordsee auch in einem drin alles rund und weich und glatt spülen wie die kleinen Scherben und Holzstückchen, die man an Stränden wie diesem finden konnte?

Franziska und Miriam quietschten, Lorenz und Karsten brüllten, das Wasser, kalt für diesen endlosen heißen Sommer, kälter als erwartet, prickelte wunderbar auf der Haut. Die dunklen Gedanken verschwanden, als wären sie nie da gewesen. Sie blieben so lange im Wasser, bis sie Gänsehaut hatten, tauchten immer wieder durch die Wellen und wurden von ihnen zurück an den Strand getrieben. Sie ließen sich lang im Sand ausgestreckt von der Sonne trocknen und wieder aufwärmen. Gegen halb sieben brachen sie auf, um das Ferienhaus von Matzes Familie zu suchen. Sie taten es ein wenig widerwillig.

22

Westerland/Sylt. Nordseeklinik
Danach

Die Mauern der Klinik haben die Hitze der letzten Wochen gespeichert. Jenseits der Automatiktüren ist die Luft dagegen überraschend kühl und feucht. Es rauschen der Wind und das Meer, es muss ganz nah sein, vor dem tiefblauen Abendhimmel ein paar Möwen, kreischend. Es dämmert.

Karstens Augen scannen die geparkten Autos. Er braucht keine zwei Sekunden, um zu erkennen, dass sein Auto nicht im Innenhof der Klinik steht. Was nun?

Karsten muss sich zwingen, nicht loszurennen. Bloß nicht auffallen, ganz langsam gehen, egal wohin, Hauptsache weg. Haben sie auf Station schon bemerkt, dass er abgehauen ist? Suchen sie bereits nach ihm?

Er erreicht einen schmalen Mauerdurchlass, dahinter ein gläserner Unterstand. Ein übervoller Aschenbecher qualmt bedrohlich vor sich hin. Zwei Männer um die 70, unrasiert, schmuddelige Bademäntel, ausgetretene Hausschuhe. Sie verstummen mitten im Satz und starren ihn an. Er nickt. Einfach weitergehen.

Ein Nebengebäude, heruntergekommen, Fahrräder in unterschiedlichen Stadien des Verfalls. Ein dickes Mädchen in weißer Schwesternkleidung rennt aus der offen stehenden Tür und in Karsten hinein. Eine Entschuldigung murmelnd, hetzt sie weiter.

Als Karsten die Straße erreicht und auf dem breiten Radweg steht, hat er das Gefühl, bereits einen Marathonlauf hinter sich zu haben. Ein Polizeiwagen nähert sich von links. Karsten wendet sich nach rechts und biegt nach wenigen Metern erneut rechts ab auf einen asphaltierten Fahrweg. Hinter ihm rauscht der Polizeiwagen ohne zu bremsen vorbei.

In dem schmucklosen Neubau auf der rechten Seite des Weges, hinter einem der jalousiebewehrten Fenster im ersten Stock des Krankenhauses, muss er gerade noch gelegen haben. 200 Meter weiter leuchtet etwas hell in den Nachthimmel hinauf, gegenüber erkennt Karsten die Kiefern, die er durch die Lamellen der Jalousie gesehen hat.

Miriam. Hinter welchem Fenster ist sie? Vielleicht würde sie ihm sagen können, was in der letzten Nacht passiert ist. Aber auch wenn nicht, muss er sie da rausholen. Wenn er abhauen muss, muss sie es doch genauso!

Wer hat sie an dieser Bushaltestelle bewusstlos abgeladen, mitten in der Nacht, wie illegalen Sperrmüll? Das wird Miriam wahrscheinlich auch nicht wissen. Eigentlich müssen es ja die anderen gewesen sein. Aber warum? Oder ist alles ganz anders gewesen? Ist Miriam mit ihm zusammen weggegangen, geflohen sogar? Sind sie vielleicht sogar selbst in das Wartehäuschen der Bushaltestelle gegangen und dort einfach eingeschlafen? Aber warum in Wenningstedt?

Der Fahrweg endet an einem weiteren Radweg, dahinter Dünen. Von Westen aus betrachtet sieht die Klinik eher wie ein Hotel aus. Balkon an Balkon, weiße Handtücher über den Brüstungen, träge flatternd im Wind. Das Meer rauscht hier noch lauter von jenseits der Dünen.

An der nächsten Ecke stößt Karsten erleichtert auf eine große Freifläche, rechts die Klinik, links wieder ein Wäldchen. Der Platz ist komplett zugeparkt. Schon in der ersten Reihe, am westlichen Rand des Platzes, unter der tief hängenden Krone einer windschiefen Schwarzkiefer, findet er den Audi. Er kann gar nicht schnell genug die Fahrertür öffnen. Er lässt sich auf das zerschlissene Leder des Fahrersitzes fallen und atmet die stickige wunderbaumaromatisierte Luft ein. Eine warme Welle vertrauter Geborgenheit überschwemmt ihn und schwappt als Tränen in seine Augen, die er mit dem Handrücken beiseite wischt.

Er öffnet das Handschuhfach. Er hat gehofft, sein Handy dort zu finden, aber da ist nichts.

Was auf Sylt passiert, bleibt auf Sylt. Er sieht hoch und betrachtet die Kiefernzweige, die über die Windschutzscheibe wischen. Woher kommt jetzt dieser Satz? Er schüttelt den Kopf, und dann sieht er es plötzlich wieder deutlich vor sich, als habe jemand ein Fenster geöffnet.

23

Hörnum/Sylt. Süderende
Davor

Die Straße muss eine der schönsten der Welt sein, dachte Karsten, irgendwo musste es eine Liste geben, und auf dieser Liste der schönsten Straßen würde diese Straße zwischen Rantum und Hörnum ganz weit oben aufgelistet sein.

Schnurgerade zog sich das Asphaltband im gleißenden Sonnenlicht durch einsame Dünenlandschaft. Immer wieder blitzte blau das Meer zur Linken auf. Der Strandhafer, oder wie die Dünenpflanzen auch immer heißen mochten, wirkte wie ausgeblichen, was der Szenerie einen surrealen Hauch verlieh. Mitten im Nichts passierten sie eine ausgeschaltete Ampel und kurz danach einen riesigen Parkplatz, fast leer. Nur zwei alte Wohnmobile standen dort wie zufällig stehengeblieben, Surfbretter auf dem Dach, doch kein Mensch zu sehen.

»Paradiesisch«, seufzte Miriam.

»Ich dachte, Sylt ist so überlaufen im Sommer«, bemerkte Franziska. »Aber hier sieht's ja ganz schön einsam aus.«

»Wenningstedt, Kampen, List und natürlich Westerland, da sind die meisten Touris«, sagte Lorenz. »Der Süden von Sylt ist ruhiger. Aber im Osten ist es noch ruhiger, am Nössedeich in Morsum oder in Archsum in den Wiesen.«

»Du kennst dich ja voll gut aus«, lobte Franziska.

»Wir haben mit der Klinik Ausflüge über die ganze Insel gemacht«, antwortete Lorenz. »Damals wäre ich lieber am Strand geblieben, aber eigentlich war es cool, dass sie uns Sylt gezeigt haben.«

»Wer weiß, wofür es gut ist«, bemerkte Karsten. »Wenn wir bei Matze vorzeitig raus müssen, dann ist es gut, einen Experten dabei zu haben.«

»Warum sollten wir denn bei Matze vorzeitig raus müssen?«, fragte Miriam. »Bist du nicht ein wenig arg paranoid?«

»Abwarten«, brummte Karsten. »Wir werden ja sehen.«

Die Straße machte eine langgesteckte Kurve, danach

tauchten große schlichte Gebäude auf und in der Ferne ein Leuchtturm. Karsten bremste ab.

»Was sind denn das für Bunker?«, fragte Franziska.

»Bunker ist gar nicht so verkehrt«, antwortete Lorenz. »Das sind ehemalige Kasernen. Hier war früher ganz viel Militär stationiert. Im Zweiten Weltkrieg sollte von Sylt aus England erobert werden. Deshalb hat der Sylter Flugplatz auch eine Landebahn, auf der richtig große Passagierflugzeuge landen können.«

»Aber jetzt ist hier doch kein Militär mehr, oder?«

»Jetzt nicht mehr. Jetzt sind in den alten Kasernen Landschulheime und so Ähnliches untergebracht.«

Lorenz hatte die Navigationsapp seines Handys mit der Adresse gefüttert, die Matze ihnen gegeben hatte. Bislang war es immer nur geradeaus gegangen. Als sie im Ort eine scharfe Linkskurve erreichten, meldete sich die Computerstimme und wies sie an, dass sie rechts abbiegen sollten.

»Bist du sicher, dass wir hier richtig sind?«, fragte Karsten an Lorenz gewandt. »Hier geht's doch schon wieder raus aus dem Ort.«

»Muss hier gleich sein«, meinte Lorenz. »Fahr mal langsam.«

Das hätte er nicht sagen müssen. Auf der schmalen Fahrbahn, mehr Weg als Straße, verhinderten Fußgänger und Radfahrer alles über Schritttempo.

»Stopp!«, rief Lorenz. »Zurück!«

Karsten gehorchte.

»Hier muss es sein! Fahr da mal hoch!«

»Da?« Karsten drehte sich zu Lorenz um. »Du verarschst mich doch, oder?«

»Wenn, dann Google. Fahr da mal hoch!«, insistierte Lorenz.

Karsten seufzte und lenkte den Audi auf einen noch schmaleren, mit rötlichen Steinen gepflasterten Weg, der ohne sichtbares Ziel mitten in die Dünen führte.

»Das muss es sein!«, rief Franziska und zeigte durch die Windschutzscheibe.

Im weiten Bogen führte ein Fahrweg hinauf auf eine hohe Düne. Von unten sah man ein Reetdach mit Gauben, der Rest des Hauses war durch die erhöhte Lage und eine Hecke aus Inselrosen vor Blicken geschützt.

»Ganz sicher?«, fragte Karsten. »Wenn ich da jetzt hochfahre, und das gehört anderen Leuten, die keinen Bock auf Besuch haben und ihre Dobermänner auf uns hetzen …«

»Spinner!«, lachte Lorenz. »Wir sind doch nicht im Getto.«

Im ersten Gang arbeitete sich der Audi den steilen Weg hinauf. Vor dem Haus stand Matzes Cayenne.

»Siehste!«, rief Lorenz triumphierend.

»Glück gehabt«, bemerkte Miriam spöttisch.

»Von Glück kann keine Rede sein«, murmelte Karsten, doch das hörte keiner der anderen. Er manövrierte den Audi zwischen Matzes Cayenne und einen kleinen Unterstand für die Mülltonnen.

Sie betraten die umlaufende Terrasse. An der rot geklinkerten Mauer stand in metallenen von Grünspan angegriffenen Buchstaben »Dünenburg«.

»Boah«, entfuhr es Miriam. »Das ist ja mal geil!«

Während der Blick auf das Haus von unten weitgehend versperrt gewesen war, war die Aussicht von oben überwältigend. Zu drei Seiten Meer, im Osten und Süden waren andere Inseln zu sehen, nach Westen erstreckte sich scheinbar endlos die offene See. Zahlreiche Reetdachhäuser verteilten sich wie zufällig hingewürfelt in den Dünen. Die Abendsonne tauchte die gesamte Szenerie in goldenes Licht und ließ die Nordsee in einer keilförmigen Spur bis zum Horizont funkeln wie Milliarden Diamanten.

Abrupt wurde die Haustür aufgerissen. Matze stand in der Tür.

»Wo bleibt ihr denn, verdammt?«, rief er. »Wir wollen endlich den Schampus aufmachen!«

Die verwaschene Aussprache ließ erahnen, dass er schon einiges intus hatte.

24

Karsten war widerwillig beeindruckt. Schon allein die Lage des Hauses war phänomenal schön. Aber auch als sie durch einen mit Terrakotta gefliesten Flur in ein helles Wohnzimmer traten, von dem aus der Blick aufs Meer dank großzügiger Panoramafenster in keine Richtung behindert wurde, kam er nicht umhin, positiv überrascht zu sein. Er wusste nicht, was er eigentlich erwartet hatte. Jedenfalls nicht eine geschmackvoll und dezent, wenn auch zweifellos teuer eingerichtete Wohnung mit zahlreichen perfekt aufeinander abgestimmten Kunstgegenständen und Designerstücken. So viel Kultur hatte er Opderveldes nicht zugetraut.

Hatte Matze nicht gesagt, hier wäre eingebrochen worden? Er konnte keinerlei Einbruchsspuren erkennen, dafür jedoch auf den ersten Blick mehr als ein Dutzend Gegenstände, die er als Einbrecher sofort mitgenommen hätte. Waren die Diebe auf Sylt besonders wählerisch? Oder hatte der Hausverwalter ganze Arbeit geleistet und alles bereits ersetzt und repariert?

Im hinteren Teil des Wohnzimmers standen schwarzlederne Loungemöbel um einen schweren Couchtisch aus Glas und Rattangeflecht. An der gegenüberliegenden Wand hingen ein riesiger Fernseher und eine Hi-Fi-Anlage von Bang&Olufsen über einem niedrigen Sideboard, auf dem ein großer steinerner Buddha prangte und das Wohnzimmer zu überwachen schien. Ein riesiger Nepalteppich in hellen Erdtönen bedeckte den Boden zwischen der Unterhaltungselektronik und der Sitzgarnitur. Durch die halb geöffnete Schiebetür konnte man nach Südwesten auf die umlaufende Terrasse sehen, auf der wuchtige Gartenmöbel aus dunklem Hartholz standen. Drei der Stühle waren besetzt. Enrico saß dort. Und zwei Mädchen.

»Darf ich euch mit unseren reizenden Begleitungen bekannt machen?«, rief Matze. »Das sind Sandy und Sunny! Meine Damen, das sind meine alten Schulfreunde Kasi und Renzo und ihre Freundinnen Franzi und Miri!«

»Er hat echt ein Problem mit Namen«, flüsterte Miriam Karsten ins Ohr.

Wie alt mochten Sandy und Sunny sein? Vielleicht 18. Oder erst 16? Karsten konnte sie schlecht schätzen. Die Mädchen waren stark geschminkt, vielleicht wollten sie dadurch älter wirken. Ihre Kleidung stellte feste Hintern, flache Bäuche und gepushte Brüste zur Schau. Die langen, glatten blondierten Haare fielen seidig über ihre Schultern. Sonnenbrillen verdeckten die oberen Hälften ihrer Gesichter. Irgendwie sehen sie sich ähnlich, dachte Karsten, aber nicht wie Schwestern, sondern wie Mitarbeiterinnen eines Unternehmens mit genauen Regeln für das äußere Erscheinungsbild. Corporate Identity. Irgendwie unheimlich.

»Da wir jetzt vollzählig sind, noch einmal herzlich willkommen auf Sylt!«, rief Matze laut. »Ich hoffe, dass wir uns bei diesem kurzfristig anberaumten Event bestens verstehen werden, und dass ihr dem Ruf der Insel alle Ehren machen werdet!«

»Auf Sylt, die alte Schlampe!«, rief Enrico.

»Bevor wir mit dem Begrüßungsritual beginnen, muss ich euch auf eine Sache hinweisen. Sylt ist ein ganz besonderer Ort. Sylt ist Party, Ausschweifung, Exzess. Deshalb gilt der Grundsatz: Was auf Sylt passiert, bleibt auf Sylt!«

Sandy und Sunny sahen sich an und prusteten los.

»Und deshalb werde ich nun eure Handys einsammeln!«, fuhr Matze unbeirrt fort. Er nahm eine leere Obstschale und hielt sie Karsten unter die Nase.

»Was soll der Scheiß?«, murrte Karsten und schob die Schüssel beiseite.

»Sandy und Sunny haben das schon getan, Enrico und ich natürlich auch, jetzt fehlt nur noch ihr. Wenn ich also bitten dürfte.«

»Aber warum?«, fragte Miriam. »Was hast du davon?«

»Ich hab keine Lust, durch irgendwelche Fotos oder Videos in meiner Karriere behindert zu werden, wenn ihr wisst, was ich meine«, sagte Matze mit süffisantem Grinsen. »Das Internet vergisst nichts!«

»Was, um Himmels willen, hast du denn vor, was dir

bei der Wahl zum Bundeskanzler in die Quere kommen könnte?«, bemerkte Lorenz.

»Ja genau, Matze, willst du hier 'ne Drogenparty feiern oder Pornos drehen oder jemanden umbringen?«, rief Miriam.

Matze schaute verschmitzt. »Ich will einfach eine geile Zeit haben, ohne dass jeder Penner im Internet davon Zeuge wird.«

»Du bist krank!«, stellte Karsten fest.

»Das sagt der Richtige«, antwortete Matze herablassend. »Ist mir aber auch so was von egal, wie du das findest. Entweder Handys zu mir oder Reisegruppe Straußberger ab nach Hause! So einfach ist das.«

Franziska zog ihr Handy aus der Gesäßtasche und legte es in die Schale. Lorenz zuckte mit den Schultern und tat es ihr gleich, danach auch Miriam.

»Als ob das irgendeine Sau interessieren würde, was du auf Sylt treibst«, bezweifelte Karsten genervt, schaltete sein iPhone aus und legte es zu den anderen Handys.

»Verbindlichsten Dank!«, sagte Matze mit einer kleinen Verbeugung und verschwand mit der Schale im Haus.

Als er zurück durch die Schiebetür auf die Terrasse trat, knallte er einen orangefarbenen Karton auf den Tisch, riss ihn auf und verteilte die Flaschen. Champagner. Veuve Clicquot.

»Ist nur zum Rumspritzen«, erklärte Matze. »Begrüßungsritual! Zum Trinken haben wir was Besseres! Also auf drei!«

Matze schüttelte seine Flasche und zählte. Bei drei schoss der Korken mit sattem Plopp in die Dünen. Sandy und Sunny kreischten, als sich der Champagner über der gesamten Terrasse sowie über Haut, Haare und Kleider verteilte. Als auch Enrico und Lorenz ihre Flaschen entkorkten, wich Karsten rasch und unbemerkt um die Hausecke, in den Schatten der Ostseite zurück. Er sah, wie Miriam und Franziska durch die Terrassentür ins Haus flüchteten und die völlig durchnässten Mädchen Sandy und Sunny, deren helle Tops durchsichtig auf der Haut klebten und deren Brustwarzen sich mehr als deutlich unter dem dünnen Stoff abzeichneten, hastig aufstanden. Er beobachtete, wie Matze und Enrico die beiden jagten, sie liefen in die Dünen, kreischend, johlend, brüllend, bis die Vegetation sie verschluckte. Lorenz stand am Rand der Terrasse und sah ihnen hinterher.

25

Westerland/Sylt. Nuurhörn. Parkplatz nördlich der Klinik
Danach

Schade, dass wir uns nicht unter anderen Umständen kennengelernt haben.

Warum eigentlich so pathetisch, so schwärmerisch, fast kitschig?

Warum hat ausgerechnet Luna ihn besucht? Warum nicht Franziska, seine Freundin? Warum nicht Lorenz, sein bester und ältester Freund? Wo zum Teufel waren sie?

Er sieht auf die Uhr. Seit die Tür des Schwesternzimmers zugeknallt und er von Station verschwunden ist, sind gerade mal 20 Minuten vergangen. Es kommt ihm wie Stunden vor. Wenn er sich beeilt, ist die Chance groß, dass die Schwestern noch immer bei der Dienstübergabe sitzen.

Er steigt aus dem Audi und spürt, wie schwer ihm das fällt, er fühlt sich wie ein alter Mann mit Arthrose in allen Gelenken. Obwohl der Abend kühl ist, bricht ihm vor Anstrengung der Schweiß aus, als er mit steifen Gliedern ein zweites Mal an der Klinik vorbei zum südlichen Fahrweg geht.

Er muss zu Miriam, er will zu ihr, er muss sie da rausholen!

Miriam. Er denkt zu viel an sie. Mehr, als ihm guttut.

26

Bremen. Stadtwerder
Davor

Das Geräusch kam aus der Richtung des Schuppens, der sich im Osten des Gartens inmitten einer Gruppe alter Eschen versteckte.

Im Jahr, als Karsten seine Mutter tot in der Badewanne gefunden hatte, musste eine der Eschen gefällt werden. Das Eschentriebsterben hatte den Baum befallen, eine Pilzerkrankung, die sich wegen der Klimaerwärmung rasant ausbreitete, hatte der Gärtner gesagt.

Karsten hatte in den Monaten danach oft im Schatten der verbliebenen Eschen auf dem Stumpf des gefällten Baumes gesessen und nachgedacht. 52 Jahresringe konnte er zählen. Der Baum war genauso alt geworden wie seine Mutter und nur zwei Monate nach ihr gestorben.

Auf dem Stumpf der Esche saß jetzt Lorenz. Der knochige Rücken konnte nur zum Teil Miriam verbergen. Sie saß auf seinem Schoß, die welligen blonden Haare tanzten um Lorenz' Schultern, ihre großen Brüste hüpften auf und ab und blitzten immer wieder rechts und links neben Lorenz' Oberkörper hervor. Erst als sie für einen kurzen Moment innehielt, bemerkte Karsten, dass Miriam ihn ansah. Ihre leuchtend blauen Augen waren in einer Mischung aus Erschrecken und Verwunderung weit aufgerissen. Reglos vor Schreck starrte Karsten zurück, unfähig, den Rückzug anzutreten, unfähig, überhaupt eine Bewegung zu machen.

Da lächelte Miriam leise. Ihr Blick veränderte sich zu Belustigung und etwas, das Karsten nicht einordnen konnte, aber ihn erregte. Ohne ihn aus den Augen zu lassen, setzte sie ihre Bewegungen fort, wurde schneller und lauter, bis sie schließlich die Luft anhielt, Lorenz umklammerte und mit ihm seitlich vom Baumstumpf auf den Boden kippte.

Der dumpfe Aufprall holte Karsten zurück aus seiner Erstarrung. Hastig verließ er den Schatten der Eschen, bevor auch noch Lorenz ihn entdecken würde.

Franziska lag exakt so auf der Wiese, wie Karsten sie verlassen hatte. Er mixte sich einen Gin Tonic und setzte sich auf die verwitterte Bank neben der Gartentür. Als Lorenz und Miriam wieder auftauchten, war seine Erektion längst abgeklungen.

27

Westerland/Sylt. Nordseeklinik
Danach

Es ist nicht Miriam.

Die Frau ist um die 80. Dünne Ärmchen, eingefallenes Gesicht, stoppelige graue Haare. Karsten duckt sich unter das Fenster und hält unwillkürlich die Luft an. Über ihm hört er ein Rütteln, dann wird das Fenster gekippt.

»Was ist das hier, ein Gefängnis?«, hört er eine schrille Stimme, die perfekt zu der alten Frau passt. »Warum lässt sich das Fenster nicht ganz öffnen?«

Dann setzt sich die Jalousie quietschend und scharrend in Bewegung. Karsten legt sich auf den Boden und drückt sich an die Wand unter dem Fenster.

»Niemand zu sehen«, hört Karsten von drinnen. »Haben Sie das nicht auch gehört? Das hab ich mir doch nicht eingebildet!«

Er hört eine zweite Frauenstimme, leiser, unverständlich.

»Das war kein Vogel! Der wäre doch nur an die Jalousie geprallt. Da hat jemand von außen geklopft! Also ich hol jetzt eine Schwester.«

Schritte. Eine schwere Tür, die ins Schloss fällt.

Karsten liegt immer noch reglos. Lauscht. Dann hört er erneut eine Stimme. Weder Flüstern noch Rufen.

Gedämpft. Ängstlich. Heiser.

»Hallo?«

Karsten schweigt.

»Hallo!«

Die Stimme ist jetzt kräftiger, nicht mehr unterdrückt, sondern klar und deutlich.

Karsten rappelt sich auf. Hinter der Scheibe steht eine junge Frau. Ihre langen Haare sind wirr und strähnig. Unter den Augen schwarze Schatten. Auf der rechten Wange prangt rot eine Schürfwunde. Aber die blauen Augen leuchten, als sich die mit verwischtem Lippenstift umrandeten Lippen zu einem erstaunten Lächeln verziehen.

Es ist Miriam.

28

Hörnum/Sylt. Strand
Davor

Miriam ging voran und trug die Flasche Veuve Clicquot, die sie vor dem Verspritzen gerettet hatte, wie eine Keule, bereit zum Zuschlagen. Lorenz, Franziska und Karsten trotteten hinterher, die lange Auffahrt hinab, einen schmalen sandigen Pfad zu einem kleinen Sträßchen, das nach wenigen Metern an einer Holzhütte endete, ein Strandrestaurant, *Kap Horn*, las Karsten. Guter Name, dachte er, passt zu diesem entlegenen Winkel. Hinter dem Restaurant, zwischen den Dünen, lagen der Strand und das Meer.

Im Außenbereich der Holzhütte saßen die Leute dicht an dicht, Paare, Familien, ein Junggesellenabschied. Die braun gebrannten Bedienungen liefen gut gelaunt zwischen den Tischen umher und servierten Getränke und Essen. Es roch nach gegrilltem Fleisch, Bratkartoffeln und Fisch. Lachen, Stimmengewirr, Urlaubsatmosphäre.

Doch Karsten, Franziska, Lorenz und Miriam schwiegen verstimmt.

Sie erreichten den Strand. Die Sonne stand tief über dem Horizont. Das orangefarbene Licht ließ den Sand, die Dünen, die Strandkörbe und die Gesichter warm und golden leuchten.

Links schien der Strand rasch zu enden. Eine imposante Ansammlung von krakenartigen Betongebilden lag dort in Reihen aufgetürmt im Sand und weit ins offene Meer hinaus. Die sogenannten Tetrapoden sollten die Südspitze vor

Sandverlust schützen, schienen jedoch eher das Gegenteil zu bewirken, erklärte Lorenz.

Sie gingen ein paar Schritte in die entgegengesetzte Richtung und ließen sich an der Hochwasserlinie nieder, wo ein Saum aus Muscheln und allerlei kleinem Treibgut angespült worden war.

Miriam betrachtete missmutig die Champagnerflasche. »Scheiße, wenn ich so weitermache wie in den letzten Wochen, werde ich noch zur Alkoholikerin.«

»Jetzt mach schon auf«, sagte Karsten ungeduldig.

Die Flasche ging von Hand zu Hand.

»Die beiden sind jenseits von Gut und Böse, oder?«, sagte Franziska und sah Zustimmung heischend in die Runde.

»Wer?«, fragte Karsten, »Matze und Ricky?«

»Die auch«, sagte Franziska grimmig. »Aber ich meine die zwei Girlies.«

»Girlies!«, lachte Miriam. »Als man zuletzt Girlie gesagt hat, waren die beiden noch im Kindergarten.«

»Ich frag mich nur, wo sie die beiden aufgegabelt haben«, sagte Karsten.

»So was von billig! Ekelhaft!« Miriam schüttelte sich.

»Und warum nehmen Matze und Enrico ausgerechnet *die* mit nach Sylt?«

»Na, das ist ja wohl klar«, sagte Lorenz. »Nachdem ihr zwei leider eure Freunde aus dem Hut gezaubert habt, mussten sie eben Ersatz finden.«

»Ganz ohne was zu ficken kann man doch nicht in Urlaub fahren!«

»Miriam!« Franziska klang ernsthaft schockiert.

»Ist doch wahr!«, sagte Miriam achselzuckend. »Oder was hast du gedacht, warum sie uns nach Sylt eingeladen haben?«

»Ob die überhaupt schon 18 sind?«, fragte Lorenz.

Miriam zuckte erneut mit den Achseln. »Kann uns doch scheißegal sein.«

Franziska räusperte sich. »Zumindest 16 werden sie schon sein. Juristisch gesehen also kein Problem. Es sei denn, sie nehmen Geld für …«

»Du meinst, sie sind Nutten?«, rief Miriam.

»Keine Ahnung!« Franziska schüttelte den Kopf. »Und ich will es auch gar nicht wissen.«

»Ich schon!«, rief Miriam.

»Ich könnte es mir schon vorstellen«, sagte Lorenz. »Von so einem Escortservice vielleicht. Genauso sind sie doch zurechtgemacht.«

»Was weißt du denn, wie Frauen von einem Escortservice aussehen?«, bemerkte Miriam schnippisch und trank den letzten Rest aus der Champagnerflasche.

»Ich glaube das nicht«, sagte Karsten. »Das traue ich nicht einmal Matze zu. Ich denke, das sind einfach zwei kleine Mädchen, die von dem Geld beeindruckt sind, mit dem Matze und Enrico um sich werfen.«

»Schluss jetzt!«, rief Miriam bestimmt und rappelte sich hoch. »Ist mir alles scheißegal! Wir vier müssen zusammenhalten! Was gehen uns die anderen an? In ein paar Tagen sehen wir sie wahrscheinlich nie wieder. Lasst uns einfach das Meer genießen, den Strand und die Sonne!« Sie drehte ein paar Pirouetten mit ausgebreiteten Armen.

Lorenz sprang auf. »Wer als Erstes im Wasser ist!«, rief er, und alle beeilten sich, ihre Kleider loszuwerden.

Zwei Finger breit stand die Sonne über dem Horizont. Die Meeresoberfläche leuchtete tief orange. Das Wasser prickelte auf der Haut wie gerade der Champagner in ihren Mündern.

Wenig später, die Sonne war hinter dem Horizont verschwunden, saßen sie nebeneinander am Strand und ließen sich von den Farben des Abendhimmels berauschen.

»Wir könnten Essen mitbringen«, schlug Miriam vor. Sie fröstelte und hatte sich in ihr Handtuch gewickelt. »Vom *Kap Horn*. So als nette Geste.«

»Gute Idee«, stimmte Franziska zu.

»Ja, soll uns niemand vorwerfen, dass wir keinen guten Willen zeigen«, bemerkte Karsten.

»Dann los«, sagte Lorenz.

Doch niemand machte Anstalten, aufzustehen und zusammenzupacken.

Erst als am Himmel die Pastellfarben immer mehr dem Nachtblau wichen, zogen sie los.

29

Westerland/Sylt. Nordseeklinik
Danach

Miriam spürt, wie ihr Kreislauf schwächelt. Rauschen in den Ohren, Sternchen vor den Augen, je länger sie auf den Beinen ist, desto mehr, gleich wird sie umkippen, denkt sie, dazu noch diese reißenden Schmerzen im Nacken, als hätte jemand ihren Kopf einmal um 360 Grad gedreht, aber erstaunlicherweise kann sie sich auf den Beinen halten, wenn auch schwankend.

Sie starrt auf Karstens Lippen und versucht zu erfassen, was er ständig wiederholt.

Wir müssen abhauen, formt sie schließlich seine Worte mit ihrem Mund nach, als müsse sie eine Beschwörungsformel in einer fremden Sprache lernen. Dann erst begreift sie. Sie müssen abhauen!

Sie betrachtet sein Gesicht. Verschwitzt, bleich unter der Sommerbräune, Augenringe, die Haare verklebt, zerzaust. Sieht sie etwa genauso fertig aus? Vermutlich. Karsten wirkt so, wie sie sich fühlt. Und je länger sie ihn ansieht, desto deutlicher erkennt sie die Panik in seinem Ausdruck und merkt, wie sich die Angst auch ihrer bemächtigt.

Plötzlich fühlt sie sich wie unter Strom gesetzt, von Adrenalin geflutet.

»Ich kann nicht!«, ruft sie heiser. »Man kann die Fenster nur kippen!«

»Dann komm über den Gang! Raus aus dem Zimmer und dann links, da ist ein Notausgang.«

Für Sekunden steht sie bewegungslos da und sieht ihn nur unverwandt an.

»Schnell! Die Alte kommt gleich wieder!«

Miriam fühlt sich überfordert und sieht sich hektisch im Zimmer um. Ihr Rucksack! Er steht am Fußende des Bettes, als hätte sie ihn selbst dort abgestellt. Sie bückt sich über ihn und will ihn öffnen. Da erst fällt ihr auf, dass sie eines dieser schrecklichen, hinten offenen Krankenhausnachthemden trägt und sonst gar nichts. Hastig richtet sie sich wieder auf und rafft den Stoff über ihrem Po zusammen. Sie sieht über die Schulter. Das war ja klar! Karsten glotzt. Warum starrt er sie immer so an? Na gut, es ist ihr klar, warum, sie ist ja nicht naiv. Trotzdem – es gibt so gute Gründe, es nicht zu tun. Franziska. Lorenz. Und, wie sie neuerdings weiß, Carina und Matze und Karstens moralische Entrüstung über den Jahre zurückliegenden Verrat. Bislang hat sie immer locker und mit mildem Spott auf sein Glotzen reagiert, doch in ihrer jetzigen Verfassung fühlen sich seine Blicke an wie Nadelstiche.

»Würdest du bitte …?«

Hastig wendet sich Karsten ab und verschwindet vom Fenster.

Rasch lässt Miriam das Nachthemd fallen und wühlt Unterwäsche, ein T-Shirt und eine abgeschnittene Jeans aus dem Rucksack, schlüpft hinein, schließt den Rucksack und wuchtet ihn sich auf den Rücken. Er scheint schwerer geworden zu sein. Schwankend schließt sie den Bauchgurt und zieht die Träger straff. Ihre Flip-Flops stehen ordentlich unter dem Bett, sie schlüpft hinein. Ein letzter Blick. Sonst entdeckt sie nichts, das ihr gehört.

Mit klopfendem Herzen öffnet sie die Zimmertür einen Spaltbreit und späht in den Flur. Niemand zu sehen. Sie tritt hinaus. Dort ist der Notausgang, links von ihr, keine zehn Meter entfernt. Auf halber Strecke geht rechts ein Gang ab. Miriam äugt um die Ecke. Vom anderen Ende des Flurs kommt ihre Bettnachbarin mit erstaunlich schnellen Schritten auf sie zu, neben ihr eine Krankenschwester, auf die sie aufgeregt einredet. Die Krankenschwester nickt gelangweilt. Beide sehen nicht in ihre Richtung. Schnell!

Miriam huscht die letzten Meter zum Notausgang. »Nur im Notfall öffnen«. Na dann. Miriam drückt entschlossen die Klinke und stößt die Tür auf.

Ohrenbetäubend schrillt der Alarm los. Miriam stolpert hinaus in die Nacht, frische Luft, kühler Wind, und dort drüben an einem breiten Metalltor steht Karsten, fuchtelnd, winkend. Er zeigt auf eine Lücke zwischen Tor und einem Friesenwall, auf dem üppig Inselrosen wuchern. Sie versucht, durch die Lücke hindurch zu schlüpfen, doch ihr Rucksack hält sie zurück, zieht sie zu Boden, wo sie liegen bleibt, hilflos auf dem Rücken wie ein Marienkäfer. Hinter ihr noch immer der Alarm.

»Schnell!«, zischt Karsten. »Schlüpf aus deinem Rucksack!«

Miriam öffnet das Trägersystem, löst den Bauchgurt, rappelt sich hoch. Karsten wuchtet den Rucksack auf das Tor und lässt ihn darüberfallen. Dann hilft er ihr durch die Lücke auf die andere Seite.

Karsten schultert den Rucksack und packt Miriams Handgelenk, zerrt sie mit sich fort, weg von der Klinik. Er läuft so schnell, dass Miriam fast nicht folgen kann. Sie stolpert und fällt beinahe hin. Sie würde sich gerne noch einmal umsehen, nur zur Beruhigung, dass ihnen noch immer niemand folgt, doch Karsten zieht sie ein schmales Sträßchen entlang, dann einen Schotterweg, daneben Gebüsch, dann Kiefern, ein Wäldchen.

Abrupt reißt die durchdringende, jeden anderen Laut verschluckende Sirene ab. Die Stille, die folgt, ist noch ohrenbetäubender als das schrille Heulen zuvor.

Karsten verlässt den Weg, bricht durchs Unterholz, noch immer hat er sie fest, fast schmerzhaft am Handgelenk gepackt. Schließlich lässt er sie los, fällt zu Boden und bleibt nach Luft ringend liegen. Miriam blickt sich hastig um. Der Weg, über den sie gekommen sind, ist nicht mehr zu sehen.

Miriam setzt sich neben Karsten auf den mit Kiefernnadeln bedeckten Boden. Sie hat das Gefühl, als würde das Wäldchen sie verschlucken, nichts als Bäume, Büsche und sie beide. Sie legt ihre Hand auf seinen Rücken, der sich in schnellen, tiefen Atemzügen hebt und senkt.

Karsten glüht. Er ist klitschnass geschwitzt. Die Kleider kleben auf seiner Haut, als wäre er in ein Unwetter geraten.

30

Hörnum/Sylt. Süderende
Davor

Karsten war nur kurz auf der Gästetoilette gewesen. Als er zurückkam, saß Matze auf der Couch und diktierte lautstark detaillierte Essenswünsche in einen Telefonhörer, dessen geringeltes Kabel zu einem altmodischen Apparat führte, der auf einem kleinen Bestelltisch stand.

Die Plastiktüten mit dem vom *Kap Horn* mitgebrachten Essen waren verschwunden. Franziska sah Karsten an mit einer Miene, die er als Mischung aus Beschwichtigung und Spott interpretierte.

Matze beendete das Telefonat und wandte sich den anderen zu.

»Essen ist in einer guten halben Stunde da«, erklärte er.

»Und was ist mit dem, das wir vom *Kap Horn* mitgebracht haben?«, fragte Karsten, auch wenn er die Antwort schon ahnte.

»Was ihr mitgebracht habt, war schon kalt und völlig aufgeweicht«, sagte Matze. »Ich hab was Neues von der *Sansibar* bestellt. Wird gleich geliefert.« Er grinste.

»Ich hätte nicht gedacht, dass man von der *Sansibar* auch liefern lassen kann«, bemerkte Lorenz.

»Keine Ahnung, ob *man* das kann, aber *ich* kann!«, antwortete Matze. »Meine Eltern sind enge Freunde des Chefs. Geht alles auf die Rechnung meines Vaters. Und sie liefern nicht selbst, sondern schicken ein Taxi vorbei. Ist ja kein armseliger Pizzaservice.« Er lachte laut, als hätte er einen großartigen Witz gemacht.

»Jetzt trink erst mal was, Kasi!« Matze rieb sich die Hände. »Auch eine *Margarita*?«

»Lass mal, ich geh erst duschen«, sagte Karsten.

»Schick Sandy runter, wenn du sie siehst«, rief ihm Enrico hinterher. »Sie hat sich jetzt lange genug ausgeruht.«

Karsten stieg die Treppen hinauf und spürte dem Ärger hinterher, den er nur sehr langsam hinunterschlucken konnte.

Als Karsten die Klinke zum Badezimmer herunterdrückte, fiel ihm auf, dass er auf Zehenspitzen über den Flur geschlichen war. Wie ein Einbrecher.

Er trat ins Badezimmer, schloss hinter sich ab und drehte am Waschbecken den Kaltwasserhahn auf.

Plötzlich räusperte sich jemand hinter ihm. Erschrocken fuhr er herum. Er hatte beim Eintreten nicht gemerkt, dass jemand in der Duschkabine stand. Durch die beschlagene

Scheibe war eine weibliche Silhouette zu erkennen. Sie war offensichtlich gerade mit Duschen fertig und trocknete sich ab.

»Oh Entschuldigung«, murmelte Karsten, senkte den Blick und wollte den Rückzug antreten. Sandy öffnete die Glastür und schickte sich an, aus der Duschkabine herauszutreten.

»Kein Problem«, antwortete sie unbefangen und lachte. »Kannst ruhig bleiben.«

Nackt und abgeschminkt sah sie verletzlich aus, zart, noch jünger und wesentlich hübscher. Deutlich war jede einzelne Rippe zu sehen, so dünn war sie. Ihre Brüste waren viel kleiner, als ihre Kleidung vorhin weismachen wollte. Sie grinste ihn an, während sie sorgfältig die Bodylotion zwischen den Brüsten verrieb.

»Kannst du mir mal den Rücken eincremen?«, fragte sie und reichte Karsten die Flasche. Sie drehte ihre feuchten Haare zu einem Nest und hielt sie mit beiden Händen auf dem Kopf fest. »Na los! Bevor ich noch eine Gänsehaut bekomme!«

Auch wenn die Gefahr in der Schwüle des Badezimmers denkbar gering war, beeilte sich Karsten, Sandys Bitte nachzukommen.

»Ist dir doch nicht unangenehm?«, fragte sie, während er in kreisenden Bewegungen die weiße cremige Substanz auf ihrem braunen Rücken verteilte. »Darf deine Freundin nicht erfahren, was?« Sie warf ihm einen verschmitzten Blick über die Schulter zu. Noch bevor ihm eine passende Antwort einfiel, flüsterte sie: »Keine Angst, ich kann schweigen!«

Dann drehte sie sich um, nahm ihm die Flasche aus der Hand und schob ihn zur Tür. Sie drehte den Schlüssel und öffnete. Rückwärts trat Karsten auf den Flur hinaus. Sie stellte sich auf die Zehenspitzen und gab ihm einen flüchtigen Kuss auf die Nasenspitze.

»Danke«, flüsterte sie, »du bist süß.«

Sie schloss die Tür vor seiner Nase. Verdattert stand er davor und sah auf das schwach baumelnde Keramikschild mit der Aufschrift »Frei«. Mehr als zuvor spürte er im Gesicht das heiße Spannen und Brennen seiner Haut. Er musste sich wirklich dringend das Salzwasser und den Schweiß abwaschen. »Dünne Haut, so sensibel«, hatte seine Mutter immer gesagt.

Sein Vater hatte dann verächtlich geschnaubt und bemerkt: »Er soll sich lieber ein dickes Fell zulegen, das braucht man da draußen in der Welt.«

Im Schlafzimmer ließ sich Karsten aufs Bett fallen und blieb mit hinter dem Kopf verschränkten Armen liegen. Durch das weit geöffnete Fenster wehte feuchte, salzige Luft herein. Erst jetzt wurde ihm bewusst, dass ihn die Begegnung im Badezimmer erregt hatte.

Er hätte nichts dagegen gehabt, auch den restlichen Abend hier liegenzubleiben, seinen Gedanken nachzuhängen und durch das in das Reetdach geschnittene Fenster in den sternenklaren Nachthimmel zu schauen. Doch das würden ihm die anderen wohl nicht durchgehen lassen.

31

Als Karsten wieder ins Wohnzimmer kam, waren alle angetrunken.

Sie hatten offenbar das Klingeln überhört. Plötzlich stand ein schmächtiger dunkelhaariger Mann mittleren Alters in der Tür und sah sie ängstlich an. Er trug eine große graue Styroporbox, die er behutsam auf dem Tisch abstellte und ihr rund ein Dutzend Plastikverpackungen und in Aluminiumfolie eingewickelte Päckchen entnahm.

Matze sprang auf und legte ihm einen Arm um die Schultern. Die Geste wirkte jedoch nicht freundschaftlich, sondern als wollte Matze den Mann in den Schwitzkasten nehmen, und dieser verschwand beinahe neben Matzes muskulöser Gedrungenheit.

»Mein Freund!«, rief Matze übertrieben laut, »schön dass du da bist. Ich hoffe, du hast uns schöne Sachen mitgebracht!«

Der Mann nickte zögernd.

»Was bekommst du von mir?«, fragte Matze und ließ ihn los.

»49 Euro und 60 Cent«, sagte der Mann in gebrochenem Deutsch.

»Was!«, schrie Matze scheinbar empört. Der Mann zuckte erschrocken zusammen.

Matze lachte. »Schon gut, war nur Spaß!«

»Ist nur Taxi, nicht für Essen, weiß nichts von Geld für Essen«, sagte der Fahrer kleinlaut.

»Soso, weißt nix von Geld für Essen«, rief Matze jovial. »Ist vielleicht auch besser so. Das ist nicht deine Preisklasse!« Er zog sein Portemonnaie aus der Gesäßtasche und entnahm ihm einen Fünfzigeuroschein. »Der Rest ist für dich!«

Der Mann nahm den Schein und lächelte verunsichert.

»Verarscht!«, brüllte Matze und zückte noch einen Fünfziger. »Danke, mein Freund!« Er klopfte dem Mann so kräftig auf den Rücken, dass dieser einen Ausfallschritt tun musste, um nicht umzufallen. Schnell steckte der Taxifahrer den zweiten Schein weg, verbeugte sich unbeholfen und wandte sich zum Gehen.

Die Freunde sahen ihm nach, während sich Matze der Essenslieferung widmete. Draußen ertönte ein Dieselmotor und wurde gleich darauf abgewürgt. Matze lachte.

»So ein Idiot«, sagte er spöttisch. »Erinnert mich daran, dass ich mich morgen bei der Taxizentrale beschwere.«

»Warum das denn?«, fragte Miriam entgeistert.

Matze tat, als hätte er sie nicht gehört. Er war damit beschäftigt, alle Päckchen zu öffnen und euphorisch den Inhalt zu kommentieren.

»Hey«, rief Miriam, »ich hab dich was gefragt!«

»Was«, sagte Matze ohne Fragezeichen.

»Was hast du für ein Problem mit dem Mann?«, hakte Miriam nach.

Matze seufzte. »Schau mal, Miriam«, sagte er in geduldigem Nachhilfelehrerton. »Wir sind hier auf Sylt. Hier laufen jede Menge Leute rum, die bereit sind, viel Geld auszugeben. Hier residiert die Elite dieses wohlhabenden Landes. Leute, die hart dafür gearbeitet haben, eine entsprechende Position in der Gesellschaft zu erreichen. Da kann man doch auch einen gewissen Standard bei den Dienstleistern erwarten! Und ich erwarte, verdammt noch mal, dass jemand, mit dem ich spreche, auch mehr als drei Worte rausbekommt und keinen Stock im Arsch hat, sondern ein bisschen locker drauf und gut gelaunt ist, sonst versaut mir das, verdammt noch mal, die Urlaubsstimmung!« Er war immer lauter geworden, die letzten Worte schrie er. Mit wütendem Gesicht starrte er in die Runde.

»Jetzt reg dich mal ab, Alter«, sagte Enrico ruhig. »Ist doch nichts passiert. Lass mal sehen, was du Feines bestellt hast.«

»Recht hast du«, sagte Matze, von einer Sekunde auf die andere wieder die Ruhe in Person. »Wir haben Besseres zu tun, als uns über diesen Penner aufzuregen.«

»Du hast ihm echt 50 Euro Trinkgeld gegeben?«, fragte Franziska vorsichtig.

»50 Euro und 40 Cent«, sagte Matze. »Was dagegen?«

»Nein, nein«, beeilte sich Franziska zu sagen, »natürlich nicht. Ich hab mich nur gewundert. Auch weil du ja nicht mit ihm zufrieden warst.«

»Ich hätte ihn ja wohl kaum mit 40 Cent wegschicken können«, knurrte Matze. »Ich hab keine kleineren Scheine einstecken. Und dann tun diese kleinen Wichser immer so, als könnten sie nicht wechseln. Das ist mir zu blöd. Aber ist doch auch egal. Hört jetzt auf, sonst krieg ich richtig schlechte Laune. Holt Teller und Besteck und lasst uns endlich was essen, verdammt!«

Sie versammelten sich um den Tisch und bedienten sich an dem Plastikschalenbüfett. Matze erklärte die einzelnen Gerichte. Es gab verschiedene Fischsorten, Seezunge, Wildlachs, Babybutt, Loup de Mer und Seeteufel, eine riesige Portion Scampi, ein ganzes Rinderfilet, dazu Bratkartoffeln, Pestonudeln, Knoblauchbrot und eine nach Rosmarin und Thymian duftende Gemüsepfanne. Als Nachspeisen waren zweierlei Mousse au chocolat und rote Grütze angeliefert worden.

»Aber sie haben die Amuse-Bouches vergessen!«, brummte Matze. »Oder der kleine Wichser hat sie sich selbst unter den Nagel gerissen!«

Aber das konnte offenbar seiner guten Laune keinen Abbruch mehr tun. Karsten staunte, wie genussvoll Matze essen konnte. Dazu tranken sie perfekt gekühlten Sauvignon Blanc, den Matze aus dem riesigen zweitürigen Kühlschrank geholt hatte.

»Isst du gar nichts anderes?«, fragte Matze mit vollem Mund Miriam, die sich lediglich Pestonudeln und Gemüse aufgetan hatte.

»Ich bin Vegetarierin«, antwortete Miriam, ohne von ihrem Teller aufzusehen.

Matze sagte nichts, schaute nur Enrico an und verdrehte die Augen. Enrico lachte.

»Isst du auch keine Eier und so?«, fragte Matze nach.

»Ich esse nichts, was Augen hatte«, antwortete Miriam in neutralem Ton. Sie rollte die Spagetti auf die Gabel zu einem großen Paket.

»Den Spruch hast du von John Lennon geklaut!«, rief Matze.

»Paul McCartney«, korrigierte Miriam und steckte sich die Gabel in den Mund.

»Und warum machst du das?«, fragte Enrico. »Der Mensch ist doch Allesfresser, da fehlt dir sicher was, wenn du kein Fleisch und keinen Fisch isst.«

»Quatsch«, sagte Miriam. »Nur weil wir Menschen ziemlich viele Dinge vertragen können, muss man doch nicht alles essen, was man essen kann.«

»Warum isst du denn nun nichts, was Augen hat?«, hakte Matze nach mit spöttischem Unterton.

»Weil ich nicht will, dass Tiere meinetwegen leiden müssen.«

»Ich frage mich, ob sich ein Löwe oder ein Hai auch solche Gedanken macht«, sinnierte Matze mit hochgezogenen Augenbrauen.

»Das ist etwas völlig anderes. Tiere haben keinen freien Willen. Sie folgen ihrem Instinkt.«

»Fressen oder gefressen werden«, rief Enrico. »Das ist Naturgesetz. Und das gilt auch für den Menschen! Und ich für meinen Teil bin lieber der, der frisst, als der, der gefressen wird!«

»Ficken oder gefickt werden«, grölte Matze und klatschte Enrico so kräftig ab, dass der beinahe das Gleichgewicht verlor. »Das ist mein Naturgesetz!«

»Ich bin mehr für leben und leben lassen«, sagte Miriam ruhig.

»Pfft!«, machte Matze. »Mit der Einstellung bleibst du für immer und ewig ein mickriges Würmchen, ein Verlierer, ein Sklave der anderen, abhängig davon, ob die dich auch leben lassen wollen oder nicht.«

»Wir sind keine wilden Tiere. Der Mensch kann denken, entscheiden, seine Vernunft gebrauchen. Er muss nicht immer seine Überlegenheit ausnutzen. Er hat die Möglichkeit, mit Rücksicht, Gnade, Liebe, Mäßigung und so weiter seine Triebe zu beeinflussen. Erst das macht uns zu zivilisierten Menschen.«

»Aber der Mensch ist als Allesfresser das geworden, was er heute ist«, beharrte Matze. »Vegetarier verleugnen doch die Evolution.«

Miriam seufzte. »Wenn ich ein Inuit wäre, würde ich vermutlich nicht drum herum kommen, Robbenfleisch zu essen. Wenn ich auf einer kargen, abgelegenen Insel leben würde, würde ich wohl Fisch essen müssen. Du hast schon recht, der Mensch ist ein Allesfresser, deshalb konnte er sich ja auch in allen Klimazonen ansiedeln und überall anpassen. Aber das heißt doch nicht im Umkehrschluss, dass wir im Mitteleuropa des 21. Jahrhunderts, wo alles im Überfluss vorhanden ist, alles essen *müssen*, was wir können.«

»Ist jedenfalls kein Problem für mich, dass du kein Fleisch isst«, sagte Matze. »Ich esse dafür umso mehr, das gleicht sich dann aus!«

»Was machen wir heute noch?«, warf Sandy ein.

Matze räusperte sich. »Wir gehen ins *Pony*. Das ist Tradition, am ersten Abend geh ich immer ins *Pony*. Das ist doch auch was für die Tierfreundin.« Er sah Miriam an und lachte scheppernd. Miriam lächelte zitronensüß.

»Im Sommer ist das wie ein Klassentreffen«, fuhr Matze fort. »Da sieht man die Leute wieder, mit denen man schon seit der Kindheit die Sommer auf Sylt verbracht hat.«

»Ich bin raus für heute«, sagte Franziska und hob die Hände. »Ich bin zu müde. Das Reizklima …«

»Ich bleib bei dir«, sagte Karsten schnell, und Franziska lächelte ihn dankbar an.

»Da verpasst ihr was, aber bitteschön«, bemerkte Matze. »Sonst noch jemand am Schwächeln?«

»Ich glaube, ich bekomme Migräne«, sagte Sunny.

»Och nee!«, rief Sandy. »Du kommst mit, du Miststück!«

»Nein«, sagte Sunny und verzog das Gesicht zu einem schmerzverzerrten Ausdruck, »bitte nicht. Wenn das richtig schlimm wird, habt ihr keine Freude mit mir. Ich kotz euch nur das Auto voll.«

»Stell dich doch nicht so an«, zischte Sandy ihr leise, aber dennoch für alle gut hörbar, zu. Sunny schüttelte nur sachte den Kopf.

Matze sah nun etwas pikiert aus. Er setzte an, etwas zu sagen, schwieg dann aber und trank sein Glas leer, stand auf und ging nach oben.

»Wir können ja mal mitgehen«, sagte Miriam zu Lorenz. »Wenn es scheiße ist, setzen wir uns ab. Dann könnten wir auch nochmal runter an den Strand. Ist bestimmt lauschig im Dunkeln im Strandkorb.« Sie zwinkerte vielsagend, und Lorenz wurde rot.

»Ihr könnt ja dann aufräumen, wenn ihr hier bleibt«, sagte Enrico zu Karsten über das Chaos aus Essensresten, Verpackungen, verschmierten Tellern, Gläsern und Besteck hinweg und verließ ebenfalls das Wohnzimmer, Sandy im Schlepptau, die Sunny keines Blickes mehr würdigte.

32

Westerland/Sylt. Wäldchen südlich der Nordseeklinik
Danach

»Und jetzt?«, fragt Miriam, als Karstens Atem sich beruhigt hat. Kann er sie überhaupt hören? Er hat sich aufgesetzt, die Arme um die angezogenen Knie geschlungen und starrt vor sich hin, zumindest nimmt sie das an, denn viel mehr als schattenhafte Umrisse kann man in der Dunkelheit nicht erkennen.

Sie räuspert sich. »Was soll das? Was machen wir hier?«

Karsten seufzt. Ein winziger Lichtstrahl von irgendwoher spiegelt sich in seinen Augen, die müde sind und …

waidwund. Ihr fällt kein zutreffenderes Wort ein, denn Karsten sieht tatsächlich aus wie ein zu Tode gehetztes Tier.

»Was ist denn überhaupt passiert?«, fragt sie. Sie merkt selbst, dass ihre Stimme nun ängstlich klingt, und ärgert sich darüber. »Warum sind wir ins Krankenhaus gekommen?«

»Wenn ich das wüsste«, murmelt Karsten. »Ich dachte, du könntest mir das sagen.«

»Ich hab keine Ahnung.«

»Wer war bei dir?«, fragt er. »Luna?«

»Wer war wann wo bei mir? Und wer ist Luna?«

»Im Krankenhaus!« Er wird ungeduldig. »In deinem Zimmer. Wer hat dir deinen Rucksack gebracht?«

»Meinen Rucksack gebracht?«, echot sie. »Warum …?«

»Du hast ihn sicher nicht dabei gehabt, als wir ins Krankenhaus gekommen sind.«

Verblüfft sieht Miriam ihn an. Wovon redet er überhaupt?

»Vergiss es«, winkt er ab. »Du hast also keine Ahnung, noch weniger als ich.«

»Wieso bist du denn so pampig?«, fragt sie irritiert. »Ich habe keine Ahnung, wie ich ins Krankenhaus gekommen bin, und deshalb weiß ich auch nicht, wie mein Rucksack es ins Krankenhaus geschafft hat.«

Karsten seufzt. Dann beginnt er zu erzählen. Von der Bushaltestelle, dem Krankenwagen, dem Krampfanfall und der nicht vorhandenen Erinnerung. Mit jedem Satz wächst die Verwunderung in Miriam. Und die Angst.

»Bei mir war Luna«, beendet Karsten seinen Bericht. »Oder vielleicht sollte ich Sunny sagen. Sie hat mir meine Tasche gebracht.«

»Warum nicht Franziska? Oder Lorenz?«

Karsten zuckt mit den Schultern.

»Und warum nennst du Sunny Luna?«

33

Hörnum/Sylt. Süderende
Davor

Karsten schreckte aus dem Schlaf hoch. Was war das für ein Geräusch? Er lauschte in die Dunkelheit. Neben ihm atmete Franziska in tiefen ruhigen Zügen. Durch das geöffnete Fenster hörte er leise den Wind und das Meeresrauschen. Ansonsten war es mucksmäuschenstill.

Karsten tastete auf dem Nachttisch nach seiner Armbanduhr. Viertel nach drei.

Vorsichtig zog Karsten seinen eingeschlafenen Arm unter Franziskas Hals hervor. Vielleicht war er gar nicht durch irgendein Geräusch, sondern durch das Kribbeln aufgewacht? Er drehte sich auf die andere Seite, machte ein paar Bewegungen mit dem Arm, bis das Gefühl zurückkam, und schloss wieder die Augen.

Da war es wieder! Es war ein Klopfen, als ob etwas Schweres ganz sachte gegen ein Hindernis stößt, zuerst vereinzelt, schließlich in einem fast gleichmäßigen Rhythmus. Dann kam ein weiteres Geräusch dazu. Ein Stöhnen, erst leise, dann allmählich lauter, intensiver.

Plötzlich knallte eine Tür in unmittelbarer Nähe. Karsten fuhr hoch. Es fühlte sich an, als wäre direkt neben seinem Kopf etwas explodiert. Franziska machte ein seufzendes Geräusch und drehte sich auf die andere Seite. Einen Moment lang war kein Laut zu hören. Auch Franziska schien den Atem anzuhalten. Doch dann hörte Karsten sie wieder ruhig atmen wie zuvor.

Jetzt wurde hinter der Wand am Kopfende des Bettes leise geredet. Er glaubte, zwei Männerstimmen unterscheiden zu können, verstand aber kein Wort. Dann das Lachen einer Frau. Dann wieder Stille, und nach einer Weile waren wieder Klopfen und Stöhnen zu vernehmen.

Karsten stand auf und schlüpfte leise durch die Tür in den Flur. Hier war das Klopfen viel leiser. Dafür konnte er nun ohne Zweifel hören, dass das Stöhnen sexueller Natur war und von einem weiblichen Wesen stammte.

Ohne Licht zu machen, tappte Karsten in Boxershorts und T-Shirt barfuß die Treppe hinunter. Aus dem Kühlschrank nahm er sich eine Flasche Mineralwasser und trank gierig. Er gab sich Mühe, lautlos aufzustoßen.

Plötzlich fuhr er erschrocken zusammen. Ein Windstoß hatte die leichte Stoffgardine aufgebläht. Die Schiebetür zur Terrasse stand einen Spaltweit offen. Ein kühler Lufthauch erreichte Karstens nackte Arme und Füße und ließ ihn frösteln. Er stand regungslos da.

Dann hörte er ein leises Klicken. Auf der Terrasse flackerte ein Flämmchen auf und erlosch gleich wieder. Wenige Sekunden später roch Karsten den Rauch einer Zigarette. Leise schlich er zur Tür und spähte hinaus.

Die Gestalt saß zusammengekauert auf einem der Terrassenstühle, die Füße ganz an den Po herangezogen, die Arme um die Beine geschlungen, das Kinn auf die Knie gestützt. Der Mond ließ die langen Haare silbrig glänzen. Rauchend starrte die Gestalt aufs Meer, auch wenn dort nichts als nachtschwarze Dunkelheit zu sehen war.

Als Karsten die Tür ein Stück weiter aufschob und hinaustrat, fuhr die Gestalt zusammen und stellte wie ertappt die Füße auf den Boden.

Es war Sunny. Sie zog an dem weißen Kabel, das unter

ihren langen Haaren hervorbaumelte, und ein Paar Kopfhörer fiel ihr in den Schoß.

»Was schleichst du hier rum, mitten in der Nacht?«, flüsterte sie.

»Dasselbe könnte ich dich fragen«, flüsterte Karsten zurück und zog sich einen Stuhl heran.

Sie zuckte mit den Schultern und wischte sich mit dem Handrücken über die Augen, die nass und verquollen waren.

»Hey«, sagte Karsten erschrocken, »was ist denn passiert?«

Er dachte an die Geräusche aus dem Nebenzimmer.

Sie schüttelte den Kopf.

»Alles okay, willst du mithören?«

Sie hielt ihm einen Ohrstöpsel hin.

Oh simple thing, where have you gone? I'm getting old and I need something to rely on.

»Hey, das kenn ich! Das ist schon ziemlich alt, oder? Ich komm nicht drauf ...«

»*Somewhere only we know*«, sagte sie. »Von Keane.«

»Erinnerungen?«, fragte Karsten. »Weinst du deshalb?«

Sie schüttelte den Kopf und strich sich eine Haarsträhne hinters Ohr.

»Ich kenne das Lied von so einem Film. Da zicken sich Mutter und Tochter ständig an, aber eigentlich sind sie total eng miteinander und haben sich lieb und so.« Sie stockte. »Ich hab den Film bestimmt hundertmal gesehen.« Sie zog ein letztes Mal an ihrer Zigarette und drückte sie dann sorgfältig im Aschenbecher aus. »Warum erzähl ich dir das überhaupt? Vergiss es einfach!«

»Und das trifft einen Nerv bei dir, ja?«

Sie schwieg.

»Ich kann das gut verstehen.«

»Ach ja?«, fragte sie gelangweilt. »Was weißt du schon? Wenn bei jemandem wie dir das Leben mal scheiße ist, verkriechst du dich doch bei Mami, bis Papi es mit seiner Kohle wieder geradegebogen hat. Also komm mir nicht mit einfühlsam und Verständnis und so, du weißt nichts über mein Leben!« Sie weinte wieder. Wütend zog sie die Nase hoch.

»Da hast du recht«, sagte Karsten sanft. »Ich weiß nichts über dich. Aber meine Mutter hat sich umgebracht, und meinen Vater sehe ich höchstens zweimal im Jahr, weil er gar kein Interesse an mir hat. Also wenn du denkst, dass bei mir alles heile Welt ist, dann bist du es, die keine Ahnung hat.«

Karsten nahm die Schachtel *Benson&Hedges*, die auf dem Tisch lag, und sah Sunny fragend an.

»Nimm nur!«, sagte sie und lachte freudlos. »Sind eh von Matze.«

»Um was geht es noch mal in dem Song?«

»Ach, einfach, dass alles so kompliziert geworden ist und dass man nach etwas sucht, worauf man sich verlassen kann. Einen ganz besonderen Menschen und einen ganz besonderen Ort, wo man sich verkriechen kann und alles in Ordnung kommt.« Sie lachte. »Wenn man es so sagt, hört es sich bescheuert an.«

»Tut es nicht«, widersprach Karsten. »Das ist schön!«

Schweigend starrten sie in die Dunkelheit. Im Osten war schon ein schmaler heller Streifen überm Wattenmeer zu sehen.

»Tut mir leid«, sagte Sunny nach einer Weile. »Ich hab dich wohl aufgeweckt mit meinem Türenknallen.«

Karsten zuckte mit den Schultern. »Ich hab einen leichten Schlaf.«

Sie lachte leise.

»Warum lachst du?«

»Das sagt meine Mutter auch immer. Wenn sie schläft, darf man kaum atmen in der Wohnung, weil sie sonst sofort aufwacht und rummeckert.«

»Und was ist mit deinem Vater?«, fragte Karsten, weil ihm nichts Besseres einfiel.

Sunnys Augen reflektierten ein fernes schwaches Licht.

»Mein Vater ist nach Indien gegangen, weil er keinen Bock mehr hatte auf das Leben in Deutschland, diese ganze Verbissenheit, die Ellenbogenmentalität, dieses Nie-zufrieden-Sein. Alle rennen mit verkniffenen Mienen herum und kaufen irgendeinen Scheiß, um sich davon abzulenken, dass sie nicht glücklich sind und nie glücklich sein werden. Diese ganzen kleingeistigen Spießer in diesem beschissenen Streberland!«

»Hoppla!«, rief Karsten überrascht. »Warum bist du dann noch hier, wenn du es so scheiße findest?«

»Meine Mutter lässt mich nicht gehen«, antwortete Sunny. »Sie selbst wollte nicht mit nach Indien und hat das Sorgerecht für meinen Bruder und mich erstritten. Hat meinen Vater für verrückt erklären lassen, dabei ist *sie* es, die krank im Kopf ist.«

»Aber warum gehst du jetzt nicht einfach?«, fragte Karsten, und dann wurde es ihm schlagartig von alleine klar.

Sunny sah ihn genervt an. »Kein Geld«, sagte sie. »Kannst du dir das vorstellen, wie das ist, wenn ein Ticket nach Indien schlicht und einfach unbezahlbar ist?«

»Das mit dem Geld ist aber nicht das einzige Problem, oder?«, fragte Karsten vorsichtig. »Dafür hättest du doch jobben können.«

Sie schwieg und starrte wieder vor sich hin.

»Was ist faul an Sandy und dir?«

»Wie meinst du das? Was soll faul sein?« Sie biss sich nervös auf die Unterlippe.

»Wie alt bist du?«

»19!«, antwortete sie wie aus der Pistole geschossen.

»Ehrlich?« Karsten zog die Augenbrauen hoch.

Sie stand abrupt auf.

»Was soll das denn jetzt?«, rief sie laut. »Meinst du, ich lüge dich an, oder was? Du kannst mich mal!«

Karsten sprang auch auf und versuchte, ihre Hände zu fassen.

»Psst!«, zischte er. »Wenn du nicht willst, dass gleich alle hier auf der Matte stehen, dann sei leise!«

Das wirkte. Sofort wurde sie still.

»Du bist noch nicht volljährig, oder? Deshalb kannst du nicht einfach abhauen!«

Sie nickte beschämt.

»Wie alt bist du?«

»Knapp 17«, sagte sie kleinlaut. »Erst wenn ich 18 bin, lässt mich meine Mutter nach Indien fahren.«

»Sag mal, was für eine Art von Beziehung habt ihr eigentlich zu Matthias und Enrico?«

Sie schnaufte verächtlich. »Gar keine. Sind halt ein paar notgeile Vollhonks, die irgendwo ihr Hirn über Bord geworfen haben.«

»Ich dachte, ihr hättet was …«, begann Karsten und brach ab. Ja, was dachte er denn überhaupt? »Ich dachte, ihr wärt …«

»Zusammen?« Sunny lachte auf.

»Nee. Irgendwie befreundet vielleicht.«

»Ganz. Bestimmt. Nicht.«

Sie betonte die Worte, als wäre jedes Wort ein Satz für sich. »Datingseite im Internet!«, flüsterte sie. »Angelina hat das angeleiert und …«

Sie brach ab und starrte Karsten mit aufgerissenen Augen an.

»Angelina?«, bohrte er nach.

»Scheiße!«, flüsterte sie. »Mann, hör doch auf mit dem Psychogelaber! Das geht dich alles überhaupt nichts an!«

Karsten atmete tief durch. Die Schwärze der Nacht wich langsam der Dämmerung. Ein Hauch von Nebel lag in den Dünentälern. Im Osten schimmerte der Himmel nun lila und orange. Das Meer lag als raue, anthrazitfarbene Fläche da und wartete auf den Sonnenaufgang.

»Vorschlag«, sagte Karsten ruhig. »Ich hol uns zwei Kaffee, dann gehen wir runter zum Strand, und du erzählst mir die ganze Geschichte, okay?«

Sie musterte ihn skeptisch.

»Nee, lass mal«, winkte sie schließlich ab. »Da gibt's nichts weiter zu erzählen.«

»Du musst keine Angst haben. Tut manchmal gut zu reden. Und du kannst dich darauf verlassen, dass ich nichts weitererzähle. Am wenigsten den Vollhonks.«

Sie lächelte ein wenig.

»Okay«, sagte sie schließlich. »Viel Milch, wenig Zucker.«

»Kommt sofort.«

34

Als Karsten mit zwei riesigen dampfenden Kaffeetassen zurück auf die Terrasse kam, dachte er zuerst, Sunny hätte es sich anders überlegt, denn er konnte sie zunächst nicht entdecken. Er hatte etwas länger gebraucht, weil er sich eine Jeans und ein Sweatshirt geholt hatte, und das war ihm gelungen, ohne Franziska aufzuwecken.

Schließlich fand er Sunny auf der anderen Seite des Hauses neben den taubenetzten Autos stehend. Sie schien es kaum erwarten zu können wegzukommen.

Der Morgen graute. Der Ort schlief. Die Luft roch frisch und sauber.

»Also?«, fragte er, als sie am Fuß der Düne den Weg in Richtung *Kap Horn* einschlugen.

»Was willst du hören?«

»Warum seid ihr hier mit zwei Typen, die ihr nicht mögt?«

»Wir wollten weg, mal raus aus der Stadt, mal ein paar Tage Urlaub am Meer, hatten aber nicht das Geld dafür. Deshalb haben wir im Internet nach jemandem gesucht, der uns einlädt. Gemeldet haben sich Matze und Enrico. Und das war's eigentlich schon.«

»Und warum heißt Sandy Angelina?«

»Künstlername.«

»Künstlername?«

Sie lachte verhalten. »Na ja, so was Ähnliches.«

»Das hört sich nach einer interessanten Geschichte an.«

»Geht so«, sagte sie und wirkte auf einmal wieder traurig.

»Seid ihr … Prostituierte?«

»Quatsch«, zischte sie ärgerlich. »Mit Sex hat das eigentlich gar nichts zu tun. Wir lassen uns auch nicht bezahlen. Nur einladen!« Sie seufzte. »Aber ich kann schon verstehen, wie du auf die Idee kommst.«

Sie passierten *Kap Horn*, das noch verschlossen und verlassen auf den Ansturm der Touristen wartete. Karsten stellte die leeren Kaffeetassen auf den Holzsteg neben dem Eingang.

»Jetzt erzähl mal von Anfang an«, sagte Karsten. »Und sag mir vor allem mal, wie du eigentlich heißt!«

»Luna«, sagte sie. »Ich heiße Luna. Gar nicht so weit weg von Sunny, was? Sonne und Mond.«

»Ungewöhnlicher Name.«

»Hippieeltern. Mein Bruder sollte eigentlich Shiva heißen, aber das haben sie beim Standesamt nicht durchgekriegt. Jetzt heißt er Jimi, nach Jimi Hendrix.«

Die Sonne schob sich über den Horizont, doch der Strand lag noch im Schatten der Dünen. Kein Mensch weit und breit. Das Meer und der Himmel im Westen leuchteten tiefblau.

Sie stapften in Richtung Süden, an dem Tetrapodenwall vorbei, auf die Odde zu.

»Das muss Amrum sein«, sagte Luna und zeigte geradeaus auf einen Strich Land, der über dem Meer zu schweben schien. »Da war ich früher mal, mit meinen Eltern.«

»Mit deiner Mutter fährst du nicht mehr weg?«, fragte Karsten.

»Kein Geld. Meine Mutter arbeitet als Krankenschwester. Sie arbeitet schon fast immer nachts, damit sie mehr Geld bekommt, aber es reicht trotzdem nur gerade so. Seit mein Vater in Indien ist, muss sie ja alleine das Geld für uns verdienen.«

»Wo wohnst du?«

»Hamburg. Mümmelmannsberg. Kennst du das?«

»Das erste ja. Das zweite nicht.«

Sie lachte. »Das glaube ich gern. Wenn ich da nicht wohnen würde, würde ich einen großen Bogen drum machen. Als mein Vater noch da war, haben wir in Eppendorf gewohnt. Er war Arzt an der Uniklinik.«

»Bist du gar nicht wütend, dass dein Vater weggegangen ist?«

Sie zuckte mit den Schultern. »Nein, wieso auch? Ich kann ihn verstehen. Ich wäre mitgegangen, wenn meine Mutter mich gelassen hätte.«

»Aber was willst du in Indien tun? Du kannst doch nicht die ganze Zeit am Strand sitzen und Yoga machen.«

»Warum nicht?« Sie lachte und sah jetzt das erste Mal nicht mehr unglücklich aus. »Mein Vater macht im Grunde nichts anderes und kann dort gut davon leben.«

»Echt?«

»Er hat in einer Bucht ein paar einfache Hütten gebaut, eigentlich für Backpacker, aber es kommen auch viele Leute mit Burn-out oder solche, die ihr Leben in Europa nicht mehr aushalten. Dazu unterrichtet er Yoga und Meditation und so. Und er kümmert sich als Arzt um die Einheimischen in der Umgebung. Er lässt sich von Kollegen und Apotheken aus Deutschland abgelaufene Medikamente und Gratismuster von Pharmafirmen schicken und behandelt seine Patienten kostenlos. Deshalb lassen ihn auch die Behörden in Ruhe.«

»Nicht schlecht«, nickte Karsten. »Aber so kann er euch natürlich keinen Unterhalt zahlen.«

»Nee. Aber das wäre ja auch nicht nötig, wenn meine Mutter mitgegangen wäre oder zumindest mich gehen lassen hätte.«

»Aber ist doch verständlich, dass sie nicht in ein anderes

Land auswandern wollte, mit völlig anderer Sprache und Kultur und so.«

»Indien ist aber mal ihr gemeinsames Ding gewesen. Bevor Jimi und ich auf der Welt waren, sind sie ständig mit den Rucksäcken durch Indien gereist. Er hat's vermisst. Sie offenbar nicht. Und jetzt ist es halt so, wie es ist, nämlich scheiße.«

»Wie seid ihr denn auf die Idee mit der Datingseite gekommen?«

»Das war Angelinas Idee.« Sie seufzte. »Wir haben uns wahnsinnig gelangweilt. Wir wussten nicht, was wir bei der Hitze tun sollten, das Freibad total überfüllt, alle, die wir kennen, entweder im Urlaub oder mit was anderem beschäftigt. Angel hat in den letzten zwei Wochen meistens bei mir übernachtet. Ihre Mutter arbeitet nur vormittags im Supermarkt um die Ecke und ist ansonsten mit einem neuen Lover beschäftigt. Meine Mutter hat Dauernachtdienst, und Jimi ist in der Lüneburger Heide bei so einer Art Kur. Also hatten wir bei mir unsere Ruhe. Vor einer Woche kam im Fernsehen eine Doku über Sylt, Party am Strand, Party in Edelklubs, Party in fetten Villen, schöne Menschen mit fetten Autos und Champagnerflaschen und so weiter. Ich hab gesagt, das wäre doch nett, wenn wir da ein paar Tage hinfahren könnten. Und Angel hat gesagt, wenn du willst, regle ich das, ich brauch nur ein paar gute Bilder von uns. Und als ich gefragt habe, was hast du vor, hat sie nur gesagt: Im Internet gibt's alles. Also haben wir ein paar Bilder von uns gemacht, genauso, wie wir gerade waren, im Bikini, halb besoffen auf dem Teppich in unserem Wohnzimmer – und das war's erst mal für mich. Ich hatte es am nächsten Tag schon wieder vergessen. Aber ein paar Tage später kam Angel ganz aufgeregt angelaufen und hat mir Bilder von Matze und Enrico auf ihrem Handy gezeigt. Die wollten uns schon am Tag darauf mit nach Sylt nehmen. Ich hab gefragt, was die dafür von uns wollen. Und Angel hat gesagt, nichts, was du nicht auch willst. Ich hab' ihr gesagt, dass ich auf keinen Fall mit einem von denen ins Bett gehen werde, und sie hat gesagt, das musst du ja auch nicht. Solange du ihnen das Gefühl gibst, dass sie nur einen kleinen Schritt davon entfernt sind, dich ins Bett zu kriegen, werden sie alles für dich tun. Und wenn es doch Probleme gibt, setzen wir uns in den nächsten Zug nach Hamburg und fertig. Wir würden ihnen nicht unsere richtigen Namen verraten, daher hätten wir auch hinterher nichts zu befürchten. Also, was hätten wir schon zu verlieren. Sie hat mich bekniet mitzumachen, sie war richtig heiß darauf, und dann hab ich eben Ja gesagt. Ich wollte es schließlich auch, also ans Meer, meine ich.«

»Da seid ihr genau bei den Richtigen gelandet«, bemerkte Karsten.

Luna nickte. »Das hab ich tatsächlich zuerst gedacht. Wir haben uns zur Sicherheit nicht in unserer Straße abholen lassen, sondern ein paar Blocks weiter, wo uns niemand kennt. Nur für den Fall, dass sie uns hinterher stalken wollen oder so. Wir standen eine halbe Stunde in der glühend heißen Sonne rum, bis sie endlich kamen.

Die Leute haben große Augen gemacht, als Matzes dicker Porsche vorgefahren ist. Angel hat sich nach hinten zu Enrico gesetzt, ich vorne zu Matze. Im Auto war es schön kühl, die Ledersitze fühlten sich gut an auf der Haut, es lief chillige Musik. Sie hatten Champagner in einer Kühlbox dabei, wir haben schon auf der Fahrt gesoffen. Sie waren auch nett zu uns, ich fand sie am Anfang nicht so schlimm, bisschen schleimig vielleicht, nicht mein Typ, aber in Eppendorf laufen genug so Typen rum, ich weiß, wie die zu nehmen sind. Dachte ich zumindest.«

»Ich nehme an, inzwischen denkst du anders?«

»Kann man so sagen. Matze fuhr quer durch die Stadt und dann auf die A7. Kurz hinter Schnellsen fingen Angelina und Enrico an mit Knutschen und Fummeln. Das fand ich noch ziemlich cool, so als wären wir in ein *Snoop Dogg*-Video geraten. Aber sie haben immer weitergemacht. Bei Henstedt-Ulzburg hatte sie seinen Schwanz im Mund, und bei Neumünster zeigten sie das komplette Programm, wenn du verstehst, was ich meine.«

»Ich kann's mir lebhaft vorstellen.«

»Und dann wurde es unangenehm. Matze wollte jetzt nämlich auch. Die ganze restliche Fahrt war ich beschäftigt, sein Gefummel abzuwehren.«

Schweigend stapften sie durch den Sand.

»Mach dir mal keine Gedanken«, sagte Karsten nach einer Weile. »Du bist ja nicht allein mit ihm.«

»Du magst ihn auch nicht, stimmt's?«

Erstaunt sah er sie an. Luna lächelte schmallippig.

»Guck nicht so. Man muss kein Hellseher sein, um das zu erkennen. Also?«

Er seufzte. »Lange Geschichte. Zu lang für jetzt.«

Sie hatten die Südspitze der Insel umrundet. Häuser kamen näher, eine Promenade und darüber der rot-weiße Leuchtturm von Hörnum.

»Versteh mich nicht falsch«, sagte Luna, »ich bin nicht verklemmt oder so. Ich geh mit Jungs ins Bett, wenn ich sie mag, und ich mach dann auch nicht gleich auf immer und ewig. Aber es sollte doch auch ein bisschen Spaß machen, oder? Es sollte einen doch nicht ekeln beim Gedanken daran, oder?«

Irritiert runzelte er die Stirn. »Das ist doch jetzt nicht wirklich eine Frage?«

»Nein, schon gut. Ich dachte nur … Ich meine, ich mach mir schon Gedanken.«

»Wäre es denn anders, wenn du hinten bei Enrico eingestiegen wärst?«

»Dann hätte Matze auf jeden Fall mehr Sex gehabt.«

»Mehr Sex als so oder mehr Sex als Enrico?«

»Beides.«

Sie lachten zusammen. Es war befreiend. Ein alter Mann mit Hund spazierte an ihnen vorbei. Sie grüßten.

Als sie außer Hörweite waren, fragte er: »Und was ist mit Sandy? Ich meine«, korrigierte er sich sofort, »Angel natürlich.«

»Sag bitte unbedingt weiter Sandy und Sunny. Sie reißt mir den Kopf ab, wenn sie erfährt, dass ich dir alles verraten habe.«

»Versprochen! Also, was ist mit Sandy?«

»Angel läuft seit zwei Jahren Amok.« Sie machte eine Pause, als warte sie auf eine Reaktion. Doch Karsten sah sie nur fragend an. Also fuhr sie fort: »Vor ein paar Wochen hat sie zu mir gesagt: ›Je mehr Typen ihre Schwänze in mich stecken, desto egaler wird es, dass mein Opa es auch getan hat.‹ Noch Fragen?«

Erschrocken blieb Karsten stehen. »Das ist ja furchtbar!«

Luna zuckte mit den Schultern. »Ja, aber so ist es eben. Kann man nicht ändern.«

»Hat sie ihn angezeigt?«

»Nein. Sie hat es ihrer Mutter gesagt, damals, kurz nachdem es angefangen hat. Aber ihre Mutter hat sie nur angeschrien, dass sie bloß die Klappe halten soll und er es mit ihr als Kind auch gemacht hätte, und dass sie sich nicht so anstellen soll. Also hat sie stillgehalten. Vor zwei Jahren ist er gestorben. Jetzt kann sie sich noch nicht einmal rächen oder ihren Frieden mit ihm machen oder was auch immer. Seitdem fickt sie mit jedem, der nicht bei drei auf den Bäumen ist.«

Karsten schwieg betreten.

»Sie hat so eine fixe Idee: Irgendwann, wenn sie genug rumgefickt hat und Sex jegliche Bedeutung für sie verloren hat, wird alles, was passiert ist, egal werden, und dann wird sie sich ganz tief drinnen wieder ganz fühlen, jungfräulich, unversehrt. Davon ist sie felsenfest überzeugt. Und dann will sie nie wieder Sex haben, für den Rest ihres Lebens.«

»Was ist vorhin passiert?«, fragte Karsten leise. »Bevor du die Tür zugeknallt hast.«

Sie atmete tief durch. »Matze und Enrico haben gedacht, sie könnten mal eben schnell eine kleine Orgie starten. Als ich aufgewacht bin, waren sie schon da und mit Angel bei der Sache. Matze hat sich auf mich gestürzt, komplett nackt. Ich hab Nein gesagt, immer wieder, und mich gewehrt, aber er hat nicht aufgehört, er hat immer weitergemacht, wollte mich ausziehen, hat sich an mir gerieben. Da hab ich ihm einen Tritt versetzt und bin rausgerannt.«

Das Schluchzen brach wie eine Explosion aus ihr heraus.

»Was hast du jetzt vor?«, fragte er schließlich.

»Keine Ahnung.«

»Soll ich dich nach Hamburg zurückfahren?«

»Ich lass Angel nicht allein hier.«

»Vielleicht kommt sie auch mit?«

Luna schnaubte verächtlich. »Darauf würde ich nicht wetten.«

35

Westerland/Sylt. Wäldchen südlich der Nordseeklinik
Danach

Verdammt! Miriam verflucht ihre Blase. Schon das dritte Mal, seit sie sich in dem kleinen Wäldchen versteckt haben, muss sie verschwinden. Dabei fühlt sie sich ohnehin wie völlig ausgetrocknet. Es kommt auch nicht viel, aber die wenigen Tropfen schmerzen wie Schnitte mit einer Rasierklinge.

»Wir müssen weiter«, sagt sie, als sie erneut hinter dem Gebüsch hervorkommt, das sie zu ihrer Toilette erklärt hat. »Ich muss dringend was trinken, und zwar ganz viel. Ich bin total ausgedörrt. Und eigentlich brauch ich auch ein Antibiotikum.«

»Blasenentzündung?«

Sie nickt.

»Dachte ich mir schon. So oft, wie du in die Büsche gehst.«

Irgendwie stört Miriam der Kommentar.

»Aber irgendwas ist komisch. Das ist nicht nur 'ne Blasenentzündung.«

»Ich fühl mich auch total daneben. Wir müssen gestern echt viel …«

»Das ist es nicht.«

»Was dann? Was meinst du?«

»Ach, keine Ahnung.« Sie winkt ab. Je wacher und nüchterner sie wird, desto mehr schmerzt jeder Schritt, brennt es zwischen ihren Beinen und pulsiert unangenehm in ihrem Unterbauch. Aber das will sie Karsten nicht erzählen.

Stattdessen sagt sie: »Lass uns jetzt einfach gehen. Gehen

wir einfach vor zur Straße, da wird wohl irgendwo 'ne Bushaltestelle sein.«

»Der Audi steht neben der Klinik.«

Miriam sieht ihn ungläubig an.

»Wie bitte?«

»Der Audi steht auf dem Parkplatz. Luna hat mir die Schlüssel vorbeigebracht.«

»Und warum sind wir dann nicht gleich zum Auto, statt stundenlang im Gebüsch zu hocken?«

Karstens Blick flackert unsicher. »Was, wenn sie uns suchen?«

»Mann, du bist echt paranoid.« Sie steht auf und klopft sich die Kiefernnadeln von den Shorts. »Du glaubst doch nicht, dass die vom Krankenhaus auf der Lauer liegen, mitten in der Nacht. Könnten wir jetzt bitte gehen?« Sie schultert den Rucksack und stapft durch das Unterholz zurück zum Weg. »Wahrscheinlich haben wir nun 1.000 Zecken. Nur wegen deiner scheiß Paranoia!«

»Hey, das ist nicht fair!«, ruft Karsten hinter ihr her. »Ich hab dich da rausgeholt.«

»Von wegen«, faucht Miriam. »*Du* hast voll die Welle gemacht, damit *ich* abhaue, dabei hast *du* mir noch nicht mal erklärt, warum *wir* überhaupt abhauen *müssen*.«

Karsten nestelt an seiner Reisetasche herum, zieht das zerknitterte Stück Papier hervor und hält es ihr wortlos hin.

Miriam dreht das Blatt vor ihren Augen, um genug Licht einzufangen. Versucht zu lesen.

»Dreh das Blatt um.«

Miriam gehorcht. Liest erneut. Runzelt die Stirn und sieht ihn fragend an.

»Ja«, sagt Karsten. »Genau so geht's mir auch.«

»Also«, sagt Miriam und setzt sich auf einen Baumstumpf.

Ihr Kreislauf droht zu versagen. »Wenn sie uns die Sachen ins Krankenhaus bringen, dir sogar den Autoschlüssel, dann kann es doch nur bedeuten, dass sie abgereist sind.«

»Vielleicht wollten sie ja auch nur nett sein.«

»Warum dann dieser panische Brief? Das macht doch keinen Sinn! Wenn es so wichtig sein soll, dass wir sofort abhauen, dann sind die anderen doch schon längst weg.«

»Zu sechst im Cayenne?«

»Na ja, das wäre ja das geringste Problem. Dann wird's eben ein bisschen eng hinten. Oder einer oder zwei fahren mit dem Zug.«

»Okay, aber das erklärt noch nicht die Aufregung.«

Miriam zuckt mit den Schultern. »Ich weiß es doch auch nicht. Lass uns einfach mal zum Haus fahren und nachsehen.«

»Vielleicht waren sie gar nicht mehr zu sechst bei der Rückfahrt?«

»Du meinst, jemand ist schon in der Nacht weg?«

Miriam fühlt, wie sich das unangenehme Brennen vom Unterbauch hinauf in Richtung Magen vorarbeitet.

»Ich hatte schon total Angst, als ich aufgewacht bin«, sagt Karsten leise. »Das kam nicht durch den Brief. Irgendwas ist passiert, das spür ich! Irgendwas Heftiges, Schlimmes. Ich weiß nur nicht, was.«

»Wir haben ›Wahrheit oder Pflicht‹ gespielt, das ist passiert«, sagt Miriam. »Das kleine dumme Klassenfahrtspiel. Nur ziemlich verschärft.«

»Was meinst du damit?«

»Na ja«, Miriam lacht, obwohl ihr gar nicht danach zumute ist, »es ist nicht bei ›Wer ist dein heimlicher Schwarm‹ geblieben.«

»Du meinst, Sex und so?«

Miriam nickt. »Und so, genau.«

36

Hörnum/Sylt. Süderende
Währenddessen

Miriam starrte nach draußen. Fast Nacht. Gestern zur gleichen Zeit war es noch taghell gewesen. Durch die aufgeschobene Terrassentür entferntes Donnergrollen. Lange konnte es nicht mehr dauern, bis sich die aufgestaute Spannung entladen würde.

Enrico saß im Schneidersitz auf dem dicken beigefarbenen Nepalteppich und spielte gelangweilt mit seiner Bierflasche. Er hatte den Mittelfinger in die Flaschenöffnung gesteckt und ließ die Flasche wie das Pendel einer Standuhr hin und her schwingen.

»Pass bloß auf, Mann«, rief Matze aus der Küche. Routiniert hantierte er dort mit Mixer, verschiedenen Flaschen, Eiswürfeln und Cocktailgläsern. »Wenn du Flecken auf den Teppich machst, bist du tot.«

Enrico lachte. »Der Teppich des Todes. Jetzt hab ich aber Angst!«

»Voilà!«, rief Matze und balancierte ein Tablett mit acht randvollen Gläsern ins Wohnzimmer. »Sex on the beach!«

Skeptisch betrachtete Miriam das Gebräu, das eine undefinierbare Farbe zwischen Grün und Braun aufwies.

»Ja, ich weiß«, räumte Matze ein. »Ich musste improvisieren, hab nicht alle Zutaten da, aber ist doch scheißegal. Hauptsache, es knallt!«

Er ging herum und ließ jeden ein Glas vom Tablett nehmen.

»Was machen wir heute Abend eigentlich noch?«, fragte Sandy.

»Am *Grande Plage* ist heute Beachparty«, sagte Matze und sah auf die Uhr.

Draußen blitzte es. 21, 22, 23 zählte Miriam, dann donnerte es laut und lange.

»Das wird wohl nichts mehr mit Beachparty heute«, bemerkte Lorenz.

»Ach was!« Matze winkte ab. »Auf Sylt ist auch noch bei Windstärke zwölf Party.«

Wie zur Antwort erleuchtete ein weiterer Blitz die Dünen. Eine Böe drückte heftig gegen das Glas der Terrassentür.

»Oder eben ins *Kliff*«, seufzte Matze und zuckte mit den Schultern. »Aber da können wir jetzt noch nicht hin. Vor Mitternacht ist es sehr uncool, da aufzukreuzen.«

»Lasst uns was spielen!«, rief Sandy.

Enrico winkte ab, »Wir sind doch nicht auf Sylt, um *Monopoly* zu spielen.«

»Wir spielen was Besseres!«, sagte Sandy und grinste verschwörerisch. »Was Geiles! Was für Erwachsene!«

Lorenz lachte. »Ich hoffe, du meinst nicht das, was ich denke!«

»*Wahrheit oder Pflicht*!«, rief Sandy und klatschte begeistert in die Hände. »Flaschendrehen!«

»Ups, du meinst doch, was ich denke!«, rief Lorenz und lachte.

Oh nein, dachte Miriam. Bitte nicht diese Kinderkacke. Und schon gar nicht mit diesen Leuten.

»Was denn?«, fragte Sandy und schaute sie vorwurfsvoll an. Miriam erschrak. Hatte sie das eben laut gesagt?

»Macht doch Spaß!«, rief Sandy. »Wir kennen uns eigentlich noch gar nicht richtig, da ist doch *Wahrheit oder Pflicht* perfekt!«

Miriam seufzte und sah Franziska leidend an. Franziska zuckte resigniert mit den Schultern.

»Also«, rief Matze und hob sein Cocktailglas. »Ex oder nie mehr Sex!«

Miriam schloss die Augen. Fremdschämen! Ließ dieser Typ denn gar nichts aus? Sie nahm einen kleinen Schluck aus ihrem Glas. Der Cocktail war stark, sehr süß, ein kleines bisschen bitter und eiskalt.

Enrico ließ eine der leeren Veuve Clicquot-Flaschen, die von der Begrüßungszeremonie noch herumstanden, schwungvoll auf dem Teppich rotieren.

»Läuft!«, rief er.

Matze stellte sich breitbeinig in die Mitte des Kreises, den sie auf dem Teppich gebildet hatten.

»Bei diesem Spiel werden nur Fragen und Aufgaben aus dem weiten Bereich des Geschlechtsverkehrs akzeptiert!«, deklamierte er mit der Theatralik eines Shakespeare-Darstellers.

Franziska stöhnte auf. Matze bedachte sie mit einem missbilligenden Blick.

»Man kann sich jederzeit von Wahrheit zu Pflicht umentscheiden«, fuhr er fort. »Aber umgekehrt geht das nicht. Wer einer Lüge überführt wird, muss zur Strafe eine richtig fiese Pflicht erfüllen, die sich alle anderen zusammen ausdenken dürfen.«

Plötzlich flammte ein gewaltiger Blitz auf, weitaus heller als alle bisherigen an diesem Abend, und tauchte die Dünenlandschaft vor der Terrasse in gespenstisches Licht. Der Donner folgte nach weniger als einer Sekunde und ließ alle erschrocken zusammenfahren. Die Gardine vor der ein

Stück geöffneten Schiebetür blähte sich auf. Ein kühler Wind wehte herein. Miriam spürte, wie sich die Haare auf ihren Unterarmen zu einer Gänsehaut aufstellten.

»Oha«, sagte sie mehr zu sich selbst. »Jetzt rummst es gleich ganz gewaltig.«

»Wenn alles klar ist, fang ich an!«, rief Matze und drehte die Flasche. Der Flaschenhals blieb auf Sunny gerichtet liegen.

»Also, Sunny«, sagte Matze. »Wahrheit oder Pflicht?«

»Wahrheit.«

»Okay.« Matze grinste genüsslich. »Mit wie vielen Typen hast du schon gefickt?«

37

Sunny spürte eine Hitzewelle in sich aufsteigen. Gleichzeitig begann sie, sich zu ärgern. Über Matze, über Angelina beziehungsweise Sandy – wie bescheuert waren ihre Decknamen, wie bescheuert die ganze Schnapsidee, die ihr Sylt und diesen ganzen Scheiß eingebrockt hatte.

Die anderen lachten. Das Lachen klang aber nicht fröhlich. Eher peinlich berührt. Oder entsetzt? Vielleicht fassungslos. Sie merkte, dass auch sie lachte, ohne es zu wollen. Verlegenheit.

Sie dachte an Nico. Ihren Nico. Er würde immer ihr Nico bleiben. Nur durfte sie niemandem davon erzählen, immer noch nicht, niemals solange sie lebte. Oder solange er bei seiner Frau war. Was vermutlich auf das Gleiche hinauslief. Seit einem Jahr erzählte er Luna, dass er seine Frau verlassen werde, dass es ein Riesenfehler war, sie zu heiraten. Da stimmte sie absolut zu. Wie konnte man nur so blöd sein und mit 20 heiraten? Aber er sah es ja ein, und ganz sicher war es nur noch eine Frage von wenigen Wochen, bis er sich endlich von der frigiden Ziege trennte. Oder von Monaten. Oder Jahren. Ach scheiß drauf. Vielleicht sollte sie langsam mal begreifen, dass sie in diesem Spielchen die Blöde war und nicht der zu früh verheiratete Nico. Der war ja eigentlich fein raus.

Wenn er Lust auf sie hatte, meldete er sich bei ihr, und dann stand sie wenig später an der zugigen Bushaltestelle und wartete auf ihn, auf den alten Volvo Kombi, der sie beide in die tiefen Buchenwälder südwestlich der Stadt brachte, wo niemand war, der sie sehen konnte, niemand, der sie kannte.

Sie schliefen dort miteinander, auf einem Hochsitz, in einer Schutzhütte oder einfach auf der Ladefläche des Volvo, die bei umgeklappten Rücksitzen so groß wie ein Doppelbett war. Wenn sie danach zurück in die Stadt fuhren, dachte sie jedes Mal, jetzt würde er es schaffen. Diesmal wären die Liebe und die Leidenschaft, die sie ihm geschenkt hatte, groß genug, damit er seine Frau verlassen konnte.

Die Tage danach wartete sie jedes Mal unruhig auf eine Nachricht. Jedes Mal fuhr sie zusammen, wenn ihr Handy piepte, doch jedes Mal war es wieder nur ihre Mutter oder Angelina oder ihr verblödeter Bruder, dem anscheinend einer abging, wenn er ihr versaute Bilder und Videos aufs Handy schickte, etwas, das sie ganz besonders schlecht abkonnte, wenn sie auf eine Nachricht von Nico wartete, also eigentlich immer.

Erst wenn sie nicht mehr damit rechnete, meldete er sich wieder. »Rosengarten?«, schrieb er dann. Nicht mehr, nur dieses eine Wort. Rosengarten – wie passend für den Ort ihrer Liebe, auch wenn sie dort nie Rosen gesehen hatte, sondern nur Bäume, Bäume und noch mehr Bäume. »I beg your pardon, I never promised you a rose garden.« Auch das passte leider nur zu gut.

Nico hatte sie entjungfert, was sie ihm aber weder vorher noch hinterher gesagt hatte. Und anscheinend stellte sie sich auch nicht so ungeschickt an, jedenfalls fragte er nicht nach. Mit der Zeit ging sie auch, wenn sie Nico vermisste, mit Jungs von der Schule ins Bett.

Ihre Erfahrungen mit einem erwachsenen Mann und das Getto-Image, das sie und Angelina an ihrem Gymnasium hatten, waren in dieser Hinsicht nicht von Nachteil. Dass man sie für eine Schlampe hielt, war ihr herzlich egal. Es waren nur ein Teil Lust, aber zwei Teile Rache und drei Teile Verzweiflung, die sie nach Partys und bei ersten Dates mit den Jungs ins Bett stiegen ließen. Dabei dachte sie immer nur an Nico. Ein Teil Lust, zwei Teile Rache, drei Teile Verzweiflung. Das war die Mischung, die Sunny antrieb.

»Zehn«, sagte Sunny.

»Zehn?«, schrie Sandy hysterisch. »Nie im Leben! So viele hattest du doch schon nach der Grundschule!«

»Halt's Maul, Bitch!«, zischte Sunny und boxte hart gegen Sandys Oberarm. »Du redest wohl von dir!«

»Du bist dran mit Drehen«, sagte Matze zu Sunny.

38

»Miriam«, stellte Sunny fest. »Wahrheit oder Pflicht?«

»Wahrheit.«

»Hast du schon mal anderen beim Sex zugesehen?«

»Nein«, sagte Miriam. »Nicht, dass ich wüsste.«

Miriam lachte erleichtert. Sie war überrascht, wie leicht ihr das Lügen fiel. Vielleicht, weil es niemand mitbekommen und sie es niemals irgendjemandem erzählt und deshalb beschlossen hatte, dass es niemals geschehen war. Und trotzdem: Diese eine kleine Frage spülte die seit Jahren verdrängten Bilder in ihr Bewusstsein, als hätte jemand eine Schleuse geöffnet.

Sie roch wieder den Sommerabend, sie spürte, wie schnell ihr Atem ging, und noch schneller trieben ihre Beine das Hollandfahrrad vorwärts. Der Fahrtwind trocknete die Tränen auf ihren Wangen. Ihre Augen brannten. Beinahe hätte ein Transporter sie umgefahren, dem sie die Vorfahrt genommen hatte. Wütend brüllte ihr der Fahrer Flüche hinterher.

Miriam hörte ihn nicht. Sie hörte nur den Wind in den Ohren, das Pulsieren ihres Blutes und die verächtliche Stimme von Thomas, ihrem Thomas, oder jetzt wohl eher Ex-Thomas: »Wenn du als alte Jungfer sterben willst – meinetwegen. Aber dann verschwinde. Ich hab da keinen Bock drauf.«

Schwungvoll bog sie in die Einfahrt ein und musste abrupt bremsen. Gerade noch so kam das Rad vor dem schwarzen Geländewagen zum Stehen.

Groß Gerauer Kennzeichen. Wer war das? Wer war bei ihnen zu Besuch? Ihre Eltern hatten ihr nichts erzählt. Ihr

Bruder Till war im Pfingstzeltlager der Buddhisten. Sie selbst durfte bei Thomas übernachten, das erste Mal, sie wusste es zu schätzen. Die Eltern ihrer Freundinnen waren nicht so liberal, wenn es um so etwas ging.

Sie sah auf die Uhr. Kurz nach 21 Uhr. Im Nordwesten hing die Sonne tief über der Rheinebene. In weniger als einer halben Stunde würde sie untergegangen sein. Ungewöhnlich, dass ihre Eltern an einem Samstagabend Besuch hatten, Familienfeste mal ausgenommen.

Erst vor einem Jahr, als Miriam 14 und ihr Bruder elf geworden waren, hatten die Eltern beschlossen, dass die Kinder nun auf sich selbst aufpassen konnten. Seitdem gingen sie zwar regelmäßig abends aus und blieben lange oder auch mal über Nacht weg. Aber zu Hause Gäste empfangen, war eigentlich nicht ihr Ding.

Miriams Hand zitterte, als sie den Schlüssel ins Türschloss steckte und leise öffnete. Und wenn es Einbrecher waren? Quatsch, dachte sie. Die würden wohl kaum in der Einfahrt parken.

»Hallo?«, rief sie halblaut in den Hausflur. Keine Antwort. Sie konnte leise Musik hören, Hip-Hop, nicht gerade der Geschmack ihrer Eltern. Sie schnupperte und runzelte die Stirn. Es roch nach Zigarettenrauch. Ihr Vater duldete es normalerweise nicht, dass im Haus geraucht wurde. Seinen eigenen Vater schickte er an Heiligabend bei Minusgraden zum Rauchen vor die Tür, aber der Besuch mit dem schwarzen Geländewagen durfte Ende Mai bei frühsommerlichen Temperaturen im Haus rauchen?

Sie öffnete die Tür zum Wohnzimmer. Auf dem Couchtisch standen zwei leere Prosecco-Flaschen und vier Gläser. Im Aschenbecher mehrere Zigarettenstummel. Drei Schälchen mit Pistazien, Kartoffelchips und Salznüssen. Ein ihr unbekannter pastellgrüner Baumwollpullover achtlos über die Lehne des Sofas geworfen. Sie ging um die Ecke ins Esszimmer. Nichts. Alles tadellos aufgeräumt, so wie sonst fast nie.

Miriam ging zurück in den Flur. Sie lauschte. Die Musik kam von oben. Mit flauem Gefühl stieg sie die knarzende Holztreppe nach oben. Die Musik wurde lauter. Sie hörte Stimmen. Miriam blieb stehen und versuchte zu verstehen, was sie redeten. Doch die Stimmen redeten nicht.

Miriam wunderte sich. Sie ging vorsichtig noch drei Schritte, dann stand sie vor der Schlafzimmertür ihrer Eltern. Die Tür stand eine Handbreit offen. Durch den Spalt sah sie ihre Mutter. Sie war nackt und saß rittlings auf einem Mann, der auf dem Rücken im Bett lag und dessen Glatze schweißnass glänzte. Neben dem Bett stand ihr Vater. Auch er war nackt. Vor ihm kniete eine Frau mit wasserstoffblondem Pagenkopf. Ihre Hand rieb seinen Penis. Der Vater stöhnte. Die Mutter keuchte. Der Mann mit der Glatze brummte. Die Frau mit dem Pagenkopf lachte.

Miriam ging langsam rückwärts zur Treppe, dann leise hinunter, nahm ihren Rucksack und glitt lautlos durch die Haustür ins Freie. Sie stieg auf ihr Rad und fuhr davon. Der Dynamo surrte aufgeregt durch die hereinbrechende Frühsommernacht.

Thomas öffnete überrascht die Tür und stellte keine Fragen. Nun schlief sie doch noch mit ihm in dieser Nacht, obwohl sie eigentlich nicht gewollt hatte. Aber sie war so verwirrt über das, was sie gesehen hatte, über die widersprüchlichen Gefühle in ihr, sie wollte ja mit ihm schlafen, aber noch nicht so schnell, nicht schon nach drei Monaten Miteinandergehen, aber jetzt war Thomas ihre einzige Sicherheit, zumindest für heute Nacht. So ließ sie ihn machen, was er machen wollte. Somit war es keine Vergewaltigung, dennoch fühlte sich Miriam benutzt und schmutzig, als Thomas mit ihr fertig war.

Nach den kurzen Pfingstferien wusste es bereits die halbe Schule. Und Thomas war nicht mehr an ihr interessiert.

Den schwarzen Geländewagen sah Miriam nie wieder. Und was an diesem Abend im Schlafzimmer ihrer Eltern geschehen war, hatte Miriam überhaupt nie gesehen, beschloss sie. Sie war froh, dass auch ihre Eltern sie nicht bemerkt hatten. So hatte es doch auch irgendwie gar nicht so richtig stattgefunden, nicht der Abend, nicht die ganze Nacht.

Und noch etwas hatte Miriam für sich beschlossen: Sie würde nie wieder mit einem Jungen schlafen, wenn sie es nicht von sich aus zu 100 Prozent wollte. Und wenn sie noch einmal jemand dazu drängen wollte, dann würde es Tote geben, das schwor sie sich.

39

Miriam drehte. Der Flaschenhals blieb bei Lorenz stehen.

»So, mein Lieber, dann sag mir mal …«, begann Miriam, doch Sandy unterbrach sie.

»Wahrheit oder Pflicht!«, rief sie. »Du musst ihn zuerst fragen, was er will!«

»Wahrheit«, brummte Lorenz.

»Also«, begann Miriam erneut, aber Sandy unterbrach sie abermals.

»Kein langweiliges Pärchenzeug!«, rief sie mit erhobenem Zeigefinger.

»Darf ich jetzt?«, fragte Miriam leicht genervt. »Was ist deine Lieblingsfarbe bei Frauenunterwäsche?«

»Langweilig!«, rief Sandy. »Du darfst ihn nicht schonen, nur weil ihr zusammen seid.«

»Mauve«, sagte Lorenz und griff schnell zur Flasche. Alle lachten.

»Eigentlich müsstest du noch eine Pflicht erfüllen«, meinte Sandy. »Das hatte ja nicht viel mit Sex zu tun.«

»Jetzt lass gut sein«, beschwichtigte Enrico. »Lasst uns weitermachen.«

Lorenz hatte bereits die Flasche gedreht.

40

»Wahrheit«, sagte Karsten.

»Mit wem aus der Runde würdest du gern mal ins Bett gehen, Franziska ausgenommen?«, fragte Lorenz.

»Arschloch!« Karsten lachte.

Miriam erschrak. Karsten sah zu ihr. Er sah tatsächlich zu ihr! Ging es noch offensichtlicher? Sie hoffte inständig, dass Karsten nicht »Miriam« antworten würde. Hatte Franziska nicht längst mitbekommen, dass Karsten sie ständig anstarrte? Miriam wollte sich nicht vorstellen, wie Franziska reagieren würde, wenn er jetzt sagte, dass er gerne mit Miriam, ins Bett gehen wollte.

»Sandy«, hörte sie Karsten sagen. Etwas zu laut ließ Miriam die Luft aus ihren Lungen entweichen. Doch ihre Erleichterung schien niemandem aufzufallen.

»Oh!«, seufzte Sandy. »Das ist so süß von dir!« Sie hauchte Karsten quer über den Teppich einen Luftkuss zu. Franziska verzog keine Miene. Miriam war sich sicher, dass sie den Wahrheitsgehalt seiner Antwort richtig einzuschätzen wusste.

41

Karsten drehte die Flasche. Der Flaschenhals zeigte auf Sandy.

»Soll ich Pflicht nehmen?«, fragte sie. »Dann kannst du dir ja was ganz Spezielles für mich ausdenken!«

»Sag, was du willst.«

»Pflicht!«, rief Sandy. »Aber nicht so hart!«, setzte sie hinzu und zwinkerte.

Karsten schien krampfhaft nachzudenken.

Schließlich sagte er: »Gib Sunny einen Kuss!«

»Unsere leichteste Übung«, antwortete Sandy.

Ohne Zögern drehten Sandy und Sunny die Köpfe zueinander und küssten sich. Feucht, mit Zunge und lang. Wie gebannt starrten alle die beiden an. Matze grinste breit und begann zu applaudieren. Nach und nach fielen Enrico und Lorenz mit ein. Sandy und Sunny lachten.

»Okay?«, fragte Sandy schließlich und leckte sich über die Lippen.

42

Sandy drehte die Flasche. Der Flaschenhals zeigte auf Franziska.

»Wahrheit oder Pflicht?«, fragte Sandy.

»Ist mir egal«, sagte Franziska mürrisch, »Pest oder Cholera. Such dir was aus.«

»Dann Pflicht!«, sagte Sandy, Franziskas schlechte Laune ignorierend. »Zeig uns deine Titten!«

Es wurde still. Franziskas Mimik schien einzufrieren. Ihr Blick schien Sandy aufspießen zu wollen. Dann räusperte sie sich und sagte leise mit unheilvollem Unterton: »Ich nehme Wahrheit.«

»Geht nicht!«, rief Sandy munter. »Man kann nicht von Pflicht zu Wahrheit wechseln, nur umgekehrt. Und du hast Pflicht gewählt.«

»Ich habe gar nichts gewählt«, sagte Franziska. »Noch nicht einmal dieses dämliche Spiel.«

»Aber du hast mir gesagt, dass ich mir was aussuchen soll, und ich hab mir Pflicht ausgesucht.«

»Das sind die Regeln«, sagte Matze. »Kannst auch eine fiese Aufgabe erfüllen, die wir uns zusammen ausdenken.«

Mittlerweile hatte er die dritte Runde Cocktails verteilt. Das klebrige Gesöff stieg mit rasanter Geschwindigkeit zu Kopf. Miriam fragte sich, wer von ihnen eigentlich später nach Kampen fahren sollte. Aber wahrscheinlich hatte Matze die Taxen schon bestellt. Oder auch eine Stretch-Limousine. Gewundert hätte sie das nicht.

»Jetzt reicht's aber!«, fauchte Franziska und stand energisch auf. »Was soll das denn? Habt ihr denn überhaupt keinen Anstand?«

Karsten sprang ebenfalls auf und versuchte, ihre fuchtelnden Hände einzufangen.

»Beruhig dich, ist schon okay, du musst es nicht machen!«, flüsterte er, doch sie riss sich los.

»Lass mich«, rief sie böse. »Darum geht's doch gar nicht! Das ganze Spiel ist total daneben!«

Und damit rauschte sie durch die Terrassentür nach draußen und verschwand in der Dunkelheit.

43

Sylt. Zwischen Rantum und Hörnum.
Danach

»Ich erinnere mich«, murmelt Karsten.

Das Fernlicht des Audi durchschneidet die Nacht, Dünen wogen vorbei wie Wellen in schwerer See. Seit der *Sansibar* kaum noch Gegenverkehr, auch niemand hinter ihnen, vor ihnen schon gar nicht, kein Wunder, Karsten fährt 65. Wenn er versucht, schneller zu fahren, wird ihm schwindelig und er bekommt das Gefühl, dass ihnen die Dünen zu nahe kommen.

»Wohin ist Franziska eigentlich verschwunden?«, fragt Miriam. »Weißt du das?«

Mitten im Nirgendwo auf kerzengrader Strecke eine ausgeschaltete Ampel. Surreal, denkt Karsten. Kein Wunder, dass die Leute hier früher an Kobolde und Klabautermänner geglaubt haben.

Das Ortsschild Hörnum. Der Leuchtturm begrüßt sie mit einem verschleppten Walzertakt. Aus-an-an. Aus-an-an. Kein Mensch auf den Straßen. Alles wie ausgestorben. Ein paar erleuchtete Fenster in den Häusern, die sich links der Straße hinter eine künstliche Düne ducken.

»Ich kann mich nicht erinnern, mit ihr noch ein Wort danach gesprochen zu haben«, sagte Karsten schließlich in das Schweigen hinein. »Aber doch, ja, ich weiß, wo Franziska sich verkrochen hat.«

44

Hörnum/Sylt. Süderende
Währenddessen

In den umliegenden Reetdachhäuschen brannte Licht. Einladend wirkten sie. Ruhige Inseln aus warmem Licht in sturmzerzauster Dünenlandschaft. Hatte Franziska irgendwo geklingelt? Das konnte sich Karsten kaum vorstellen. Hatte sie sich in einer Garagenzufahrt oder auf einer Terrasse versteckt, um ihre Ruhe zu haben? War sie in den Ort gelaufen? Oder war sie wirklich so leichtsinnig, während eines heftigen Gewitters hinunter zum Strand zu gehen, wo sie außer ein paar Strandkörben keinerlei Schutz finden würde?

Geduckt lief Karsten die Auffahrt hinab. Der Wind peitschte feuchte Böen von Südwesten heran. Immer wieder zuckten Blitze, doch noch immer kamen nur einzelne Tropfen vom Himmel herab. Es war, als ob sich das Unwetter noch sammelte, damit es sich später richtig lohnen würde. Schon von Weitem sah Karsten, dass die Terrasse des *Kap Horn* geräumt war, doch im Inneren brannte noch Licht.

Blendend grell schlug ein Blitz wenige Meter neben ihm in eine Düne ein. Er schrie auf und warf sich auf den Boden. Der Donner grollte wie ein gereizter Kampfhund. Karsten spürte den Sand, die kleinen Steinchen, die Kühle und die Feuchtigkeit auf der Haut. Er schwitzte und fror gleichzeitig. Eigenartig. Hatte er Fieber?

»Hey Mann, alles okay?«

Lorenz kniete neben ihm. Karsten spürte das Gewicht seiner Hand auf der Schulter.

»Sie ist weg. Spurlos verschwunden.«

»Lass sie, die beruhigt sich schon wieder«, sagte Lorenz beschwichtigend. »Sie wird schnell merken, dass sie überreagiert hat. Wir machen es uns so lange gemütlich, okay?«

»Franziska ist ein bisschen empfindlich, was solche Spielchen angeht.«

»Wegen Silvio?«

»Exakt.«

Silvio war Franziskas erster Freund gewesen. Sie kannten sich seit der Grundschule, wurden mit 13 ein Paar, erst im Geheimen, verborgen vor den Augen ihrer konservativen Familien, später dann für alle sichtbar.

Die Leute im Dorf schüttelten den Kopf, die Franziska aus der ordentlichen, alteingesessenen Familie und der Sohn dieses Sizilianers, der erst ein paar Jahre zuvor den *Gasthof zur Post* übernommen und in eine Pizzeria verwandelt hatte. Dabei gab es im Dorf doch genug einheimische Jungs, die Franziska hätte haben können!

Nach dem Abi schworen sie, einander treu zu bleiben, auch wenn Franziska nach Bremen und Silvio nach Freiburg zum Studieren ging. Doch nach wenigen Monaten entdeckte Franziska aus purem Zufall Silvio auf Bildern bei Facebook, die ihn beim Knutschen und Fummeln mit diversen Frauen zeigten.

Offensichtlich hatte er an den Wochenenden, an denen er vor lauter Lernen nicht einmal mit ihr telefonieren, geschweige denn sich mit ihr treffen konnte, doch noch etwas Zerstreuung finden können. Franziska fand die banale Zufälligkeit ihrer Entdeckung so dämlich, dass sie sich zunächst sträubte, überhaupt darauf zu reagieren. Als sie Silvio schließlich doch darauf ansprach, beichtete er ohne große Umschweife zwei sich zeitlich überlappende Affären und eine aus dem Ruder gelaufene Party. An Details konnte er sich leider nicht mehr vollständig erinnern.

Karsten schüttelte den Kopf. »Das ist doch alles Schwachsinn hier. Ich hätte wissen müssen, dass es Stress gibt, wenn Matze dabei ist.«

»Ach was!« Lorenz machte eine wegwerfende Handbewegung. »Jetzt vergiss mal die alten Animositäten, zieh den Stock aus dem Arsch und hab ein bisschen Spaß! Daran ist nichts verkehrt.«

Karsten erkannte in Lorenz' Augen, dass er tatsächlich meinte, was er sagte.

»Wir haben alle unser Päckchen zu tragen«, fügte Lorenz kryptisch hinzu. Er zog Karsten hoch, legte eine Hand zwischen Karstens Schulterblätter und schob ihn in Richtung Haus.

»Jetzt komm erst mal wieder rein. Jeden Moment kann hier die Sintflut losgehen.«

45

Hörnum/Sylt. Süderende
Davor

Miriam stand im Ausfallschritt und mit senkrecht nach oben gereckten Armen auf der Terrasse und bewegte sich nicht. Die blonde Löwenmähne und die braune, frisch eingecremte Haut schimmerten in der Sonne wie Edelmetall. Ein hautenges, mauvefarbenes T-Shirt, das ihre schmale Taille frei ließ, zeichnete ihre Brüste ab und ließ erkennen, dass sie keinen BH trug. In ihrer Reglosigkeit mit dem Licht der gleißenden Sonne und vor dem Meer als Hintergrund hatte sie die klassische Schönheit einer griechischen Statue.

Plötzlich erwachte die Statue zum Leben. Sie vollführte einige kompliziert aussehende Bewegungen, erreichte eine Art Liegestütz und verfiel erneut in Reglosigkeit. Nur ihr Brustkorb hob und senkte sich ruhig unter ihren kontrollierten Atemzügen. Als sie erneut einen Ablauf von Bewegungen vollführte und ihr Blick schließlich Karsten traf, stieß sie einen kleinen Schrei aus und stoppte mitten in der Bewegung. Karsten applaudierte.

»Du Spanner«, rief sie lachend. »Kannst du dich nicht bemerkbar machen?«

»Ich war zu ehrfürchtig, um was zu sagen.«

»Sehr witzig«, sagte sie und musste wieder lachen. »Aber ich bin ja froh, dass ich nicht die einzige Schlafmütze bin. Wenn ich am Meer bin, könnte ich die ganze Zeit schlafen, schlafen, schlafen!«

»Ich war die halbe Nacht wach«, sagte Karsten. »War das der Sonnengruß?«

»So was Ähnliches. Ist Free-Style. Hast du schon jemanden vom Rest der Truppe gesehen?«

»Nein«, antwortete Karsten. »Franziska ist nicht im Zimmer, und ansonsten ist auch alles ruhig. Wie war's denn gestern Abend im *Pony*?«

Miriam winkte ab. »Dorfdisco mit Geldprolls. Hast nichts verpasst.«

Karsten grinste. »Hast du was anderes erwartet?«

»Ich hab gar nichts erwartet, und trotzdem war es noch eine Enttäuschung. So viel Arroganz und Blasiertheit auf einem Haufen hab ich noch nie gesehen. Matze hat dort richtig *normal* gewirkt.«

Karsten verschluckte sich vor Lachen. Miriam lachte mit, klopfte ihm sanft auf den Rücken und ließ die Hand zwischen seinen Schulterblättern liegen, als sich seine Atmung schon wieder beruhigt hatte.

»Vor zehn Minuten sind übrigens die beiden *Girlies* zum Strand abmarschiert. Die scheinen Stress miteinander zu haben. Schlechte Schwingungen.« Sie machte mit den Händen Wellenbewegungen.

»Willst du Kaffee?«, fragte Karsten. Miriam nickte. Er verschwand durch die Terrassentür und bemühte sich, dem klobigen Vollautomaten in der Küche zwei Kaffees zu entlocken.

Miriam hatte es sich auf einem Stuhl bequem gemacht und die Beine auf eine Ecke des Tisches gelegt. Sie trank in kleinen Schlucken aus einer großen Flasche *Evian*.

Gerade, als Karsten den Kaffee servieren wollte, kamen Lorenz und Franziska um die Ecke. Sie waren verschwitzt und unterhielten sich lachend.

»Hi!«, rief Franziska fröhlich. So gelöst hatte Karsten sie seit Tagen nicht mehr gesehen. Sogar die braunen Haare waren nicht mehr so streng nach hinten gebunden wie sonst.

»Wo kommt ihr denn her?« Karsten betrachtete Franziskas erhitztes Gesicht, während Lorenz zu Miriam ging und ihr einen Kuss auf den Mund drückte.

»Du schmeckst ganz salzig!«, sagte sie und drehte den Kopf weg.

»Wir waren joggen!«, rief Lorenz. »Es war der Hammer! Diese Luft! Diese Landschaft!«

»Du? Joggen?«, fragte Karsten spöttisch. »Du tust doch sonst keinen Schritt mehr, als nötig.«

»Ja, ich«, antwortete Lorenz triumphierend, »stell dir mal vor! Auf Sylt muss man doch einfach raus, sich bewegen, die Luft bis in die Lungenspitzen pumpen!« Ungelenk ruderte er mit seinen langen dünnen Armen durch die Luft.

»Aber sonst geht's dir danke, ja?«, spottete Karsten.

»Sei doch nicht so ein Zyniker«, sagte Franziska und sah ihn missbilligend an. »Nur weil du schlechte Laune hast, musst du uns nicht alles madig machen.« Ohne ihn eines weiteren Blickes zu würdigen, verschwand sie durch die Terrassentür ins Haus.

»Was ist denn mit denen los?«, fragte Karsten, nachdem Lorenz Franziska ins Haus gefolgt war. »Warum bin ich auf einmal ein Zyniker?«

»Bist du das etwa nicht?«, fragte Miriam und hob eine Augenbraue.

»Keine Ahnung, bin ich?«

Sie lachte. »Ich weiß es nicht. Aber die zwei sind gut drauf, hatten Spaß, und du vermiest ihnen mit deinen spitzen Bemerkungen die gute Laune. Das ist nicht sehr nett.«

»Hmm«, machte Karsten. »Ich hab es einfach noch nie erlebt, dass Lorenz joggen geht.«

»Ich auch nicht. Aber lass ihn doch. Franziska wird ihn dazu verführt haben.«

Ein kleiner, dummer Gedanke surrte in Karstens Kopf herum und setzte sich dann aufdringlich wie eine Schmeißfliege auf das Wort »verführt«.

»Warum gehen Franziska und Lorenz plötzlich zusammen joggen?«, fragte Karsten. »Kommt dir das denn gar nicht komisch vor?«

»Bist du etwa eifersüchtig?«

»Quatsch«, rief Karsten und lachte etwas übertrieben.

Miriam drehte langsam den Kopf und sah ihm prüfend in die Augen.

»Vertrauen ist nicht so deine Stärke, was?«, sagte sie nach einer Weile.

»Das hat doch nichts mit …«, begann er, doch Miriam unterbrach ihn.

»Entspann dich, Karsten«, sagte sie ruhig.

Er seufzte.

Sie setzte sich auf und drehte ihm ihren Oberkörper zu.

»Ich weiß nicht, ob du paranoid oder verklemmt bist«, sagte sie. »Aber egal, was du bist, du darfst nie vergessen, dass Franziska ein selbstständiger Mensch ist und eigene Entscheidungen treffen darf. Und selbst wenn die beiden – was ich für extrem unwahrscheinlich halte – sich gegenseitig das Hirn rausvögeln würden, müssten wir zwei das akzeptieren.«

»So denkst du also?«, fragte Karsten etwas pikiert. »Wenn dein Freund mit einer anderen sich das Hirn rausvögeln würde, dann ist dir das scheißegal?«

»Das hab ich nicht gesagt«, widersprach sie. »Ich habe nur

gesagt, dass man die Entscheidungen eines anderen Menschen akzeptieren muss. Ich müsste nur überlegen, welche Konsequenzen ich für mich daraus ziehe.«

»Wäre es dir denn egal, wenn Lorenz mit einer anderen Sex hätte?«

»Nein, natürlich nicht. Er ist ja schließlich mein Freund, und ich möchte, dass er es mit mir macht, dass ich es bin, die ihn glücklich und zufrieden macht, sodass er gar nicht den Wunsch verspürt, mit einer anderen zu schlafen. Aber wenn du einem Menschen etwas verbietest, dann wirst du ihn über kurz oder lang verlieren. Wenn du stattdessen hinterfragst, warum er etwas unbedingt will, dann wirst du ihn zukünftig besser verstehen können, was wiederum nicht nur ihn, sondern auch dich glücklicher machen wird.«

Miriam lachte. »Hab ich dich verwirrt? Egal! Außerdem: Wir haben doch alle schon mit anderen geschlafen. Und wir vier kennen uns ja mittlerweile ziemlich gut. Ich könnte mir also Schlimmeres vorstellen als Lorenz mit Franziska beim Sex.«

Der Subtext ihrer Antwort erzeugte ein Kribbeln in Karstens Unterbauch. »Und wenn, rein theoretisch, wir mal miteinander ins Bett gingen«, hörte er sich sagen, »dann wäre das auch okay?«

Sie lächelte. »Warum nicht?«, sagte sie und sah ihn ohne Koketterie an, »so rein theoretisch.« Bei theoretisch malten ihre Finger Gänsefüßchen in die Luft. »Sieh doch nicht alles so verbissen«, sagte sie dann nach kurzem Schweigen. »Wir sind alles freie, erwachsene Menschen. Niemand gehört irgendjemandem. Es liegt an dir, ob du aus Gefühlen und Handlungen ein Drama basteln willst.«

»Ich kann aber nicht einfach sagen, es geht mir alles am Arsch vorbei!«, warf Karsten ein. »Da würde ich mich selbst verleugnen! Wenn mir etwas nicht gefällt, kann ich doch nicht so tun, als wäre alles Friede, Freude, Eierkuchen!«

»Das nicht. Aber du kannst an dir arbeiten, dass dich Dinge, deren Veränderung nicht in deiner Macht steht, nicht mehr so belasten. Was hat es dir denn gebracht, dir wegen der Geschichte mit Matze, Carina und Julia so einen Kopf zu machen? Carina warst du irgendwann trotzdem los oder beziehungsweise erst recht. Matze verachtest du noch heute. Du selbst warst total am Boden. Nur ausgerechnet für Julia ist die Welt nicht zusammengebrochen, als du dann endlich mal die Kurve gekriegt und Schluss gemacht hast. Was hat dir das Drama also gebracht? Du hättest dir die ganze Aufregung genauso gut sparen können.«

»Eben nicht!«, widersprach Karsten. »Ich wollte ja eigentlich gar kein Drama, sondern das genaue Gegenteil davon! Ich wollte, dass sich alles in Wohlgefallen auflöst! Ich wollte doch nur alles richtig machen!«

»Unterm Strich hast du dann aber überhaupt nichts gemacht, sondern andere machen lassen. Und richtig oder falsch gibt's vielleicht in den Naturwissenschaften oder es wird in Gesetzestexten definiert. Im normalen Leben aber gibt's das nicht. Da gibt es nur Ursache und Wirkung. Aktion und Reaktion. Eine Handlung und die Konsequenz daraus.«

»Und was soll dabei der große Unterschied sein?«

»Richtig und falsch sind Wertungen. Wenn du ständig alles und jeden wertest, kommst du nicht drum herum, einerseits zu glorifizieren, andererseits zu verurteilen.«

»Und wie soll es anders gehen?«

»Indem du Gedanken, Gefühle, Situationen oder Menschen nicht wertest und verurteilst, sondern versuchst, zu verstehen und zu akzeptieren.« Sie beugte sich zu Karsten und tippte mit dem Zeigefinger gegen seine Brust. »Denn wenn du nicht verurteilst, musst du auch nicht vergeben. Das gilt insbesondere auch für dich selbst! Vergeben fällt dir ja anscheinend ganz schön schwer! Denk mal drüber nach.«

»Worüber soll unser Grübler nachdenken?«, sagte Matze und trat auf die Terrasse, blinzelte geblendet und setzte sich dann schnell eine schwarze Ray-Ban-Sonnenbrille auf. In der Rechten trug er eine halb volle Flasche *San Pellegrino*.

»Nichts«, sagten Miriam und Karsten wie aus einem Mund.

»Ist mir auch scheißegal«, sagte Matze gähnend und streckte sich. »Wir hauen gleich ab. Ich hab im Golfklub noch kurzfristig eine Startzeit bekommen. Vorher muss ich noch jemanden in Kampen besuchen. Wollt ihr mit?«

Enrico kam jetzt auch auf die Terrasse. »Geht klar mit Golf?«, sagte er voller Vorfreude.

»Klar, Mann«, sagte Matze, »man muss nur die richtigen Leute kennen.«

»Und die Mädels können auch mit? Die haben bestimmt noch nicht mal Platzreife.«

»Egal.« Matze winkte ab. »Wie gesagt: Man muss nur die richtigen Leute kennen, dann gibt es auch keine Probleme.«

»Wo sind die beiden überhaupt?«, fragte Enrico.

»Strand«, sagte Miriam.

»Na toll«, bemerkte Matze. »Wir müssen los.«

In diesem Augenblick kamen Sandy und Sunny um die Ecke auf die Terrasse. Von Zoff war nichts zu spüren. Entweder sie hatten sich versöhnt, oder Miriam hatte etwas falsch interpretiert.

Matze informierte sie über die Pläne. Während Sandy enthusiastisch reagierte, versuchte Sunny nicht im Geringsten, ihr Desinteresse zu verbergen.

»Kampen will ich mir ansehen, aber auf Golf hab ich auch keinen Bock«, sagte Miriam, und Karsten stimmte ihr zu.

Matze starrte sie entgeistert an und sah aus wie geohrfeigt. »Komm mal mit in den Keller, Sandy«, sagte er schließlich und legte einen Arm um ihre Taille. »Da liegt mehr als genug Golfausrüstung herum, um dich perfekt auszustatten.« Er schob sie ins Haus.

»Cool«, hörte Karsten sie noch flöten. »Ich wollte schon immer mal Golf spielen.«

»Es wird dir gefallen, Süße«, brummte Matze.

»So ist das mit sexuell frustrierten Männern«, sagte Lorenz, der frisch geduscht auf die Terrasse getreten war. »Sie fangen mit Golf an, um mal wieder einzulochen.«

Sunny blitzte Karsten an. In ihrem Blick lag eine Mischung aus Vorwurf und Ängstlichkeit. Karsten schüttelte fast unmerklich den Kopf.

»Haltet doch einfach mal die Klappe, wenn ihr keine Ahnung habt.« Enrico gähnte demonstrativ gelangweilt.

»Hast recht«, gab Karsten zu. »Wir wollen ja nicht irgendwelche Empfindlichkeiten verletzen.« Er suchte noch einmal Sunnys Blick, aber sie hatte sich abgewendet.

46

Hörnum/Sylt
Danach

»Was?« Karsten sieht Miriam irritiert an. »Warum siehst du mich so an, so … wissend.«

»Ich seh dich nicht wissend an. Ich weiß gar nichts! Wenn dir nicht schnell noch ein bisschen was einfällt, dann war's das mit unserer Filmriss-Retrospektive.«

Karsten schnauft.

»Was sollen wir da eigentlich jetzt, mitten in der Nacht?«, fragt Miriam.

»Du hast das vorgeschlagen«, bemerkt Karsten. »Lass uns einfach mal nachsehen. Entweder sie sind doch noch da. Oder eben nicht. Aber dann können wir Spuren suchen. Und uns vielleicht erinnern.«

»Wenn niemand mehr da ist? Wie willst du denn reinkommen?«

»Ist mir scheißegal. Ich will wissen, was passiert ist. Notfalls schlag ich ein Fenster ein.«

Im Ort finden sie sich überraschend gut zurecht. Als wären sie schon 1.000 Mal hier gewesen. Und als hätten sie nie einen Filmriss gehabt. Als der Audi im Schritttempo die steile Auffahrt hinaufholpert, stellt sich heraus, dass es nicht nötig sein wird, ein Fenster einzuschlagen.

Karsten steigt auf die Bremse. Der Audi kommt abrupt zum Stehen.

»Ein Auto!«, flüstert er und deutet durch die Windschutzscheibe.

Der weiße Kastenwagen parkt neben den Mülltonnen rückwärts zur Haustür. Die Flügeltüren stehen sperrangelweit offen. Ein schwacher Lichtschein.

»Da ist jemand im Haus«, flüstert Miriam. »Mach das Licht aus, damit er uns nicht sieht.«

Karsten schaltet den Motor aus, womit auch die Scheinwerfer erlöschen. Atemlos starren sie auf das Auto, auf die Haustür, auf das funzelige Licht und auf den Schatten, der durch die Tür hinaus ins Freie tritt.

Der Schatten scheint den Audi auf halber Strecke der Auffahrt nicht zu bemerken, jedenfalls sieht er nicht in ihre Richtung. Er trägt eine Kiste zum Wagen. Sie scheint schwer zu sein, jedenfalls muss er sich ziemlich abmühen. Im Laderaum des Kastenwagens muss ein Licht brennen, denn als der Schatten direkt hinter dem Auto steht, leuchtet kalkweiß ein Gesicht auf. Ein Gesicht, das sie beide kennen.

»Carlos!«, flüstert Miriam.

47

Kampen/Sylt. Ein Haus am Watt
Davor

»Buenos dias, muchacho!«, rief Matze laut und klatschte in die entgegengestreckte Hand eines etwa 30-jährigen Mannes, der sie bereits erwartete. »Danke für die Einladung.«

»Eh, mi casa, su casa!«, erwiderte der Mann.

»Mi casa!« Matze lachte laut. »Davon träumst du wohl!«

Das taubenblaue Hoftor war aufgeschoben und gab den Blick frei auf ein großes Reetdachhaus und mehrere Hundert Quadratmeter penibel gestutzten Rasen, umgeben von dichten, hohen Hecken. In einer Ecke ein rotes Fähnchen, das wohl ein Putting Green markierte, daneben ein niedriges Gartentürchen, das mitten in dichte Rosenbüsche zu führen schien.

Auf der überdachten Terrasse standen gediegene Möbel aus dunklem Holz. In der Einfahrt ein weißer Kastenwagen, der schon bessere Zeiten gesehen hatte. Auf der zerbeulten Fahrertür in roten Großbuchstaben: »Haus- und Gartenservice Carlos«, etwas kleiner darunter »Dienstleistungen aller Art« und »Alles aus einer Hand«. Hinter dem Kastenwagen, teilweise verdeckt, ein schwarzer Porsche Cayenne.

»Und das ist Carlos«, sagte Matze, nachdem er alle anderen vorgestellt hatte. »Er kümmert sich um unser Haus, eigentlich um alles, er ist unverzichtbar und außerdem ein sehr guter Freund von mir.«

Carlos hatte längere braune Haare, die fettig und nach

hinten gekämmt am Kopf klebten. Sein Gesicht war gerötet und wirkte aufgedunsen. Auf Stirn und Nase glänzten feine Schweißperlen. Er trug ein blaues zerknittertes Hemd und khakifarbene Cargoshorts mit ausgebeulten Taschen. Seine Füße steckten in schmutzigen alten Joggingschuhen. Er machte einen ähnlichen Eindruck wie sein Auto. Nicht alt, aber vorzeitig verschlissen und ungepflegt.

Carlos bedeutete ihnen, auf der Terrasse Platz zu nehmen, und verschwand im Haus. Wenig später kam er mit einem Servierwagen zurück, der aus dem gleichen dunklen Holz wie die Terrassenmöbel gefertigt war, darauf mehrere Flaschen gekühlten Weißwein, langstielige Gläser und ein Korkenzieher.

Matze war mit Enrico und Sandy in den Garten gegangen. Offenbar wollten sie sich das Putting Green ansehen. Mit ausholenden Gesten schien Matze etwas zu erklären.

»Muss toll sein, hier zu leben«, bemerkte Miriam. »Dort, wo andere Urlaub machen.«

Carlos zog eine Grimasse. »Könnte man denken, oberflächlich betrachtet. Ist ja *so* toll, jeden Tag Sommer, Sonne, Strand und so weiter. Die Wirklichkeit sieht leider ein bisschen anders aus.«

»Schon klar«, lenkte Miriam ein. »Hier zu leben ist etwas anderes, als hier Urlaub zu machen. Aber es ist doch traumhaft schön hier. Allein das Meer …«

»Jaja«, sagte Carlos. »Blablabla. Alles Klischee!«

»Warum bist du dann hier, wenn du es gar nicht magst?«, warf Lorenz ein.

»Warum sollte ich nicht hier sein? Ich bin hier aufgewachsen!«, sagte Carlos gereizt. »Außerdem kann ich hier gut arbeiten und Geld verdienen.«

»Arbeiten könntest du auch woanders«, sagte Franziska.

»Und es könnte ja auch nicht schaden, mal woanders zu leben. Vielleicht wirst du danach deine Heimat mehr zu schätzen wissen.«

»Oh, keine Sorge, ich bin schon reichlich rumgekommen!« Carlos funkelte Franziska böse an. »Und ich weiß Sylt sehr wohl zu schätzen. Ich kann es nur nicht leiden, wenn alle immer denken, hier zu leben wäre rund um die Uhr *La dolce vita*.«

»Das hat doch gar niemand behauptet«, sagte Lorenz. »Arbeit ist Arbeit, egal, wo man lebt.«

Carlos schüttelte den Kopf. »Darum geht's nicht. Ich werde euch mal was erzählen über diese *Trauminsel*: Jedes Mal, wenn ich einen treffe, mit dem ich zur Schule gegangen bin, bekomme ich erzählt, wer inzwischen alles aufs Festland gezogen ist, weil sie aus ihrer Wohnung rausmussten und auf der Insel keine andere finden konnten, die sie auch bezahlen können.«

»Und wo wohnst du?«, fragte Karsten.

»Ich hab Glück«, sagte Carlos. »Ich hab zwei Zimmer im Keller eines Hotels hier in Kampen. Eigentlich darf da keiner wohnen, aber ihr wisst ja, wie's läuft: Man kennt sich. Und eine Hand wäscht die andere. Ist normal hier.«

Als keine Reaktion kam, blies Carlos die Backen auf und ließ langsam die Luft entweichen.

»Es sieht folgendermaßen aus: Wer eine Wohnung oder ein Haus besitzt, vermietet lieber an Touristen. Trotz einiger Monate Leerstand im Jahr wirft es mehr Geld ab, als wenn du es dauerhaft an Einheimische vermietest.«

»Ganz klar«, nickte Lorenz. »Wenn man von 100 Euro pro Nacht ausgeht, was für eine Ferienwohnung ja gar nicht besonders viel ist, müsstest du 3.000 Euro Monatsmiete verlangen, um auf das Gleiche zu kommen. Oder 1.500, wenn man annimmt, dass die Wohnung in der Ferienvermietung die Hälfte des Jahres leer steht.«

»Ganz genau«, sagte Carlos. »Und für eine Wohnung, die in der Ferienvermietung 100 pro Nacht kostet, zahlt kein Mensch 1.500 im Monat als Dauerwohnung. Mal abgesehen davon, dass man sich 1.500 Euro Miete erst mal leisten können muss. Die meisten arbeiten hier in Gastronomie und Hotellerie oder als Gärtner oder Handwerker oder Krankenschwester und verdienen damit nicht besonders viel.«

»Und was ist mit sozialem Wohnungsbau?«, fragte Miriam.

»Sozialer Wohnungsbau!« Carlos lachte laut auf. »In den wenigen sogenannten Sozialwohnungen leben sogar Ärzte, Lehrer und Rechtsanwälte! Nicht einmal die können auf dem privaten Markt noch etwas Bezahlbares finden.«

»Ich kann das schon verstehen«, warf Lorenz ein. »Es bringt mehr Kohle, du kannst die Wohnung auch selber mal nutzen und hast nicht das Problem, die Mieter wieder loszuwerden. Touristen gehen automatisch nach kurzer Zeit wieder. Kein Rausklagen oder Rauskaufen.«

Carlos sah ihn missmutig an. »Du hast es erfasst.«

»Mein Vater ist Makler«, antwortete Lorenz.

Carlos stöhnte. »Makler sind die Totengräber der Insel«, sagte er düster.

»Jaja, über Makler wird überall geschimpft. Dass sie zu viel verdienen …«

»Es läuft doch folgendermaßen ab«, unterbrach ihn Carlos. »Sobald ein normales Haus frei wird, also zum Beispiel jemand stirbt, treten die Erben auf den Plan. Meistens sind es mehrere, und jeder will seinen Anteil vom Häuschen haben. Ist ja auch klar. Aber die Immobilienpreise sind so jenseits von Gut und Böse, dass die wenigsten genug Kohle haben, um das Haus zu halten und die anderen Erben auszuzahlen. Was passiert also? Das Haus wird verkauft, und zwar an denjenigen, der am meisten bietet. Das ist in der Regel einer der zig Makler und Investoren, die sich hier gegenseitig die Augen ausstechen im Kampf um die dicksten Brocken. Diese Investoren zahlen mehr, als eine normale Familie berappen kann, locker eine Million für ein Grundstück in durchschnittlicher Lage und Größe. Der Investor reißt dann Omas Häuschen ab, stellt an dessen Stelle zwei Doppelhäuser auf das Grundstück und verkauft jede einzelne Haushälfte für mindestens eineinhalb Millionen. Das bedeutet, dass sich die neugebauten Häuser erst recht kein Einheimischer leisten kann. Also werden die Häuser von irgendwelchen reichen Leuten als Geldanlage gekauft. Die nutzen ihr Haus entweder nur für den eigenen Urlaub oder sie lassen es über eine Agentur an Touristen vermieten, und so sind wir wieder beim alten Thema.«

»Und wo leben dann die ganzen Leute, die hier arbeiten und auf Sylt keine Wohnung haben?«, fragte Karsten.

»Auf dem Festland natürlich«, antwortete Carlos. »Niebüll, Klanxbüll, Emmelsbüll und wie die ganzen Kaffs heißen. Jeden Tag pendeln ein paar Tausend Leute vom Festland nach Sylt, und es werden immer mehr. In vielen Firmen gibt es niemanden mehr, der noch auf der Insel wohnt.«

»In der Großstadt gibt es auch Gegenden, in denen man wohnt, und andere, in denen man arbeitet«, warf Lorenz ein. »Ich kann daran nichts Schlechtes finden.«

»Musst du ja auch nicht. Aber ich kann nicht mehr hören, wie geil es doch ist, auf Sylt zu leben! Es wird nämlich immer schwieriger, überhaupt auf Sylt leben zu *können*.«

»Das ist eben der Markt«, bemerkte Lorenz. »Die Häuser, die mein Vater verkauft, kann sich auch nicht jeder leisten. Trotzdem finden sich fast immer Käufer, die dann auch selber darin wohnen. Aber hier auf Sylt wollen eben sehr viele Leute Urlaub machen. Also ist die Nachfrage nach Ferienimmobilien hoch, sodass der Preis steigt. Ganz normale Marktwirtschaft.«

»Ich bin es inzwischen echt leid«, sagte Carlos. Er wirkte verstimmt. Offensichtlich war das Thema für ihn eine Herzensangelegenheit. »Das Leben hier wird immer mehr zur Farce. Eigentlich ist Sylt nur noch ein einziger riesiger *Robinson Club*. Alles ist auf Touristenbespaßung ausgerichtet, die Einheimischen sind scheißegal, ist ja auch klar, es gibt ja immer weniger. Wenn du außerhalb der Saison spazieren gehst, siehst du in vielen Straßen nur noch dunkle Fenster. Alles steht leer! Schulen und Kindergärten werden geschlossen, Feuerwehr und Vereine haben keinen Nachwuchs mehr, und aus den Kneipen, in denen wir uns früher getroffen haben, werden Schickimicki-Restaurants. Freundeskreise werden immer kleiner, es wird einsamer. Das normale Leben geht total den Bach runter.«

Verlegenes Schweigen. Lorenz hatte seine Hände an den Fingerspitzen zusammengelegt und starrte in den Himmel. Er sah aus, als ob er angestrengt über einen Masterplan für Sylt nachdächte.

»Ich war auch schon ein paar Mal auf dem Sprung«, redete Carlos mit harter Stimme weiter. »Irgendwann werde ich abhauen, nach Mexiko. Dort mach ich dann eine Beach-Bar auf und beweg mich nicht mehr weg vom Strand. Nur noch surfen, Party und abhängen!«

»Wenn das für dich schon feststeht, worauf wartest du noch?«, fragte Lorenz.

»Ich brauch Startkapital. Wenn ich 50.000 Euro zusammen hab, bin ich weg. Aber im Moment bin ich noch dabei, ein paar Schulden von früher abzustottern, Jugendsünden und so. Und das Abstottern klappt auch nur, wenn Matze endlich mit der Kohle rüberkommt, die er mir schuldet.«

»Für wie viele Häuser bist du denn zuständig?«, wechselte Miriam das Thema.

»Momentan sind es sechs Objekte, um die ich mich kümmere.«

»Sind das lauter so Luxushäuser wie das hier?«, fragte Miriam.

»Na ja.« Carlos lachte. »Da gibt's noch ganz andere. Das hier ist für Kampen nur Mittelklasse.«

»Wow«, bemerkte Miriam, »wie müssen dann die anderen Häuser sein!«

Carlos lächelte nervös und wischte sich mit dem Handrücken hastig über die feuchte Stirn. Er räusperte sich. Sein Blick war an Miriams Brüsten hängen geblieben. Es schien ihm schwerzufallen, die Augen abzuwenden.

»Das sind richtig dicke Dinger«, sagte er nachdenklich, ohne dass ihm die anzügliche Doppeldeutigkeit seiner Aussage aufzufallen schien. »Mein größtes Objekt hat 14 Zimmer, sechs Bäder, im Keller einen Wellnessbereich wie im Hotel mit mehreren Saunen und einem 25-Meter-Pool. Und das Grundstück ist riesig, ein paar 1.000 Quadratmeter! Zweimal pro Woche bin ich den ganzen Tag dort, um alles in Schuss zu halten. Der Eigentümer kommt nur zweimal im Jahr vorbei, zwei Wochen im Sommer und eine Woche über Silvester. Sonst steht das Haus leer. Es wird auch nicht vermietet.«

»Krass!«, sagte Miriam. »Aber das kommt bestimmt häufiger vor, dass die Eigentümer nicht so oft da sind, oder?«

»Ja klar«, sagte Carlos. »So ist das eben mit Ferienhäusern. Aber die Leute, die hier ein Haus haben, haben meistens etwas … sagen wir mal: spezielle Ansprüche.«

Carlos hatte inzwischen eine neue Flasche Wein geöffnet und die Gläser ein zweites Mal gefüllt.

»Kannst du dich hier einfach bedienen?«, fragte Karsten.

»Kommt sonst eh weg, früher oder später«, antwortete Carlos. »Ich muss den Inhalt des Kühlschranks laufend erneuern, auch wenn 50 Wochen im Jahr niemand hier ist.«

»Warum denn das?«, fragte Miriam.

Carlos zuckte mit den Schultern. »Will der Eigentümer halt so. Er hat gesagt, er hat keine Lust, ranzige Butter und verschimmelten Käse vorzufinden, wenn er spontan herkommt. Also jede Woche alles in die Tonne, Kühlschrank abtauen, auswischen und mit neuen Sachen bestücken. Offiziell. Inoffiziell hab ich meine Ernährungsgewohnheiten den Umständen angepasst. Muss nur aufpassen mit der Gänseleberpastete. Die setzt sehr an.« Er lachte und klopfte sich mit der flachen Hand auf den Bauch.

»Und wenn du es drauf ankommen ließest und den Kühlschrank nicht oder nur alle paar Wochen auffüllen würdest? Das wäre doch ein Haufen Geld so übers Jahr«, bemerkte Franziska.

»Geht nicht«, erwiderte Carlos. »Er überweist zwar jeden Monat eine Abschlagszahlung, aber zweimal im Jahr wird genau abgerechnet, da muss ich alle Kassenzettel vorlegen. Also jede Woche der exakt gleiche Einkauf. Nur die Summe verändert sich leicht, wenn etwas von der Liste gerade im Sonderangebot ist. Es sind aber immer zwischen 300 und 350 Euro.«

Karsten pfiff durch die Zähne. »Dafür kann man viel Aufschnitt kaufen.«

»Und zwar nur vom Feinsten«, sagte Carlos. »Feinkostladen, nicht Supermarkt.«

»Musst du die Getränke auch jede Woche auffüllen?«, fragte Lorenz ungläubig.

»Nur einmal im Monat. Alles außer den Rotweinen und dem Champagner.«

»Unglaublich«, sagte Franziska. In ihrer Stimme lag Befremden.

»Es gibt noch einige andere Dinge, die nicht unbedingt notwendig wären. Um es mal vorsichtig auszudrücken.«

»Was denn?«, fragte Miriam.

»Das ganze Jahr wird die Temperatur im gesamten Haus konstant auf 23 Grad gehalten. Ich muss jede Woche die Heizungsanlage überprüfen und einem Check unterziehen, Heizkörper entlüften und den Heizölstand protokollieren. Dann muss ich jede Woche von sämtlichen Betten in allen Schlafzimmern die Bettwäsche waschen, trocknen, bügeln und frisch beziehen. Einmal im Jahr wird die gesamte Bettwäsche weggeworfen und neue angeschafft, und zwar exakt die gleiche Bettwäsche aus einem ganz bestimmten Laden in Westerland. Ebenso wird mit den Hand-, Dusch-, Bade-, Strand- und Saunatüchern sowie den Badvorlegern verfahren. Die Gardinen müssen nur einmal im Monat gewaschen und alle drei Jahre ersetzt werden.«

»Wird auch irgendetwas nicht ständig ausgetauscht und weggeschmissen?«, fragte Sunny.

»Wie gesagt, die Rotweine und den Champagner rühre ich nicht an, und auch die Zigarren im Humidor sind tabu. Da kümmert er sich selbst drum. Die Möbel wurden auch noch nie verändert. Denen scheint er eine längere Lebensdauer zuzutrauen. Und Fernseher und Hi-Fi-Anlage sind veraltet. Dafür scheint er sich nicht zu interessieren.«

»Nobody's perfect«, rief Miriam. Alle lachten.

»Und dann ist da noch das Auto«, fuhr Carlos fort. »Ich muss den Cayenne einmal pro Woche bewegen, nicht weniger als 20, nicht mehr als 50 Kilometer fahren, spätestens nach 200 Kilometern volltanken, Belege müssen natürlich auch halbjährlich vorgelegt werden, jede Woche Öl und Reifendruck prüfen und die Batterie ans Ladegerät hängen. Alle ein bis zwei Wochen, je nach Wetterlage, muss ich ihn außen per Hand waschen und wachsen, außerdem innen aussaugen und das Leder mit Pflegemittel behandeln.«

»Na ja, das machen andere auch«, wendete Lorenz ein.

»Aber die fahren ihr Auto dann auch«, antwortete Carlos. »Er fährt nicht einmal viel damit, wenn er hier ist. Mal zur *Sansibar* oder zur *Buhne 16*. Und zur Whiskymeile ist es nur einen Kilometer.«

»Whiskymeile«, fragte Miriam. »Was ist das denn?«

»Das ist eine Straße, wo ein paar ultrateure Lokale sind. *Gogärtchen*, *Pony*, *Rauchfang* und so. Und Läden für Luxusklamotten. Heißt offiziell Strönwai. Wird ein riesen Bohei drum gemacht, dabei ist der ganze Strönwai nur 200 Meter lang.«

»Im *Pony* waren wir gestern«, sagte Miriam. »Das kam mir gar nicht so speziell vor.«

»Nee, ist es auch nicht. Stinknormaler Klub, nur dass er halt in Kampen ist.«

»Ich würde so ein teures Auto jedenfalls nicht das ganze Jahr sinnlos hier rumstehen lassen«, sagte Sunny. »Ich meine, warum fährt er damit nicht zu Hause rum? Da hätte er doch viel mehr davon!«

»Oh, keine Sorge!« Carlos lachte. »Das hier ist nur das alte Modell. Zu Hause wird er noch ein neueres stehen haben. Oder auch einen ganzen Fuhrpark.«

»Matze meinte damals, als er seinen Cayenne geschenkt bekommen hat, dass er um die 200.000 Euro gekostet hätte«, bemerkte Karsten. Er hatte Matzes Prahlerei noch gut im

Ohr, am selben Abend, an dem er später im Gartenpavillon Carina begegnet war.

»Jedenfalls hast du hier ganz schön zu tun«, stellte Franziska fest.

»Jepp«, antwortete Carlos. »Und es gibt ja auch noch den Rasen, die Hecken und Büsche und den übrigen Gartenkram.«

Schweigend saßen sie vor ihren Gläsern.

»Aber gebt euch das mal!«, rief Carlos in die Stille hinein, »da hat jemand Angst vor ranziger Butter, aber er hat noch nicht einmal eine Alarmanlage oder Kameras hier, der Autoschlüssel soll immer im Handschuhfach liegen, und die Hausschlüssel deponiert er im Hole seines scheiß Putting Greens. Und sie müssen *immer* dort liegen, falls mal spontan jemand vorbeikommen will, was aber noch niemals vorgekommen ist, noch kein einziges Mal.« Er lachte.

»Was ist das für ein Typ?«, fragte Karsten.

»Doktor Werner Volkerts, ein Investmentbanker aus Zürich«, sagte Carlos.

»Doktor Werner Volkerts«, wiederholte Sandy. »Das hört sich eher nach altem Spießer als nach hippem Investmentbanker an.«

Matze, Enrico und Sandy schienen mit ihrer Gartenbesichtigung fertig zu sein.

»Nee, alt ist er nicht, Mitte 40 etwa. Hat eben seine Eigenarten. Perfektionist bis zum Gehtnichtmehr. Aber irgendwie haben sie hier alle eine Macke. Je mehr Kohle, desto bekloppter.«

»Textet euch Carlos mit seinen sozialistischen Parolen zu?«, rief Matze spöttisch.

»Matze, guck mal, dein Auto!«, rief Sandy und zeigte auf das klobige Heck des schwarzen Wagens im Carport.

Der Porsche im Carport sah Matzes Cayenne tatsächlich zum Verwechseln ähnlich. Erste Baureihe, schwarz lackiert mit schwarzer Privacy-Verglasung, die gleichen Leichtmetallfelgen mit den fünf Doppelspeichen, die gleichen chromblitzenden Doppelauspuffrohre rechts und links, der gleiche Schriftzug auf der Heckklappe, »Porsche« in breit gezogenen Großbuchstaben, darunter in nach rechts gekippter Schreibschriftimitation »Cayenne Turbo S«. Nur statt des Bremer Kennzeichens war am Heck des Wagens ein Zürcher Nummernschild befestigt.

Carlos lachte. »Von den Dingern gibt's hier mehr als genug. Er wird hier auch *Kampen-Golf* genannt. Oder *Insel-Trabi.* Kein Auto ist in Kampen gewöhnlicher als ein Porsche Cayenne.«

Matze bemühte sich um ein lässiges Lächeln, aber es war ihm anzumerken, dass Carlos' Kommentar ihn nicht ganz kaltließ.

»Könnt ihr nicht schon mal zum Strand fahren?«, sagte er genervt, an Karsten gewandt. »Ich hab, wie gesagt, noch was mit Carlos zu besprechen. Und außerdem«, er legte den Arm um Sandys Hüften und grinste, »müssen wir sowieso gleich zum Golfklub. Unsere Startzeit ist in einer Stunde.«

Sandy klatschte begeistert in die Hände.

Matze grinste. »Wie mir scheint, ist Sandy sehr am Einlochen interessiert.«

»Du bist und bleibst ein wahrer Gentleman, Opdervelde«, sagte Carlos und lachte laut.

48

Hörnum/Sylt. Süderende
Danach

»Scheiße, was will Carlos denn hier?«

Karsten zieht die Handbremse an und steigt aus. Es hat angefangen zu regnen, ein feiner, aerosolartiger Sprühregen, den der böige Wind in kleinen Wolken durch die Dünen jagt.

»Ich glaube, ich kann da jetzt nicht reingehen«, sagt Miriam. Sie ist auch ausgestiegen, hält sich aber mit beiden Händen an der offenen Beifahrertür fest. »Ich krieg schon Herzrasen, wenn ich das Haus nur von außen sehe.«

»Dann warte hier.«

Sie nickt und versinkt wieder im Beifahrersitz.

Carlos hat den Kastenwagen rückwärts vor der Haustür geparkt. Die Flügeltüren stehen weit offen und geben den Blick auf die Ladefläche frei. Der riesige Fernseher, die schicke Hi-Fi-Anlage, der klobige Kaffeevollautomat und diverser Kleinkram, der Karsten bekannt vorkommt.

Karsten geht ins Haus, dahinter die Tür zum Wohnzimmer, auch offen, der Raum wirkt leer.

Klar, die Gegenstände, die er eben auf der Ladefläche von Carlos' Auto gesehen hat, stehen hier nicht mehr herum.

Aber noch etwas fehlt. Er braucht einen Moment, bis er draufkommt. Der Teppich! Karsten spürt, wie sich der Schwindel wieder heranschleicht. Der Nepalteppich ist weg.

»Hallo!«, ruft er. Der Raum hallt seltsam.

Von oben ein Poltern, ein Fluchen. Dann kommt Carlos eilig die Treppe herunter. Als er Karsten sieht, bleibt er stehen und starrt ihn mit einer Mischung aus Gereiztheit und Verblüffung an.

»Was machst du denn hier?«

»Und du? Was räumst du hier rum, mitten in der Nacht?«

»Inspektion«, sagt Carlos knapp.

»Es gab keinen Einbruch, oder? Ihr habt euch abgesprochen und wollt die Sachen verticken, stimmt's?«

»Was geht dich das an?«

»Warum das Ganze? Hat Matzes Vater den Geldhahn zugedreht?«

Carlos geht über Karstens Frage hinweg. »Ich dachte, ihr seid zurück in Bremen.«

»Ich schätze, die anderen sind das auch«, sagt Karsten. »Oder noch auf dem Weg dorthin.«

»Und was machst du dann noch hier?«

»Sie haben dir also nichts erzählt.«

»Was erzählt?«, blafft Carlos ungehalten. »Mir hat niemand irgendwas erzählt! Ich bin gestern Abend vorbeigekommen, und da war das Haus leer. Dabei schuldet mir Matze noch einen Haufen Kohle!«

»Das dürfte sich ja jetzt erledigt haben«, bemerkt Karsten und deutet mit dem Daumen über die Schulter in Richtung des Kastenwagens.

»Hast du 'ne Ahnung. Aber halt dich da raus. Ist besser.«

»Meinetwegen. Ich komm jedenfalls aus dem Krankenhaus.«

»Oha?« Carlos klingt eher belustigt als überrascht oder gar erschrocken. »Wie kommt's? Zu sehr die Sau rausgelassen?«

»Ich kann mich an fast nichts erinnern«, antwortet Karsten unwirsch. »Filmriss.«

Carlos sieht Karsten zweifelnd an, als ob er sich nicht

sicher ist, ob Karsten ihn vielleicht verarscht. Er zieht seine Zigaretten aus der Hosentasche und zündet sich eine an.

»Habt ihr eigentlich selbst sauber gemacht?«, fragt er.

»Ich war im Krankenhaus«, wiederholt Karsten, und seine Stimme ist plötzlich leise und brüchig. »Keine Ahnung, was die anderen gemacht haben.«

»Ich wette, eure Mädels haben hier klar Schiff gemacht!«, sagt Carlos. »Normalerweise sieht das Haus aus wie Sau, wenn Matze hier war. Aber diesmal gibt's eigentlich nichts für mich zu tun. Alles picobello. Aber der Teppich ist verschwunden. Weißt du was darüber?«

»Bevor ich mich verabschiedet hab, war er noch da.«

Karsten starrt auf die große Fläche, wo der dicke Nepalteppich früher gelegen hat. Auf dem sie gegessen haben, getrunken, Flaschendrehen gespielt. Ja, doch, er kann sich erinnern, ein Stück weit. Was ist noch hier geschehen, auf diesem Teppich, in diesem Zimmer, in diesem Haus in den Dünen?

Lachen, lautes kreischendes Lachen.

Schlangen, sie umschlingen Karsten.

Matze wie ein Herrscher, breitbeinig.

Brüste.

Nackt.

Wände kommen näher, klappen nach innen, verschlucken das Zimmer.

Champagnerflasche liegt auf der Seite und zeigt ins Nichts, das Etikett leuchtet orange.

Augen verdreht. Heraushängende Zunge.

Klatschen, rhythmisch.

Wabern.

Wogen.

Violett.

»Hallo?«, schreit Carlos und fuchtelt vor Karstens Gesicht herum. »Ich hab dich was gefragt!«

»Was?«, krächzt Karsten heiser.

»Du machst mir hier aber jetzt nicht den Abgang, Alter!«

»Alles okay. Ich hab nur an was gedacht.«

49

Kampen/Sylt. Wattweg
Davor

Als sie zum Auto zurückgingen, lag eine merkwürdige Leblosigkeit über den Häusern. Die reetgedeckten Anwesen dösten scheinbar verwaist in ihren parkartigen Gärten vor sich hin. Hier und da standen teure Autos in den Einfahrten als einzige Indizien menschlichen Lebens.

Sie hatten auf Matzes Anweisung hin ein paar Schritte entfernt am Wattweg geparkt. Matze war eine Antwort auf die Frage, warum das nötig wäre, schuldig geblieben.

Auf dem Weg zurück zum Auto gingen Franziska und Karsten voraus, Lorenz, Miriam und Sunny trödelten hinterher. Der Weißwein hatte sie träge gemacht.

»Das ist hier wie auf dem Friedhof«, sagte Franziska. Unwillkürlich hatte sie die Stimme gesenkt. »Alles totenstill und akkurat bepflanzt.«

Karsten kicherte leise. »Und um Mitternacht kommen die Toten aus ihren Gräbern und wandeln als Zombies durch den Ort.«

»Deshalb gibt's hier auch keine Gehwege«, flüsterte Franziska. »Damit kein Mensch auf die Idee kommt, nach Sonnenuntergang spazieren zu gehen. Zu gefährlich!«

»Psst!«, zischte Karsten. Eine Frau mit einem kleinen Pinscher kam ihnen entgegen. Von Weitem wirkte die Frau wie 50, doch je näher sie kam, desto älter sah sie aus. Trotz der sommerlichen Temperaturen trug sie ein pelzbesetztes Jäckchen. Die Haut in ihrem Gesicht wirkte wie gegerbt. Ohne jede mimische Regung beobachtete sie Karsten und die anderen aus dem Augenwinkel.

Der Pinscher knurrte feindselig und reckte angriffslustig den Hals, um den ein Halsband mit pinkfarbenen Glitzersteinen gelegt war. Sie nickten der Frau zu, doch noch immer verzog sie keine Miene.

»Ist es schon Mitternacht?«, hauchte Franziska, als sie sich ein Stück von der Frau entfernt hatten.

Karsten lachte und drehte sich um. Die Frau stand auf der Straße und sah ihnen mit noch immer unbewegter Miene nach. Der Pinscher setzte währenddessen einen Haufen auf den Grünstreifen.

»Warum musste Matze hier unbedingt noch vorbei?«, sagte Karsten. »Was sollten wir denn hier?«

Franziska seufzte leise. Diesmal klang es etwas genervt.

»Wenn er was mit dem Gärtner seiner Eltern besprechen will, dann kann er das doch …«

»Hör auf!« Franziska hob den Kopf und sah ihn streng

an. »Sieh doch nicht immer alles gleich negativ, was Matze sagt und tut.«

»Da gibt's eben nicht viel Positives zu sehen, wenn Matze was sagt und tut.«

»Es nervt langsam. Du verdirbst uns allen die Laune mit deiner miesen Laune. Findest du nicht, du übertreibst?«

»Nö.«

»Alles wegen dieser Carina.«

Ruckartig blieb Karsten stehen. »Hör doch auf! Matze ist und bleibt ein Arschloch, Punkt! Und nichts weiter!«

»Schon klar«, seufzte Franziska. »Mit Carina hat das natürlich rein gar nichts zu tun.«

»Nein! Und hör bitte auf, auf dieser alten Geschichte rumzureiten.«

»Schon gut. Komm!« Sie hakte sich unter und schob ihn weiter.

Unwirkliche Stille. Keine Stimmen, keine spielenden Kinder, nur das Geräusch des Windes, der durch die Bäume und Inselrosenbüsche strich und den modrigen Geruch von Watt und Ebbe zu ihnen hertrug. Aus weiter Entfernung das leise Brummen eines Rasenmähers, was die Stille nur noch greifbarer machte.

»Und Matze *ist* ein Arschloch«, sagte Karsten mehr zu sich selbst. »Punkt.«

50

Hörnum/Sylt. Süderende
Danach

Die Holzstufen knarren unter seinen Füßen. Oben stehen alle Zimmertüren offen. Die Fenster sind gekippt, ein kühler Wind weht durch die Etage.

Im Badezimmer liegt einsam und allein ein kleines aufgeweichtes Stück blassrosa Seife am Waschbecken, sonst nichts, absolut nichts.

Die Schlafzimmer sind tadellos aufgeräumt, die Betten abgezogen, die Decken ordentlich gefaltet, die Kissen aufgeschüttelt, nichts liegt herum.

Karsten geht langsam durch jedes Zimmer, schaut in die leeren Schränke, unter die Betten, aus den Fenstern in die Nacht. Das Meer ist wütend, es grollt und tost und wirft sich hungrig auf den Strand. *What a difference a day makes*, schießt es Karsten durch den Kopf.

In der Schublade eines Nachttischs findet er ein Netzteil, es ist seins. Er steckt es in die Hosentasche. Doch was nützt es ihm ohne Handy.

Im letzten Schlafzimmer wird er doch noch fündig. Unter dem Bett entdeckt er etwas. Er legt sich flach auf den Boden, angelt es hervor. Ein zerknittertes gelbes Top, darauf der Aufdruck »Malibu Surf School« und ein stilisiertes Surfbrett mit einem bunten Papagei auf der Spitze. Die Seitennaht des Tops ist eine Handbreit aufgerissen.

Luna hat das Top getragen am Abend ihrer Ankunft.

Sie muss es beim Packen übersehen und vergessen haben. Warum ist es zerrissen?

Er überlegt. In welchem Zimmer befindet er sich überhaupt? Er muss zurück in den Flur, um sich zu orientieren. Leer geräumt sehen alle Zimmer gleich aus.

Als er begreift, als ihn die Erinnerung wie ein Fausthieb in den Bauch fährt, drückt er sich das Top unwillkürlich unter die Nase, und der Duft des Parfums gibt ihm den Rest.

Er kann nichts dagegen tun, dass sein Körper auf den Holzfußboden sinkt und dort liegen bleibt.

51

List auf Sylt. FKK-Strand
Davor

Alles so unwirklich. Die Welt ein flimmerndes Panorama vor Karstens Augen.

Der viele Wein bei Carlos, der heiße Wind durchs Autofenster und die Musik sehr laut, *Café del Mar, Volumen Siete: Whispering Wind,* Moby, Stimme verfremdet.

I stand in the way of the things I can be. Let the whispering wind come lift us away.

Holperstraße. Schotterparkplatz. Parkplatzwächter 3 Euro und tschüss. Sommergetränkt duftende Dünen. Barfuß. Stachelkiesel auf dem Weg. Dann raues Holz, Stufen, die Düne hinauf, fast schwebend zwischen Himmel und Meer, am Horizont verschmelzend, wie eins. Blau, blauer, am blausten. Wellen klein, doch Rauschen laut. Strand fast leer. Sonne so hell. Sand ganz heiß. Schläfrig. Eingeschlafen und aufgewacht auf Sand. Miriam auf einmal nackt, rennend, platschend, dann Lorenz und Karsten, als Letztes Franziska und Sunny. Wasser knallend kalt auf der Haut. Nackt alle zusammen, selbstverständlich, wie eins, lachend, umarmend, rangelnd, untertauchend, prustend. Frei. Schön. Glücklich. Unschuldig. Paradies.

Rütteln. Blinzeln. Franziska. Wollnjetztgehn. Willnichgehn. Müssen. Zeigefinger nach Westen. Plötzlich Wolken am Horizont und Wind. Die anderen schon fast an der Treppe. Sand in allen Ritzen. Klamotten seltsam auf der heißen Haut. Zunge schmeckt Salz. Haare feucht. Doch nicht geträumt? Blick zurück vom höchsten Punkt. Fast ein Frösteln. Motor an. *Like the whispering wind you stand here with me. I see your dreams all slip away.* Komisch im Kopf. Sollichbesserfahren? Nein, geht schon.

52

Hörnum/Sylt. Süderende
Danach

»Was, verdammt, machst du da oben so lang?«, brüllt Carlos von unten.

Karsten antwortet nicht. Er liegt auf dem Boden, trotzdem ist ihm noch schwindlig. Er riecht am zerknitterten, zerrissenen Top.

Will die Augen nicht öffnen.

»Scheiße, was machst du hier?«, schreit Carlos ihm ins Ohr. Er kniet neben Karsten und stößt ihm jetzt auch noch eine Faust unsanft in die Seite.

»Ich hab Angst«, stammelt Karsten und spürt, dass seine Wangen nass von Tränen sind. »Irgendwas Seltsames ist hier passiert. Irgendwas Schlimmes.«

»Und was?« Carlos' Stimme ist immer noch laut, unnötig laut.

»Ich weiß es nicht.« Karsten schluchzt. »Ich sehe Bilder, aber sie flackern nur kurz auf und verschwinden wieder.«

»Mann, bist du psycho!«, zischt Carlos. »Ich sollte dich rüberbringen nach Breklum in die Klapse.«

»Ich hatte einen Anfall!«, schreit Karsten. »Ich kann doch auch nichts dafür. Matze muss uns irgendwelche Drogen untergeschoben haben, was weiß ich, was das für ein Dreck war.«

»Das war reines, unverschnittenes Kokain«, sagt Carlos. »Beste Kampen-Qualität. Davon kriegt man keinen Anfall und keinen Filmriss!«

»Sagt wer?«, schreit Karsten. »Bist du Arzt oder was?«

»Nein«, sagt Carlos leiser. »Aber ich weiß, was ich ihm verkauft habe.«

»Du hast ihm das Zeug verkauft? Nur Kokain? Oder war noch was anderes dabei?«

»GHB«, sagt Carlos noch leiser. »Aber nur ganz wenig.«

»GHB?«, ruft Karsten mit sich überschlagender Stimme. »Was zur Hölle ist GHB?«

»Gammahydroxybutyrat.« Carlos ist jetzt genervt. »Liquid Ecstasy. Aber nur ein Probierfläschchen.«

»Und was hast du ihm gesagt, was drin ist?«

»Die Wahrheit hab ich ihm gesagt! Er hatte keine Erfahrung damit. Ich hab ihm gesagt, dass es enthemmend wirkt. Dass er damit jede Frau ins Bett kriegt. Ich hab ihn gewarnt, dass zu viel davon einen auch ins Koma schießen kann.«

»Hau ab!«, brüllt Karsten. »Wir werden uns noch überlegen, ob wir hierbleiben oder nicht, aber du verschwindest jetzt sofort!«

»Wer ist wir?«

Karsten rappelt sich auf, packt Carlos am Hemd und drückt ihn gegen die Türzarge.

»Wir«, zischt Karsten, »sind Miriam und ich. Aber du verschwindest jetzt sofort! Und wehe, du läufst mir noch mal über den Weg!«

Carlos versucht, sich aus Karstens Griff zu befreien. »Alter, entspann dich mal«, sagt er verärgert. »Ich geh ja schon. Aber ist doch nichts weiter passiert.«

»Nichts passiert?« Karsten schreit ihm aus nächster Nähe ins Gesicht. »Du hast keine Ahnung, Mann! Und jetzt raus hier!«

Carlos geht ohne ein weiteres Wort. Karsten lässt sich wieder zu Boden fallen, völlig erschöpft.

Violettes Pulsieren. Ein bräunlicher Klecks, heller werdend, bronzefarben, golden, eine Kugel, nein, ein Oval. Es kippt nach hinten, und ein Gesicht erscheint. Lunas Gesicht ist angstverzerrt, entfernt sich, wird blasser, löchriger und verliert sich im amorphen Violett, löst sich auf, wird dunkler und dunkler und schließlich tief schwarz.

53

Hörnum/Sylt. Süderende
Währenddessen

Eine warme Dunstwolke aus Alkohol, Schweiß und Parfum. Sie johlten. Alle. Miriam zog Lorenz am Hosenbund zu sich und küsste ihn. Sandy verwuschelte Karstens Haare.

»Mach dir nichts draus«, flüsterte sie ihm ins Ohr.

Karsten war sprachlos. Eine Entschuldigung hatte er nicht erwartet, aber »mach dir nichts draus« erst recht nicht.

»Wir haben beschlossen, dass du für Franziska drehst«, rief Matze aus dem Hintergrund.

»Wollen wir den Scheiß nicht einfach lassen?«, fragte Karsten.

»Spalter!«, rief Matze. »Stell dich nicht so an. »Wir haben ausgemacht, dass nicht rumgezickt wird. Dreh jetzt die Flasche oder pack deine Sachen und verschwinde!« Hilfe suchend sah sich Karsten um. Er fühlte sich wie in einem Film, bei dem er im falschen Moment aufs Klo gegangen war. Miriam lächelte ihm aufmunternd zu. Lorenz drückte ihm die Flasche in die Hand. Er nahm die Flasche, legte sie auf den Teppich und drehte. Was hätte er auch sonst tun sollen?

»Sandy«, stellte er fest. »Ich nehme an, du nimmst wieder Pflicht?«

»Aber gern.« Sandy sah ihn herausfordernd an.

»Um das Niveau zu halten, kannst du uns ja mal deinen nackten Arsch zeigen.«

Sie kicherte und sprang auf. Ohne zu zögern, öffnete sie ihre enge Jeans und zog sie zusammen mit einem roten Tanga in einem Ruck hinunter bis zu den Knien. Wie eine brasilianische Sambatänzerin ließ sie die Hüften kreisen, tief nach vorne gebeugt. Matze kroch auf allen vieren zu Sandy und knetete ihre Pobacken. Erst als er versuchte, einen Finger in ihre blank rasierte Scham zu stecken, richtete sie sich auf und zog sich wieder an. Sie sah zufrieden aus.

54

»Matze!«, rief Sandy. »Wahrheit oder Pflicht?«

»Pflicht!«, rief Matze. »Macht ja sonst keinen Spaß. Wahrheit ist für Weicheier!«

»Ich will, dass du an Sunnys Nippeln saugst!«, rief Sandy.

»Nein!«, rief Sunny.

»Sag ich doch!«, schrie Matze und klatschte in die Hände. »Pflicht ist geil!«

»Da hab ich ja wohl auch noch ein Wörtchen mitzureden!«, protestierte Sunny, doch Matze war schon auf dem Weg zu ihr und hechelte mit heraushängender Zunge wie ein Hund in der Mittagshitze.

Sunny drehte sich weg, wand sich. Matze kniete direkt vor ihr, zog am Ausschnitt ihres Shirts, ihrem BH. Sunny sprang auf, Matze ebenfalls. Seine Bodybuilderarme hielten sie an der Taille umklammert, er beugte sich über ihren immer weiter ins Hohlkreuz überstreckenden Oberkörper. Vergeblich versuchte Sunny, zwischen Matze und ihre Brüsten wieder etwas Stoff zu ziehen, doch Matze leckte und saugte lautstark an ihren Brustwarzen, unbeeindruckt von ihren Abwehrversuchen. Schließlich ließ er sie abrupt los, sodass Sunny nach hinten fiel und hart auf die Dielen knallte. Enrico und Sandy klatschten und pfiffen. Matze klatschte Enrico ab und nahm in aller Ruhe wieder Platz. Sunny blieb auf dem Boden sitzen, das Gesicht abgewandt, doch Karsten sah, wie sie sich schnell über die Augen wischte.

Seelenruhig nahm Matze die Flasche und drehte.

55

»Wahrheit!«, sagte Lorenz.

»Habt ihr schon mal Partnertausch gemacht?«, fragte Matze.

»Was bitte?«

»Partnertausch!«, wiederholte Matze. »Swingen, Gruppensex, Gangbang, was auch immer. Ficken mit anderen!«

»Du meinst Miriam und mich?«

»Exakt!«

»Du kannst keine Frage an Miriam *und* mich stellen, weil nur ich dran bin«, bemerkte Lorenz.

»Wenn ich Miriam fragen will, dann stelle ich Miriam eine Frage gleich bei nächster Gelegenheit, aber jetzt frage ich dich.«

»Wenn ich die Frage beantworte, dann gebe ich auch von Miriam etwas preis, und das ist nicht korrekt, weil sie nicht dran ist.«

Matze sah ihn verblüfft an. »Was soll denn der Scheiß jetzt? Das ist doch Korinthenkackerei!«

»Mag sein«, antwortete Lorenz ruhig. »Aber trotzdem ist deine Frage nicht korrekt.«

»Er hat recht«, sprang ihm Karsten zur Seite. »Frag was anderes.«

Matze lachte spöttisch auf. »War ja klar«, sagte er dann. »Prinz Hakennase und sein getreuer Knappe!«

»Frag doch, ob er vor Miriam schon mal gebumst hat«, schlug Enrico grinsend vor.

Matze lachte meckernd. »Ja genau!«, rief er. »Wie sieht's aus, war es die holde Miriam, die euch die Unschuld geraubt hat?«

»Ich bedaure«, sagte Lorenz ohne äußerliche Regung. »Ich durfte bereits vorher die Freuden der körperlichen Liebe kosten.«

»Hört, hört!«, rief Matze. »Euer hochwohlgeborener Phallus wurde bereits vorher eingeweiht? Wer hätte es für möglich gehalten!«

Lorenz lächelte milde und wechselte mit Miriam einen tiefen Blick. Miriam schien sich bestens zu amüsieren.

»Nach dem Eiertanz lassen wir Wahrheit wohl besser weg!«, sagte Matze. »Manche Spiele kann man nicht mit jedem spielen, da braucht man ein bisschen Ehre im Leib.«

Lorenz verdrehte die Augen. Dann drehte er die Flasche.

56

»Schon wieder!«, rief Matze. »Pflicht also!«

»Ich will, dass du an Enricos Nippeln saugst!«, sagte Lorenz. Alle außer Matze prusteten los.

»Das kriegst du zurück!« Matze bemühte sich um ein lockeres Grinsen. »Keine Sorge, das kriegst du doppelt und dreifach zurück! Los, Alter, zieh dein Hemd aus!«

Enrico stand auf und machte einige seltsame Bewegungen,

die wohl einen Striptease darstellen sollte. Knopf für Knopf öffnete er sein Kurzarmhemd. Matze trat näher. Noch bevor er Enrico berührte, begann dieser affektiert zu stöhnen. Matze verharrte einige Sekunden an Enricos Brust.

»Die andere Seite auch!«, rief Sunny.

»Und etwas mehr Leidenschaft, bitte!«, tönte Sandy.

»Igitt!«, murmelte Lorenz.

»Hey!«, rief Enrico und zeigte mit dem Finger auf Lorenz. »Ganz vorsichtig! Vielleicht bist du irgendwann mal auf Schwuchteleien angewiesen, wenn du auch nach Miriam noch Sex haben willst!«

»Haha«, machte Lorenz gelangweilt.

57

Matze griff zur Flasche und drehte.

»Kasi!«, rief er. »Schade, ich hätte so viele interessante Fragen an dich. Aber leider, leider gibt es nur noch Pflicht!«

»Ooooh«, tönten die anderen mit gespieltem Bedauern.

»Also«, setzte Matze an, »ich möchte Folgendes: Steh auf!«

»Das krieg ich hin«, bemerkte Karsten und rappelte sich hoch.

»Lorenz, steh auch auf!«

Lorenz erhob sich.

»Lorenz, zieh deine Hose aus!«

Lorenz gehorchte.

»Die Unterhose auch!«

Lorenz verzog den Mund und schaute ihn schräg an.

»Was soll das werden?«, fragte er, aber Matze ignorierte ihn.

»Kasi, hol ihm einen runter!«

Es wurde schlagartig still. Karsten hörte auf einmal das Blut in seinen Ohren rauschen. Schnell. Laut. Von der Stirn rann eine Schweißperle bis zur Nasenspitze, verharrte dort kurz und tropfte dann zu Boden.

»Das mach ich nicht«, sagte Karsten in die Stille hinein.

»Gott sei Dank!«, rief Lorenz und zog schnell wieder die Jeans hoch. Karsten ließ sich zurück auf den Teppich plumpsen.

Schlagartig setzten wieder laute Geräusche ein. Unglaublich, wie viel Krach eine Handvoll Leute machen kann, schoss es Karsten durch den Kopf.

»Okay, okay!«, brüllte Matze über den Lärm hinweg. »Das war wohl dann doch zu intim für euch zwei Pimmelfreunde! Aber leider, leider, leider muss der Kasi nun eine andere Aufgabe erfüllen, die wir uns jetzt schön alle gemeinsam ausdenken werden.«

»Ich weiß was Gutes!«, rief Sunny. »Lauf nackt runter zum Restaurant und bring als Beweis 'ne Speisekarte mit!«

Der Lärmpegel schwoll weiter an. Matze brüllte, dass das viel zu zahm wäre, doch die anderen johlten Zustimmung.

»Muss das sein?«, rief Karsten, doch er konnte kaum sein eigenes Wort verstehen. »Das *Kap Horn* hat bestimmt schon zu!«

»Ausziehen, ausziehen!«, brüllten die anderen. Auch Miriam und Lorenz. Alle zusammen packten Karsten unter den Armen, zogen ihn auf die Beine, zerrten an seiner Kleidung, sodass es in allen Nähten krachte. Karsten kämpfte sich zur Terrassentür, schlüpfte im Hinausgehen noch aus den Boxershorts, die irgendeine Hand bereits fest umklammert hatte, und verschwand in die Dunkelheit.

58

Splitternackt drückte sich Karsten an der dunklen Hauswand entlang. Sogar um die Hausecke herum und trotz des rauen Wetters war der Lärm aus dem Haus noch gut zu hören. Doch Karsten konnte kein Wort verstehen. Als abstrakter Geräuschpegel schienen die Stimmen drinnen gegen den Sturm draußen anzuschreien.

Es hatte weiter abgekühlt. Die Hitze war nur noch eine Erinnerung. Die Hauswand bot keinen Schutz, allenfalls gegen das Umfallen durch den Wind, der ihm mit voller Wucht direkt vom Meer ins Gesicht blies. Der Wind brachte nun reichlich Regentropfen mit, die wie kleine Geschosse auf seinen nackten Körper trommelten. Lange konnte er hier nicht stehen bleiben.

Karsten ging drei Schritte zurück und spähte um die Ecke. In diesem Moment ertönte brüllend laut Musik. Die Bässe ließen den Aschenbecher auf dem Terrassentisch vibrieren. Die Höhen konkurrierten mit dem Kreischen, dann setzte der Gesang ein. Mickie Krause. Regungslos starrte Karsten durch die Scheiben auf die bizarre Szene. Auf Matze, der mit der nächsten Runde Cocktails (der fünften? oder sechsten?) aus der Küche kam. Auf Sandy und Sunny, die mit Enrico etwas aufführten, was irgendwo zwischen Tanzen und Ringkampf war. Auf Miriam und Lorenz, die mittendrin auf dem Boden lagen, knutschten, fummelten, alle Hände unter den Kleidern des anderen in Aktion. Karsten schlüpfte in seine Nikes, die er auf der Terrasse stehen gelassen hatte, und zog sich zurück in die Dunkelheit. Ein seltsames Prickeln ließ ihn erschauern, als er aus dem Schutz der Terrasse zurück in den Wind trat. Es war nicht die Kälte, denn er fror nicht. Es war vielmehr ein Gefühl zwischen Spannung und Scham, wie mit 13 auf Klassenfahrt, wenn man sich im Mädchenzimmer unter dem Bett versteckte, während der Lehrer seinen Kontrollgang machte. Eine Mischung aus Ausgeliefertsein und Hilflosigkeit einerseits, die Ahnung von Unbekanntem und Unwiderstehlichem andererseits.

Er spähte um die nächste Hausecke. Der Audi und der Cayenne wirkten in der Dunkelheit wie schlafende Tiere. Warum schlich er eigentlich so? Wer sollte ihn hier schon hören? Selbst wenn bei diesem Wetter, bei mittlerweile völliger Dunkelheit, jemand draußen rumlaufen würde, warum sollte er sich die lange Auffahrt, die nur zu diesem einen Haus führte, hinaufbemühen?

Karsten fuhr erschrocken zusammen. Mit einem lauten

Klacken sprang gleißendes, scheinwerferartiges Licht an und beleuchtete grell den Vorplatz des Hauses. Als er sich von dem Schreck erholt hatte, blitzte eine Idee in ihm auf. Eine Idee, wie er sich den Weg zu *Kap Horn* nackt, im Unwetter, bei Dunkelheit, vielleicht ersparen konnte.

Er eilte hinüber zu den Mülltonnen. Gestern hatte der Kellner im *Kap Horn* doch ein paar Flyer in die Tüten gesteckt.

Die Papiertonne war leer. Er öffnete die schwarze Tonne. Tief unten blitzte etwas Farbiges zwischen den Tüten und Styroporverpackungen auf. Er bückte sich tief in die stinkende Tonne und versuchte, das bunt bedruckte Papier zwischen die Finger zu bekommen. Der Regen wurde stärker und platschte auf seinen Rücken, seinen Po, seine Beine. Als er mit dem Flyer in der Hand und einem Gefühl der Erleichterung wieder aus der Tonne auftauchte, ging das Deckenlicht im Hausflur an. Durch das große Glasfenster der Haustür sah er Sandy, die gerade die Tür zur Gästetoilette öffnen wollte, als ihr Blick auf den hell erleuchteten Vorplatz fiel. Und auf Karsten. Vor der geöffneten Mülltonne. Im Regen. Nackt bis auf die Nikes, deren Leuchtstreifen hell das Flutlicht reflektierten.

59

Sandy öffnete die Haustür und trat hinaus, die Hände in den Gesäßtaschen ihrer Jeans.

»Sieh mal einer an«, rief sie in seine Richtung.

Karsten fühlte sich ertappt und hob zaghaft die Hand.

»Willst du dich nicht unterstellen?«, schlug sie vor und legte den Kopf schief. Karsten nickte und trottete wie ein folgsames Hündchen zu ihr hinüber, eine Hand notdürftig vor den Unterleib gelegt.

»Was machst du denn da?«, fragte sie und legte ihre Hand auf Karstens Brust. »Hast du deine Pflicht schon erfüllt?«

»Jupp«, machte Karsten und hielt Sandy den zerknitterten, nicht mehr ganz sauberen Flyer unter die Nase.

Sie senkte den Kopf und setzte einen Schlafzimmerblick auf.

»Braver Junge«, sagte sie sanft. Karsten spürte, wie ihre Hand ganz sacht von seiner Brust in Richtung Flanken wanderte.

»Hast du das eben ernst gemeint?«

»Was?«, stammelte Karsten.

»Na, das eben gerade. Beim Spiel. Dass du mit mir schlafen willst.«

Ihr Blick wanderte über seinen Körper und blieb weit unten hängen, dort, wo sich auch das Klassenfahrtsprickeln mittlerweile konzentriert hatte.

Karsten lachte verlegen. »Sandy …«

»Ja?«

»Das … war ein Spiel.«

»Ja? Und?« Ihre Hand schickte sich an, ihrem Blick in tiefer liegende Gefilde zu folgen.

»Ich bin mit Franziska zusammen.«

Sie lachte. »Irgendwie glaube ich, dass du das nicht immer so ganz genau nimmst. Dass du sogar ein ganz schlimmer Junge bist.« Sie stellte sich auf die Zehenspitzen und küsste ihn, und bevor er verstand, was gerade passierte, küsste er sie zurück.

In diesem Augenblick erlosch mit einem lauten Knacken die Beleuchtung des Vorplatzes. In der plötzlichen Dunkelheit spürte Karsten Sandys Hand zu seiner Leiste wandern.

»Du kannst alles von mir haben, Kasi«, flüsterte sie. »Du musst es dir nur holen.« Ihre Stimme war viel näher als erwartet, ihr Mund direkt neben seinem Ohr. Mit einer Hand strich sie zwischen Leiste und Oberschenkel hin und her, mit der anderen nahm sie Karstens Hand und legte sie in die weiche Wärme zwischen ihren Beinen.

»Kriegst du von Franziska alles, was du willst?«

»Alles, was ich will«, wiederholte Karsten tonlos.

»Ich sollte mal wieder rein«, flüsterte sie. Für den Bruchteil einer Sekunde spürte Karsten, wie eine Hand seinen Penis umfasste und sanft drückte. Dann drehte sie sich um. Durch ihre Bewegung flammte das Flutlicht wieder auf. Bevor sie die Haustür hinter sich schloss, warf sie ihm noch einen prüfenden Blick zu.

»Dein Schwanz weiß schon mal, was er will«, bemerkte sie mit einem leisen Lächeln und verschwand auf der Gästetoilette. Karsten starrte so lange auf die Haustür, bis das Flutlicht erloschen war.

Als Karsten wenige Minuten später auf der Terrasse in seine Boxershorts schlüpfte, hatte sich die Szenerie verändert.

Alle lagen auf und um den Nepalteppich herum, die Köpfe auf die Oberschenkel oder Oberkörper eines anderen gelegt.

Statt Mickie Krause lief *Coldplay. Clocks.* Für einen Moment krampfte sich Karstens Magen zusammen. Er überlegte, ob das eine Gemeinheit von Matze war, schob den Gedanken aber rasch beiseite. Warum sollte Matze wissen, dass das Carinas und sein Lied gewesen war? Immer bleiben würde. Seitdem hatte er es nicht wieder gehört, es geradezu gemieden.

»Kasi!«, rief Lorenz und sprang auf. Alle drehten den Kopf. Karsten wedelte mit dem Flyer. Doch niemand interessierte sich dafür. Er ließ ihn zu Boden fallen, wo er auf die Dielen segelte, unter die Couch glitt und verschwand.

60

»Enrico«, stellte Karsten fest, nachdem er die Flasche gedreht hatte. Abgetrocknet und angezogen saß er zwischen den anderen, die sich auch wieder aufgesetzt hatten. Franziska fehlte noch immer.

»Ich hätte gern Wahrheit, wenn es recht ist«, sagte Enrico. »Ich bin gerade zu gechillt, um den Hampelmann zu machen.«

»Weichei!«, rief Matze.

»Hast du schon mal keinen hochgekriegt, als es drauf angekommen ist?«

»Nie!«, rief Enrico und lachte. »Aber das lässt ja tief blicken, dass du so was fragst. Ich hab immer gedacht, solche Probleme hat man entweder mit 13 oder mit 80.«

»Hoch ist nicht gleich hoch«, bemerkte Sandy. »Das müsstest du doch eigentlich sehr gut wissen.«

Enrico warf ihr einen ärgerlichen Blick zu. »Warum soll ich das am besten wissen? Du bist es doch, die da die große Studie laufen hat.«

»Manchmal reicht aber auch eine sehr kleine Stichprobe«, sagte Sandy spitz.

»Stichprobe«, gackerte Matze. »Sehr schön!«

Enrico griff zur Flasche und drehte. Seine Ohren leuchteten plötzlich rot.

61

»Miriam!« Enricos Stimme hatte einen lauernden, gereizten Unterton bekommen.

»Auch Wahrheit.«

»Dann sag uns: Bist du rasiert?«

»Ich weiß zwar nicht, wie, was und wo du meinst«, sagte

Miriam ohne Zögern, »aber ich sag mal Ja.« Sie griff zur Flasche und drehte.

»Moment, Moment«, protestierte Matze. »Das ist doch keine Antwort!«

»Doch!«, entgegnete Miriam ruhig. »Das war eine Ja-Nein-Frage, und ich habe mit Ja geantwortet.«

»Du weißt ganz genau, was gemeint war.«

»Ich weiß nicht, was *du* meinst, was *ich* ganz genau wissen soll, aber *ich* hab die Frage beantwortet und bin jetzt dran.«

»Zeigen!«, rief Matze, »sonst glauben wir dir nicht!«

Miriam legte den Kopf schief. »Ich hab *Wahrheit* genommen und nicht *Pflicht*.«

»Aber man muss auch die Gelegenheit haben, die *Wahrheit* zu überprüfen!«, warf Enrico ein. »Gerade nach so einer geheimnisvollen Antwort!«

»Das wäre bei den bisherigen Fragen aber ziemlich schwierig geworden«, bemerkte Lorenz. »Sie muss gar nichts zeigen. Zeigen ist *Pflicht*!«

»Ich kann ganz gut für mich selbst sprechen«, sagte Miriam und lachte etwas bemüht. »Du musst hier nicht meinen Wauwau spielen!«

Matze und Enrico lachten laut auf und johlten.

Miriam hob den rechten Arm an und zog mit der linken Hand den kurzen Ärmel ihrer Bluse hinunter, sodass ihre haarlose Achsel zum Vorschein kam.

»Tata!«, rief sie, als hätte sie ein Kaninchen aus dem Zylinder gezaubert.

Enrico klatschte und nickte. »Sehr gut. Das war schon mal ein Anfang. Und weiter!«

»Nein«, sagte Miriam und hörte auf zu lächeln. Sie ließ den Ärmel der Bluse wieder los und den Arm sinken. »Das war nicht der Anfang, sondern die komplette Vorstellung. Das muss reichen.«

»Sei mal nicht so verklemmt«, sagte Enrico im Tonfall eines quengelnden Kleinkindes an der Supermarktkasse. »Die Unschuld vom Lande nimmt dir keiner ab!«

Miriam schienen einen Moment lang die Worte zu fehlen.

»Wer von uns beiden ist hier verklemmt?«, brachte sie schließlich hervor. Es war deutlich zu sehen, dass sie sich zwingen musste, ruhig zu bleiben. Enrico grinste breit. Doch Miriam hatte ihre Fassung wiedergefunden.

»Kannst du dir vorstellen«, fuhr sie fort, »wie kindisch du auf jemanden wirkst, der von Geburt an zigmal von den Eltern in den FKK-Urlaub mitgeschleppt worden ist?«

Enricos Grinsen wurde gezwungener.

»Ich hab kein Problem damit, den ganzen Tag nackt durch die Gegend zu laufen. Aber das heißt nicht, dass ich vor dir kleinem Klemmi Striptease mache.«

Sie stand auf und griff nach einem Sweatshirt, das über der Sofalehne hing und eigentlich Franziska gehörte, während Enricos Grinsen immer schmallippiger wurde.

»Mir ist das echt zu albern hier«, sagte Miriam und ging zur Terrassentür. »Es gibt nichts Banaleres und Selbstverständlicheres als Nacktheit. Aber euch zwei geht schon einer ab, wenn ihr nur einen Nippel seht. Wie kleinen Jungs mit ihren Tittenheftchen.«

Mit diesen Worten wollte sie durch die Tür auf die Terrasse schlüpfen, doch in der Bewegung erstarrte sie. Draußen stand jemand. Ein weiter Umhang verbarg jede Einzelheit und verlieh dem Eindringling das Aussehen eines Mönchs. Die Gestalt stand regungslos, schien nur ins Wohnzimmer zu blicken. Sandy schrie erschrocken auf und suchte Schutz bei Enrico. Da erhellte erneut ein Blitz die Welt draußen vor den Fenstern. Für den Bruchteil einer Sekunde wurde unter der Kapuze ein heller Fleck beleuchtet, ein bleiches Gesicht, nass vom Regen. Oder von Tränen. Franziska.

62

Miriam schob die Terrassentür ganz auf und zog Franziska ins Wohnzimmer. Diese war keineswegs nass vom Regen, auch nicht die karierte Decke, in die sie sich eingewickelt hatte. Die Augen verquollen, die Wangen gerötet, mit schniefender Nase stand Franziska schweigend da und starrte vor sich hin.

Karsten sprang auf und ging auf sie zu, doch sie wandte sich schnell ab und zog Miriam mit in Richtung Küche. Unschlüssig stand Karsten mitten auf dem Teppich und kam sich blöd vor. Miriam und Franziska tuschelten leise in der Küche, von den anderen abgewandt, nun beide unter der Decke wie in einem Kokon geschützt.

Die Decke. Karsten starrte die Decke an und überlegte, woher er sie kannte. Als er schließlich darauf kam, wurde ihm mit einem Schlag heiß und kalt zugleich. Es war die uralte Picknickdecke, die seit Jahren ungenutzt im Kofferraum des Audi ihr Dasein fristete. Franziska hatte sich in das Auto zurückgezogen, das er vorhin nicht abgeschlossen hatte! In den Audi, der vor dem Haus geparkt war! Wo auch die Mülltonnen standen. Und wo vor wenigen Minuten auch er noch gewesen war. Und Sandy! Er wollte vor Scham im Boden versinken.

63

»Mach du«, sagte Miriam und schob Franziska die Flasche zu. »Du hast so lange ausgesetzt!«

»Och, lass mal«, winkte Franziska ab, »ich bin nicht scharf darauf.«

»Während ihr das ausdiskutiert, mix ich uns eine Runde *Matze spezial*, damit wir uns alle wieder lieb haben«, rief Matze und rappelte sich auf.

Miriam drehte die Flasche. Als sie stehen blieb, zeigte sie genau in die Lücke zwischen Miriam und Enrico, wo gerade noch Matze gesessen hatte.

»Dreh noch mal!«, meinte Enrico.

Miriam schüttelte den Kopf. »Nö, gedreht ist gedreht. Matze, Wahrheit oder …«

»Pflicht!«, tönte es aus der Küche.

»Gut«, sagte Miriam. »Dann hast du jetzt die Pflicht, uns zu sagen, wie und wo du Sunny und Sandy kennengelernt hast.«

»Das ist keine Pflicht, das ist Wahrheit.«

»Nein«, widersprach Miriam. »Ich sagte, du hast die Pflicht, uns zu sagen, wie du Sunny und Sandy kennengelernt hast.«

Matze kam mit einem Tablett Gläser zurück, die diesmal mit einer weißen milchigen Flüssigkeit gefüllt waren.

»Das ist doch eine ganz klassische Wahrheit-Frage, oder was meint ihr?«

»Als ob das eben eine Rolle gespielt hätte!«, rief Lorenz. »Vielleicht denkt Miriam, dass es für Matze bereits eine schwere Aufgabe ist, die Wahrheit zu sagen«, warf Karsten ein.

»Dann können wir uns die Wahrheit-oder-Pflicht-Fragerei echt sparen und jedes Mal … irgendwas …« Enrico verlor den Faden. »Und außerdem, was hat das mit Sex zu tun?«

»Egal jetzt!« Matze nahm das letzte Glas und warf das leere Tablett auf den nackten Fußboden zwischen Teppich und Küche. Im Schneidersitz setzte er sich auf seinen Platz zwischen Miriam und Enrico.

»Ex oder Arschloch!«, rief Matze und leerte sein Glas in einem Zug.

»Wobei ich ja sowieso das ewige Arschloch bin«, fügte er hinzu und rülpste laut. »Ich habe Sunny und Sandy übers Internet kennengelernt. Auf einer Datingseite.«

Er machte eine Pause. Gespanntes Schweigen. Gewichtig, bedeutungsschwanger.

»Auf einer Fickseite, um genau zu sein.«

Er stieß das Wort mit solchem Nachdruck aus, dass kleine Speicheltröpfchen zwischen Unterlippe und Schneidezähnen hervorschossen, auf den Boden regneten und im hohen Flor des Nepalteppichs versickerten.

»Und um noch deutlicher zu werden«, fuhr er in triumphierendem Ton fort, »ich hab diese zwei kleinen Schlampen dafür bezahlt, dass sie mit nach Sylt kommen! Zufrieden?«

64

Unterwegs
Danach

Ihm tut alles weh. Er friert, obwohl er sich die Decke vom Bett gezogen haben muss, jedenfalls ist er mit ihr zugedeckt. Wie viele Stunden sind vergangen? Die Uhr im Flur zeigt kurz vor 5 Uhr. Durch die Fenster sieht er grauen Himmel. Morgendämmerung.

Mit steifen Knochen schleppt er sich die Treppen hinunter. In der Hand hält er noch immer das gelbe Top umklammert.

Draußen ist es kühl und feucht. Die Scheiben des Audi sind dick beschlagen. Miriam schläft. Sie hat die Lehne des Beifahrersitzes so flach wie möglich gestellt und sich mit einem Kapuzenpulli zugedeckt.

Karsten startet den Motor, wendet und fährt los. Miriam schläft wie tot, rührt sich auch nicht, als er die Auffahrt hinunterfährt, den schmalen Weg zur kleinen Straße, die kleine Straße zur Hauptstraße, aus Hörnum hinaus, durch neblige Dünenlandschaft, Rantum und Westerland. Er hält erst wieder vor dem Autozug an, als drittes Auto in der Warteschlange. Der Autozug fährt nach einer Viertelstunde ab.

Miriam stöhnt. Sie windet sich. Mitten auf dem Hindenburgdamm wacht sie auf.

»Halt an, ich muss mal«, sagt sie und will die Tür öffnen.

Karsten kann sie gerade noch davon abhalten.

»Es tut so weh«, stöhnt Miriam, ist gar nicht richtig wach.

»Ich bring dich zum Arzt«, sagte Karsten. »Aber du kannst jetzt nicht raus.«

»Es tut so weh«, sagt sie noch einmal, wird aber ruhiger.

Als der Zug in Niebüll ankommt, schläft sie schon wieder tief und fest.

65

Miriam versucht, ruhig und gleichmäßig zu atmen. Vielleicht schläft sie noch mal ein, zumindest wird sie Karsten weismachen können, dass sie schläft. Denn sie will jetzt nicht reden. Sie will auch nicht denken, aber das kann sie nicht abstellen, so sehr sie auch versucht, alles wegzuatmen, die Gedanken, die Spannungen, die Schmerzen.

Sie weiß noch immer nicht, was in diesem Haus vorgefallen ist, aber sie ist überzeugt, dass sie genau dort zu einem Opfer gemacht worden ist und dass dieser reißende, brennende Schmerz tief in ihrem Unterleib die Folge davon ist.

»Schläfst du?«, fragt Karsten. »Oder kannst du mich hören?«

Sie reagiert nicht. Musik hat er nicht angemacht, zum Glück, das Autoradio ist genauso blockiert wie Karsten selbst, es kann nur noch die eine vor Jahren eingelegte CD abspielen, *Café del Mar Volumen Siete.* Das Gerät klammert sich an die CD und will sie nicht loslassen, genau wie Karsten seine Erinnerung an diese ominöse Carina, die er angeblich mal so sehr geliebt hat und die Matze ihm ausgespannt hat, was aber anscheinend zum Großteil Karstens eigene Schuld gewesen war.

»Wenn du wach bist, könnte ich dir was erzählen«, sagt Karsten. »Ich kann mich wieder ein Stückweit erinnern.«

Oh nein, denkt Miriam. Will sie das? Sie fürchtet sich vor der Erinnerung, aber ist nicht jede Gewissheit besser als Ungewissheit? Sie versucht, sich zu strecken, eine bequemere Haltung auf dem Autositz zu finden, was schwierig ist, denn normales Sitzen schmerzt zu sehr im Schritt.

»Schieß los«, murmelt sie. Vor ihren halb geöffneten Augen fliegt die eintönige Landschaft im grauen Morgenlicht vorbei.

66

Aus einem Impuls heraus fährt Karsten vor Husum von der B5 ab. Paranoia ist ein schlechter Beifahrer, und im dichten Montagmorgenverkehr ist sie ihm mit gefletschten Zähnen auf die Pelle gerückt. Auf den kleinen Straßen ohne Mittelstreifen lässt sie sich ein Stück weit zurückfallen, doch er spürt sie noch immer im Nacken. Sie liegt auf der Lauer, jederzeit bereit, ihn anzufallen und zu einer unbedachten Reaktion zu verleiten.

Hier auf dem Festland ist es wärmer als auf der Insel, und es riecht auch ganz anders. Durch die halb heruntergelassenen Scheiben weht der Duft nach Land und Sommer herein. Stille Orte. Ab und zu Traktoren auf den Feldern, kleine Wäldchen, Idylle. Kein größerer Gegensatz zwischen äußerer und innerer Welt möglich, denkt Karsten.

Miriam hat lange zugehört, regungslos, ohne Zwischenfragen. Lange rollen sie schweigend durch die Landschaft.

»Halt bitte an«, sagt Miriam irgendwann in die Stille hinein, die Stimme seltsam belegt.

Zwei kleine Landstraßen kreuzen sich scheinbar zufällig im Nirgendwo. Ein winziger Parkplatz. Die Toilettenhäuschen aus Edelstahl wirken deplatziert, wie eine Schleuse in eine andere Zeit oder Welt, so als könne irgendein Scotty sie von hier aus wegbeamen, irgendwohin, wo die letzten 72 Stunden nicht stattgefunden haben. Sonst weit und breit nur Windräder, Felder, dahinter, weit entfernt, ein Gehöft.

Miriam lässt die Toiletten links liegen, verschwindet stattdessen im hochstehenden Kornfeld, aber das sieht Karsten nur kurz im Rückspiegel und schaut schnell weg.

»Mal angenommen«, sagt Karsten, als sie wieder auf der Landstraße sind, »einer von den anderen ist wirklich … ganz weg … wie du gesagt hast. Dann wird man doch nach ihm suchen? Und dann werden sie doch auch über uns Nachforschungen anstellen?«

»Nicht unbedingt«, antwortet Miriam. »Gibt es überhaupt eine nachvollziehbare Verbindung zwischen uns? Wer weiß überhaupt, dass wir mit Matze und Enrico auf Sylt sind?«

»Das ganze verdammte Facebook zum Beispiel?«

»Glaub ich nicht. Genau um das zu vermeiden, hat er uns doch die Handys abgenommen. Keiner hat was posten können.«

»Und vorher?«

»Keine Ahnung. Ich nicht. Du?«

Karsten schüttelt den Kopf.

»Wir waren doch total unter uns. Keiner hatte Kontakt mit sonst irgendwem.«

Miriam sieht ihn an, schweigend, ernst, regungslos.

»Was ist noch passiert?«, fragt sie mit fester Stimme.

Karsten schweigt.

Miriam schlägt mit der flachen Hand auf seinen Oberschenkel. Er erschrickt und bremst abrupt.

»Spinnst du?«, ruft er. »Willst du uns umbringen?«

»Nein«, sagt sie leise. »Ich will nur die Wahrheit wissen. Also, wenn es noch mehr gibt, an das du dich erinnern kannst, erzähl es mir! Denn eines ist für mich klar: Ich hab nicht nur 'ne Blasenentzündung! Es fühlt sich an, als hätte jemand meinen Unterleib mit einem Presslufthammer bearbeitet.«

Karsten sieht sie gequält an. »Das wundert mich leider überhaupt nicht.«

67

Hörnum/Sylt. Süderende
Währenddessen

Totenstille. Nur das Wasser war zu hören, das in dicken Rinnsalen vom Reetdach plätscherte, über den Terrassentisch auf den Boden lief und auf dem weißen Marmorboden zu großen Pfützen zusammenfloss.

Franziska war die Erste, die einen Laut von sich gab. Wie ein Motor mit Startproblemen begann sie, gepresst und stoßweise zu kichern, steigerte sich in hysterisches Lachen, bevor sie plötzlich und unvermittelt verstummte.

»Du hast was …?«, fragte Enrico schließlich fassungslos.

»Bezahlt«, sagte Matze achselzuckend. »1.000 Euro pro Pussy. Hast du ein Problem damit?«

»Ja, Mann, hab ich«, rief Enrico. »Ich hab's doch nicht nötig, mit Nutten rumzumachen!«

»Dann hättest du ja mal zwei Mädels an den Start bringen können, die nicht gleich ihre Typen mitschleppen!«, fauchte Matze. »Und tu bloß nicht so! Meinst du, ein normales Mädel hätte dich gleich auf der Hinfahrt im Auto gefickt?«

»Du Schwein!«, brüllte Enrico. Er war aufgesprungen.

»Setz dich wieder hin!«

Matzes Stimme war beherrscht, hatte aber einen bedrohlichen Unterton. Einen Moment lang stand Enrico im Zimmer, unschlüssig, was er tun sollte. Seine Hände zitterten. Wütend funkelte er Matze an, der den Blick stoisch erwiderte.

»Du bist so primitiv«, sagte Miriam in die bedrohliche Stille hinein.

»Ach ja?«, reagierte Matze ruhig. »Warum? Alle Mädels ficken für Geld. Es ist nur eine Frage des Preises.«

»So ein Bullshit«, rief Miriam aufgebracht. »Ich nicht, Franziska auch nicht und auch sonst keine, die ich kenne.«

»Na, zumindest zwei kennst du jetzt.«

»Warum sagst du so etwas?«, fragte Franziska. »Du weißt genau, dass das nicht stimmt. Du beleidigst damit alle Frauen, die sich nicht prostituieren.«

Matze winkte ab. »Nenn es prostituieren, wenn du willst. Aber die Sache ist subtiler. Es geht um schöne Dinge, die sich Frauen kaufen lassen. Um geile Autos, mit denen sie sich rumfahren lassen. Exklusive Klubs, in die sie nur mit Beziehungen und Geld reinkommen. Reisen, zu denen sie sich einladen lassen. Teure Hotels, in denen sie sich flachlegen lassen. Alles hat einen Preis. Alles kann man kaufen. Auch eine Frau. Und wenn nicht, ist sie entweder zu hässlich oder zu teuer. Was im Grunde aufs Gleiche hinausläuft. Könnt ihr euch an *Ein unmoralisches Angebot* erinnern? Demi Moore fickt für eine Million mit Robert Redford. Zuerst ist sie total empört wegen des Angebots, doch irgendwann tut sie es doch, obwohl sie vorher nicht im Traum daran gedacht hätte.«

Ein Schluchzen war zu hören. Sunny weinte. Sandy sah an ihr vorbei auf den ausgeschalteten Fernseher, als ginge sie das alles überhaupt nichts an.

Enrico sah irritiert zwischen Sunny und Sandy hin und her.

»Was ist denn jetzt los?«, rief er verunsichert.

Sunny schüttelte den Kopf, sagte aber nichts.

»Warum heult die denn jetzt?«, rief Enrico sauer und zeigte auf Sunny.

»Weil sie nichts von dem Geld weiß«, sagte Sandy leise. »Also lass sie in Ruhe. Du kannst deinen Hass an mir und Matze auslassen.«

Matze lachte gackernd auf. »Wie geil!«, rief er. »Die eine Schlampe haut die andere übers Ohr. Das ist ja wie im Kino!«

»Halt's Maul!«, riefen Sunny, Sandy und Enrico wie aus einem Mund.

»Ich lass mir von euch gar nichts sagen!«, rief Matze und grinste böse. »Das hier ist mein Haus. Ihr seid nur zu Gast! Also passt mal auf, welchen Ton ihr mir gegenüber anschlagt!«

Er stand auf und ging betont lässig in die Küche. In aller

Seelenruhe schüttete er aus mehreren Flaschen etwas in den riesigen Shaker, gab Eis dazu und begann, gründlich zu schütteln.

»Ich bitte um Entschuldigung«, sagte er plötzlich laut. Alle horchten überrascht auf. »Wenn ich irgendjemanden gekränkt oder verletzt haben sollte, dann bitte ich ganz ernsthaft um Entschuldigung.« Er machte eine Pause und ließ seine Worte wirken.

»Aber ich weiß, ehrlich gesagt, nicht, warum ich jetzt der Buhmann sein soll«, fuhr Matze fort. »Ich habe euch allen eine Unterkunft auf Sylt gegeben, und zwar kostenlos. Korrigiert mich, wenn ich mich irre, aber damit habe ich doch vor allem dir, Lorenz, und auch euch, Franziska und Miriam, eine große Freude gemacht. Und Ladies ...!«

Wie ein Politiker bei einer Rede wies er mit dem Arm auf Sunny und Sandy.

»Euch habe ich noch nicht einmal gekannt vorher. Ich hab euch eingeladen und ein großzügiges Taschengeld gegeben, ohne dass ihr irgendwelche Verpflichtungen eingehen musstet. Meinem Kollegen Enrico hab ich sogar eine Freundin vermittelt, mit der man, wie mir nicht verborgen geblieben ist, wirklich viel Spaß haben kann. Meinen alten Schulfreund Kasi habe ich willkommen geheißen, obwohl ich nichts als Hass und Frust von ihm abbekomme. Ihr alle esst und trinkt auf meine Rechnung. Und jetzt beschwert ihr euch? Ihr beschimpft mich und verbietet mir in meinem eigenen Haus das Wort? Findet ihr das fair?«

Er kam mit dem Mixbecher zurück zum Teppich und verteilte das dickflüssige Gebräu auf die Gläser.

»Schon klar, Matze«, bemerkte Miriam, »du bist der barmherzige Samariter.«

Matze ignorierte ihren Kommentar.

»Ich würde vorschlagen«, fuhr er ungerührt fort, »wir stoßen alle an und lassen den ganzen Nervkram hinter uns, auf dass wir endlich unverkrampften Spaß haben können. Ansonsten steht es jedem frei zu gehen. Aber dann soll er sofort das Haus verlassen. Ich hab keinen Bock mehr auf diesen Kindergarten!«

Karsten sah auf die Uhr. Es war mittlerweile nach Mitternacht, der letzte Autozug längst weg. Und vermutlich auch der letzte Personenzug. Draußen vor den Fenstern war das Gewitter zu einem ausgewachsenen Unwetter angeschwollen. Der Wind wehte den dichten Regen in Böen über die Dünen, die immer wieder von heftigen Blitzen erleuchtet wurden. Nicht gerade einladend. Die anderen schienen ähnlich zu denken, denn niemand machte Anstalten, den Raum zu verlassen.

Ein gewaltiger Knall ließ alle zusammenfahren. Wie ein verwundeter Löwe hörte sich das Nachgrummeln des Donnerschlags an.

»Dann ist es ja gut«, sagte Matze und grinste zufrieden.

68

»Franziska! Was soll ich dich denn fragen?«

»Am besten gar nichts.«

»Soll das heißen, du nimmst Pflicht?«, fragte Matze.

»Mach einfach«, sagte sie abwinkend. »Ist mir so was von egal.«

»Dann sag mal, wer von uns wohl den größten Schwanz hat«, rief Matze.

Miriam verschluckte sich und prustete eine Wolke *Matze spezial* auf den Teppich. Sie hustete und lachte und rang nach Luft. Sandy und Sunny lachten auch, sie kicherten und kieksten, als wäre nie was gewesen.

Franziska lächelte schief. »Und soll ich das dann auch überprüfen?«, fragte sie. Sie lallte etwas, was sie eben noch nicht getan hatte.

»Ja!«, grölte Matze. »Hose runter, Schwanzvergleich!«

»Sag erst, was du meinst«, rief Enrico.

»Lorenz!«, rief Franziska, und Miriam prustete wieder los. »Da muss man doch nur seine riesigen Hände und Füße und seine lange Nase anschauen!«

»Ja, mein Schatz«, rief Miriam mit süffisantem Grinsen, »das kannst du wohl nicht verleugnen!«

»Beweisen!«, rief Matze.

Lorenz schüttelte den Kopf.

»Ausziehen, ausziehen!«, skandierte Sandy, und Sunny klatschte dazu im Takt.

»Na mach schon!«, kicherte Miriam. Sie stand auf und zerrte an seinem Arm, bis er nachgab und ebenfalls aufstand.

Miriam öffnete Lorenz' Gürtel, riss die Knöpfe der Jeans mit einem Ruck auf und zog die Hose runter.

»Tataa!«, rief sie erneut, aber im Gegensatz zum Tata, als sie widerwillig ihre Achsel präsentiert hatte, klang es jetzt aufgekratzt, ausgelassen.

Da stand Lorenz mit hängendem Kopf und unsicherem Grinsen. Sein Penis baumelte nicht ganz schlaff zwischen seinen Beinen.

»Oha!« Sandy kicherte wieder.

»Hmmm«, machte Sunny.

»Ich glaube, wir können auf einen Vergleich verzichten!«, lallte Franziska. Es wirkte eher belustigt.

»Jetzt ist mir endlich klar, warum Miriam mit dir zusammen ist!«, rief Matze. »Ich hab mich das schon die ganze Zeit gefragt.«

Böse funkelte Lorenz ihn an. Miriam schien es nicht zu kümmern. Sie tippte Lorenz' Penis leicht an, sodass er träge hin und her baumelte. Lorenz beeilte sich, die Hose hochzuziehen.

»Nein, auslassen!«, brüllte Sandy mit sich überschlagender Stimme. »Passt doch jetzt eh nicht mehr in die Hose!«

69

Franziska hatte wieder die Flasche gedreht.

»Sandy!«, rief sie. »Schnapp dir Lorenz und tanz mit ihm nackt auf dem Tisch!«

Ohrenbetäubendes Grölen schwoll an. Alle standen auf und begannen, rhythmisch zu klatschen. Lorenz streckte die Hand aus und machte eine Geste, als wollte er Sandy zum Walzer auffordern. Sandy ignorierte die Hand und zerrte stattdessen an seiner Hose, die er erst Sekunden zuvor geschlossen hatte. Er lachte und sah Sandy dabei zu, wie auch sie sich rasch die Klamotten vom Körper riss.

Matze legte eine andere CD in den Player und drehte die Anlage lauter. Lorenz und Sandy kletterten auf den Tisch und begannen, sich unter allgemeinem Johlen zu den pulsierenden Bässen der House-Musik aneinander zu reiben. Sandy legte eine Hand auf seinen Po und umfasste mit dem anderen Arm seinen Hals.

Miriam hatte Franziska einen Arm um die Taille gelegt. Sie lachte und johlte, während Sandy Lorenz' Penis in die Hand nahm und anfing, sich an seinem Hals festzusaugen.

Ein weiterer Donnerschlag übertönte die pumpenden Bässe der Musik. Als Sandy vom Tisch sprang, ließ Lorenz ungelenk das Becken kreisen, reckte beide Arme in die Höhe und schrie: »Yeahaaw!«

Sandy drehte schon wieder die Flasche. Sie hatte darauf verzichtet, sich etwas anzuziehen. Die Flasche blieb bei Sunny stehen.

»Gib einem der Jungs einen Blowjob!«, rief sie. »Such dir einen aus!«

»Ich nehme Wahrheit!«, rief Sunny und lachte. »Du bist ja total durchgeknallt!«

»Du Zicke!«, gackerte Sandy überdreht. »Dann sag, wem du am liebsten einen blasen würdest!«

»Kasi!«, antwortete Sunny.

»Und was ist mit mir?«, brüllte Matze gegen den Lärmpegel an.

»Du bist ein widerliches Arschloch und siehst aus wie ein Bauer, der auf Vin Diesel macht!«

Matze schlug sich mit der Hand auf die Brust. »Das trifft mich ja sehr, dass mich ausgerechnet eine kleine, billige Gettoschlampe für einen Bauern hält!«

»Hey, hey, hey!«, rief Enrico, »nicht schon wieder rumzicken! Weitermachen!«

Sunny drehte.

»Kasi!«, rief sie.

»Pflicht!«, rief Karsten zurück. Die Bässe der Musik wummerten und ließen sein Hirn vibrieren. Keiner hatte die Anlage nach dem Tanz auf dem Tisch leiser gestellt.

»Dann gib mir einen Knutschfleck!«, rief Sunny. »Unterm Shirt!«

Der Deckenfluter, die einzige eingeschaltete Lampe, begann langsam zu flackern wie eine Petroleumlampe kurz vor dem Erlöschen und ging dann ganz aus. Für drei oder vier Sekunden wurde es stockdunkel, dann tauchte eine Salve von Blitzen den Raum in ein unheimliches Licht, das alle wie Skelette oder Gespenster aussehen ließ.

Karsten erschrak, und als das Licht wieder anging, sah er in die Runde, ob die anderen das auch gesehen hatten. Doch die kreischten und lachten alle durcheinander. Nur Einbildung, dachte Karsten und war sich nicht sicher, ob er das beruhigend oder beängstigend finden sollte.

Er krabbelte auf allen vieren zu Sunny. Anders als bei Matze zog sie selbst das Top hoch und seinen Kopf zwischen ihre Brüste. Ein Hauch von Sandelholz, Jasmin und Pfirsichen empfing ihn. Er schloss die Augen. Hinter seinen Lidern drehten sich in rötlichen Pastelltönen Spiralen gegen den Uhrzeigersinn. Dann verformten sich die Spiralen zu den Konturen eines Kopfes. Gesichtszüge bildeten sich heraus, und mit heißem Stechen im Bauch erkannte er Carina. Nun erkannte er auch den Duft. Es war *Sunflowers*, Carinas Parfum von damals.

Tränen stiegen ihm in die Augen. Er konnte nichts dagegen machen. Es kam ihm albern vor, und doch musste er weinen bei dem Duft und der Wärme und der Erinnerung, die ihn überschwemmten. Sunny strich ihm sanft über den Kopf, und es fühlte sich unbeschreiblich zart an. Ausgerechnet in dieser absurden, überdrehten Situation empfand Karsten das erste Mal nach langer, langer Zeit ein Gefühl von Geborgenheit.

Als er zwischen Sunnys Brüsten wieder auftauchte, war es wie ein unsanftes Erwachen aus einem schönen, kindlich unschuldigen Traum. Er wurde empfangen von schrillem Kreischen und gutturalem Dröhnen. Sunny schenkte ihm ein herzliches Lächeln ohne jede Spur von Spott oder Ironie. Auf ihrem Dekolleté war eine Spur von Feuchtigkeit zu sehen. Doch für Karstens Tränen interessierte sich niemand.

Karsten drehte die Flasche.

»Sandy schon wieder!« Viel zu laut, als läge ein Fußballfeld zwischen ihnen, brüllte er gegen das klebrige Gefühl der Wehmut an.

»Pflicht!«, rief Sandy und krabbelte auf allen vieren auf Lorenz zu. Ohne auf eine Aufgabe zu warten, holte sie seinen Penis aus den Boxershorts, über die er sich nicht mehr die Jeans gezogen hatte, und steckte ihn sich in den Mund. Lorenz brüllte und drückte mit beiden Händen gegen ihre Schultern, doch gleichzeitig lachte er und schien nicht allzu viel Kraft aufzuwenden.

Inzwischen wirkte Miriam ziemlich angegriffen. Ihr Gesicht war blass, und 1.000 kleine Schweißperlen standen ihr auf der Stirn. Die Umarmung mit Franziska wirkte nun eher wie Festhalten und nicht mehr wie Zuneigung. Ihr Lachen war zu einer verzerrten Fratze geworden. Ihre Augen hatten die Zusammenarbeit aufgekündigt. Mit beträchtlichem Silberblick versuchte sie, in Lorenz' Richtung zu sehen.

Alle waren aufgesprungen und schrien durcheinander.

Doch in Karsten klemmte etwas. Er hatte Mühe, den anderen auf dem Weg in die Ekstase zu folgen.

»Ich bin dran!«, rief Sandy und wischte sich mit der flachen Hand über den Mund. Sie setzte sich auf den Teppich und griff zur Flasche. »Alle hinsetzen, wir müssen weitermachen!«

Erstaunlicherweise setzten sich tatsächlich alle hin. Die Flasche drehte sich, blieb stehen und zeigte auf Miriam, deren Gesichtszüge vollends zu entgleisen drohten.

»Flich!«, lallte Miriam laut und überdreht. »Flichflichflich!«

»Lass dich von einem der Jungs ficken, aber nicht von Lorenz!«, rief Sandy. Das Johlen wurde lauter.

Miriam schüttelte träge den Kopf. »Vergisses!«, rief sie, lachte aber dabei. »Jetzhörsaberauf!«

»Ficken, ficken, ficken!«, riefen Sandy, Enrico und Matze im Takt. Miriam schüttelte nochmals den Kopf und fuchtelte abwehrend mit den Armen.

»Dann mach's mit Lorenz!«, rief Sandy. »Zeig uns alles!«

Karsten dachte, jetzt wäre es endlich vorbei. Ausgeschlossen, dass Miriam und Lorenz, hier vor allen …

»Nein, nicht!«, sagte Karsten, als sich Lorenz an Miriam zu schaffen machte, aber keiner hörte ihn, es war zu laut, und er fühlte sich nicht in der Lage, lauter zu rufen.

Der Boden begann unter ihm zu schwanken, wie auf einem Schiff im Sturm. Er legte sich flach hin und legte den Kopf auf einen Arm.

»Pflicht, Pflicht, Pflicht!«, skandierten alle im Takt der Musik, die noch immer niemand leiser gedreht hatte. Plötzlich kam es Karsten vor, als würde sich das Geschehen verlangsamen. Er konnte die wild durcheinander geschrienen Worte nicht mehr verstehen. Alles verschmolz zu einem rhythmisch pulsierenden Lärm, einem an- und abschwellenden Wabern, in dessen Rhythmus Miriams Brüste tanzten und ihr Po auf Lorenz' Becken klatschte.

70

Karsten rappelte sich auf und stand mit unsicheren Beinen auf dem dicken Nepalteppich, der wie ein Schiff im Sturm schwankte. Schwere See, dachte er und stellte verwundert fest, dass er als Einziger etwas anhatte. Alle anderen waren nackt. Das konnte doch nicht sein. Er musste träumen, das war nur ein surrealer Traum.

Auch Franziska und Matze – nur ein Traum. Sie knutschten wild herum, fast machte es den Eindruck, als hätten sie sich ineinander verbissen. Matze knetete hart ihre Brüste, Franziskas Hand hatte Matzes Penis umfasst und riss ruckartig daran. Karsten erwartete das wohlbekannte Brennen der Eifersucht, aber das einzige Gefühl war das schale Empfinden, nicht dazuzugehören, etwas zu verpassen, und auch dies blieb distanziert und umkreiste ihn in weiter Entfernung wie ein Mond seinen Planeten.

In diesem Augenblick entdeckte Franziska, dass Karsten sie anstarrte. Sein Grinsen musste völlig verblödet wirken, und zu allem Überfluss winkte er auch noch, völlig debil, und diese Erkenntnis brachte ihn endgültig aus seinem ohnehin fragilen Gleichgewicht.

Karsten sank auf den Teppich, mitten in eine große feuchte Stelle, die hoffentlich, wie er gerade noch denken konnte, nur von einem umgekippten Glas stammte, rappelte sich eilig wieder hoch, stand breitbeinig schwankend da, bemüht, die Füße nicht den Kontakt zum Boden verlieren zu lassen, während die Fülle an Sinneswahrnehmungen auf sein Gehirn einprasselten wie auf die Dünen draußen die Blitze und der Regen des Unwetters, dessen Wucht sich noch weiter gesteigert hatte. Auf seiner Zunge lag der Geschmack von Trockeneisnebel, in seiner Nase waberte der Duft von Sex und etwas anderem, das ihn an japanische Sojasoße erinnerte.

Das Zimmer fing an, sich ganz langsam zu bewegen. Sein Gesichtsfeld begann auszufransen, als hätte ein Maler eine Skizze an den Rändern nicht mehr ausgearbeitet. Das rhythmische Klatschen – woher kam es, keiner klatschte mehr in die

Hände, alle waren anderweitig beschäftigt – hatte einen Nachhall entwickelt, verschwamm mit den Bässen der Musik und wurde zu einem dissonanten Dröhnen in seinem Kopf. Zwischendurch hörte er das vertraute Johlen, diesmal von ganz weit weg, wie durch eine dicke Schicht Watte. Er spürte, wie nach ihm gegriffen, an ihm herumgezerrt wurde. Sein Hintern wurde gepackt, seine Oberschenkel umschlungen. Seine Hose wurde ruckartig runtergezogen. Er spürte, wie sein Penis von etwas Feuchtem, Warmem umschlossen wurde.

Er merkte, dass etwas in seinem Kopf überhitzte und in Kürze durchbrennen würde. Gleichzeitig wurde die Umklammerung seines Unterleibs fester, als sollte er erdrückt werden. In den Scheiben der Terrassentür gespiegelt sah er Schlangen, die ihn umwanden. Panik überkam ihn. Er fuchtelte wild herum, machte sich los, doch die Schlangen griffen immer wieder nach seinem Körper, er schlug nach ihnen, doch sie ließen ihn einfach nicht gehen, so sehr er auch versuchte freizukommen.

Matzes Gesicht glich einer dämonischen Fratze. Mit steil aufgerichtetem Glied stand er breitbeinig inmitten des Raums auf dem Teppich, die Champagnerflasche zwischen den Füßen, mit ausgestrecktem Arm auf den Boden zeigend, und Karsten sah mit Entsetzen, dass dort Miriam lag, ihr Körper reglos und in unnatürlicher Haltung verdreht. Ihr Mund war geöffnet, und ein Speichelfaden hatte bereits auf den Dielen eine kleine Pfütze gebildet. Enrico beugte sich über Miriam, und auch Matze ging zu ihr.

Gut, dass sich Enrico und Matze um sie kümmern, dachte Karsten, Miriam sah aus, als ob sie Hilfe bräuchte, und er konnte ihr gerade nicht helfen, so viel war mal klar, und Lorenz war nicht zu sehen, wo war er abgeblieben, er hatte doch gerade noch mit Miriam …

Matze hievte Miriams schlaffen Körper auf die Couch und zog und zerrte an ihr herum, bis er mit der Position zufrieden zu sein schien. Wie stabile Seitenlage sieht das aber nicht aus, schoss es Karsten durch den Kopf. Vielmehr lag Miriam auf dem Rücken, ihre Arme über dem Kopf ausgestreckt, den Po auf der niedrigen Armlehne, die Oberschenkel so weit gespreizt, dass es schon schmerzhaft sein musste.

Ein feuerheißes Brennen loderte gleichzeitig in Karstens Kopf, in seiner Brust und in seinem Bauch auf. Er drehte sich zur Terrassentür. Luft, dachte er. Da draußen ist Luft, kühl und rein.

Das Zimmer schwankte.

Etwas versuchte, ihn nicht zur Terrasse kommen zu lassen.

In der Terrassentür gespiegelt, sah er Matze zwischen Miriams Schenkeln. Miriams Kopf baumelte schlaff hin und her. Die Zunge hing ihr schief aus dem Mund, die Augen, halb geöffnet und verdreht, starrten ins Nichts. Dann schob sich Enricos nackter Hintern davor und versperrte Karsten den Blick auf Miriams Kopf. Und dort, im Spiegel der Glastür, sah er nun auch, wo Lorenz abgeblieben war. Er lag auf dem Rücken vor dem Fernseher, Sandy saß mit kreisenden Hüften auf ihm und drückte seine Arme auf den Boden. Lorenz hatte den Kopf auf die Seite gelegt. Sein Blick ging zur Couch. In seinem Ausdruck glaubte Karsten, Zwiespältigkeit zu erkennen oder vielmehr ein ganzes Panoptikum von Gefühlen, aber für den Moment schien er sich in sein Schicksal ergeben zu haben.

In den übereinander geschobenen Doppelglasscheiben zweifach, vierfach, achtfach reflektiert sah Karsten Miriam, von jeglicher Körperspannung verlassen, wie sie von Matzes und Enricos fickenden Bewegungen hin und her geworfen wurde.

Ein flauschiges Rauschen flackerte sanft und samtig vor seinen Augen.

Die Luft war flüssiges Quecksilber.

Es roch violett.

Ein Blitzen.

Ein Funkeln.

Zittern.

Flattern.

Flackern.

Schwarz.

71

Hamburg. Mümmelmannsberg
Danach

»Luna!«

Nicht jetzt.

»Luna!«

Sie weigert sich, die Augen zu öffnen.

»Luna!!!«

Jemand rüttelt an ihrer Schulter und ruft noch mehrmals

»Luna«, sie sieht an der Innenseite ihrer Lider die Karawane an Ausrufungszeichen länger und länger werden. Schließlich öffnet sie die Augen und schaut ihrer Mutter ins Gesicht. Alt sieht sie aus. Selber schuld. Wenn man mit Anfang 40 schon so verlebt aussieht, dann will man das so oder hat eine Menge falsch gemacht.

»Luna, wo warst du, verdammt?«

»Weg«, murmelt sie.

»Mit Angelina, ja?«

»Wenn du's weißt, warum fragst du mich dann?«

»Scheiße, ich weiß gar nichts! Das ist es ja! Haust einfach ab, und keiner weiß, wo du bist!«

»Ja? Und?«

»Schon mal daran gedacht, dass ich mir Sorgen machen könnte?«

»Bist doch eh ständig weg.«

Lunas Mutter schnappt nach Luft.

»Das ist unfair«, sagt sie schließlich. »Ich reiß mir den Arsch auf, um uns über Wasser zu halten, und du wirfst mir das auch noch vor!«

»Tu ich doch gar nicht.«

»Aber?«

»Nichts aber. Ich hab mit Angelina einen Ausflug gemacht, das ist alles, vielleicht hätte ich Bescheid sagen sollen, hat sich aber halt spontan so ergeben.«

»Du wirst Angelina nicht wiedersehen.«

»Ach ja? Und wie willst du das verhindern?«

»Das muss ich gar nicht. Dafür sorgt schon ihre Mutter.« Sie macht eine gewichtige Pause, und Luna hasst den Triumph in ihrem Blick. »Angelina zieht weg von hier. Frau Wilhelm hat sie zu Verwandten geschickt.«

72

Luna vermisst ihr Handy wie einen amputierten Körperteil. Dabei ist es ganz nah bei ihr und doch unerreichbar.

Der winzige Tresor, kaum größer als ein Aktenkoffer, steht ungeöffnet unterm Bett. Wie oft kann man einen falschen Zahlencode eingeben, bevor gar nichts mehr geht? Schließlich haben Lorenz und Franziska mit Gewalt den Tresor aus dem Wäscheschrank gebrochen, was deutlich leichter war, als das Schloss zu knacken, aber natürlich den Schrank in Mitleidenschaft gezogen hat. Egal, angeblich ist ja eingebrochen worden, und da ist es kein Wunder, wenn ein Tresor aus seiner Verankerung gerissen wurde.

Jetzt hat sie das Ding an der Hacke, was ihr überhaupt nichts nützt, aber womöglich Probleme machen wird, nur, irgendwo musste der Tresor ja hin, und als sie ankamen, war bei ihr niemand zu Hause, also hat ihn Lorenz in die Wohnung geschleppt und unter ihr Bett geschoben.

Wenn sie ihr Handy hätte und Angelina ihres, dann könnten sie jetzt telefonieren oder per WhatsApp schreiben, dann wäre alles halb so schlimm. Sie könnte Angelina fragen, wo sie ist und was sie macht und müsste sich nicht weiter den Kopf darüber zerbrechen.

Eine E-Mail könnte sie ihr schicken, aber wer schreibt heute schon noch E-Mails, sie jedenfalls nicht und Angelina auch nicht. Es würde wahrscheinlich länger dauern, bis Angelina ihre Mail lesen würde. Darauf kann sie nicht warten, schon gar nicht so unruhig und nervös, wie sich Luna momentan fühlt.

Sie geht los. Zu Angelina. Sie wird vor Angelinas Mutter einfach so tun, als ob sie noch nichts weiß, als ob sie sich nur wundert, dass Angelina nicht an ihr Handy geht.

Sie steht fast zehn Minuten vor der riesigen Klingelanlage von Angelinas Wohnblock, klingelt immer wieder, doch niemand drückt den Summer, niemand meldet sich über die Gegensprechanlage.

Der Supermarkt, in dem Frau Wilhelm arbeitet, ist nur ein paar Hundert Meter weiter an der Kandinskyallee. Luna bleibt vor dem Laden stehen, beobachtet die Omas, die mit ihren Körben und Einkaufstrolleys hinein- und hinausgehen, es sind tatsächlich nur alte Frauen an diesem späten Vormittag, sie weiß nicht mal, welcher Wochentag ist, sie hat das Zeitgefühl verloren. Schließlich atmet sie tief durch, geht durch die sich gehorsam vor ihr öffnenden Automatiktüren und betritt den Supermarkt.

Es ist wärmer als draußen und riecht etwas muffig. Viel ist nicht los. Nur eine Kasse ist besetzt, Angelinas Mutter nicht zu sehen. Sie geht zur Backstation, zur Flaschenrückgabe, durch die Gänge. Erst bei der zweiten Runde findet sie sie. Als sie vor ihr steht und Hallo sagt, sieht Frau Wilhelm sie an wie einen Geist. Einen unwillkommenen Geist.

»Was willst du?«

»Ich suche Angelina.«

Frau Wilhelm schnauft verächtlich. »Das Gefühl kenn ich.«

»Wo ist sie?«

»Weg.«

Angelinas Mutter dreht sich um, zieht eine von der Decke herabhängende Strippe, worauf sich ein Tor öffnet, durch das Paletten voller Ware zu sehen sind. Luna folgt ihr schnell, bevor sie das Tor wieder schließen kann.

Frau Wilhelm steht in einer geöffneten Metalltür und sieht hinaus auf die leere Laderampe, dahinter der Parkplatz, die Sonne knallt und wärmt, auch wenn es deutlich abgekühlt hat.

Angelinas Mutter zündet sich eine Zigarette an. »Was willst du denn noch?«, fragt sie nach zwei Zügen.

»Mit Angelina reden.«

Frau Wilhelm seufzt. »Vielleicht wäre es besser, wenn ihr nichts mehr miteinander zu tun habt in Zukunft. Angelina kommt immer auf dumme Ideen, wenn sie mit dir zusammen unterwegs ist.«

Luna starrt sie sprachlos an.

»Du brauchst gar nicht so zu glotzen. Meinst du, ich krieg das nicht mit? Das war jetzt aber das letzte Mal!«

»Wo ist sie?«

»Weg«, wiederholt sie. »Bei meiner Schwester in der Schweiz. Bis zum Ende der Ferien muss sie sich entscheiden, ob sie in der Schweiz zur Schule gehen will und sich ab sofort Mühe gibt oder ob sie sich einen Ausbildungsplatz sucht.«

»Aber …«

»Schluss jetzt!«

Frau Wilhelm schnippt die aufgerauchte Zigarette von der Rampe, fährt sich durch die Haare und seufzt.

»Tut mir leid, Luna. Wir kennen uns ja echt schon lange.«

»Bin ich jetzt schuld an allem, oder was?«, ruft Luna ihr nach, den Tränen nahe, doch Angelinas Mutter ist bereits im Lager verschwunden und hat Luna alleine auf der Rampe stehen lassen.

73

Luna geht langsam über den sonnigen Parkplatz und heult. Sie fühlt sich wie verprügelt. Sie weiß keinen einzigen Menschen, an den sie sich wenden könnte, und kann nur hoffen, dass Angelina einen Weg findet, sich bei ihr zu melden.

Luna steht auf dem trostlosen Parkplatz herum und weiß nicht, wohin. Autos kommen und fahren weg, Menschen schieben Einkaufswagen, ein Kommen und Gehen.

Ein paar Jungs hängen an der Tischtennisplatte herum. Sie kennt sie vom Sehen, typische Assis, wie es viel zu viele hier im Viertel gibt. Jetzt stehen sie auf, gehen zu einem Auto, probieren die Türen, doch sie sind verschlossen. Addi, der sich für den Obermacker hält, rotzt auf die Windschutzscheibe, dann trollen sie sich.

Luna starrt auf das bespuckte Auto. Wo kommt das denn plötzlich her? Das ist doch … Sie geht langsam Schritt für Schritt darauf zu. Ihr Herz klopft. Das kann doch nicht sein! Doch, kein Zweifel! So viele gibt es nun auch nicht von der Sorte, schon gar nicht mit Bremer Kennzeichen.

Ihre Augen brennen, sie traut sich kaum zu zwinkern, aus Angst, es könnte danach verschwunden sein. Sie wartet in gebührendem Abstand. Früher oder später wird er zurück zu seinem Auto kommen, dann wird sie ihn abpassen.

74

Unterwegs
Danach

Karsten kann nicht hinsehen, aber die würgenden Geräusche sind nicht zu überhören. Die Beifahrertür ist offen, sie hat es gerade noch aus dem Auto geschafft.

Sie befinden sich im Randbereich eines Ortes, immer noch Schleswig-Holstein, aber Hamburg ist nicht mehr weit. Miriam kotzt sich die Seele aus dem Leib am Zaun eines ungepflegten Vorgartens, in dem eine zerfledderte HSV-Fahne an einem schmutzig-weißen Fahnenmast flattert.

Es dauert. Der Verkehr strömt vorbei. Schließlich steigt Karsten aus und geht zu Miriam. Sie sieht elend aus, leichenblass, verquollene gerötete Augen, Erbrochenes in den Haaren.

»Ich bring dich zum Arzt, okay?«

Miriam schüttelt heftig den Kopf. »Nein, fahr einfach nach Bremen.«

»Und dann?«

»Mal sehen.«

In Hamburg stehen sie im Stau. Miriam sieht starr aus dem Seitenfenster. Der Horror in ihrem Kopf ist mit Händen greifbar.

»Was meinst du, wie es dann weitergegangen ist in der Nacht?«

»Nachdem ich betäubt und von zwei Arschlöchern vergewaltigt worden bin? Was für eine Scheiße soll denn noch passiert sein?«

»Ja, schon klar. Aber wo sind die anderen?«

»Zu Hause. Oder auch nicht. Ist mir scheißegal!«

»Sollten wir nicht versuchen, sie zu erreichen? Damit wir endlich Bescheid wissen?«

»Ich hab die Handynummern nicht im Kopf. Du?«

»Die Nummer von Lorenz zu Hause.«

Karsten setzt den Blinker und fährt auf den Parkplatz eines Einkaufszentrums.

»Was soll das?«

»Ich kauf uns Handys.«

75

Es dauert keine 20 Minuten, dann kommt Karsten zurück zum Audi. Miriam ist im Auto sitzen geblieben. Sie sieht ihm entgegen, wie er mit der Plastiktüte eines Elektronikmarkts winkt. Sie fühlt nichts. Sie ist leer.

Karsten lässt sich schwer neben sie auf den Fahrersitz fallen, reißt sofort die Kartons und die Umschläge auf, baut die Handys zusammen, setzt die SIM-Karten ein.

»Nicht gerade High-End, aber wir können telefonieren und appen.« Er hält ihr ein Gerät hin, ein billiges Smartphone einer Marke, von der sie noch nie gehört hat. Sie nimmt es zögernd.

Es dauert noch zehn Minuten, dann sind die Geräte und die SIM-Karten freigeschaltet.

»Okay, also Lorenz!« Karsten tippt auf dem Handy herum, wartet, dann hört Miriam die Fistelstimme eines Anrufbeantworters. Er spricht darauf, liest die neue Handynummer vom Papier ab und bittet um Rückruf.

»Franziska!« Karsten wählt erneut. Offenbar kennt er ihre Handynummer auswendig. Sofort springt die Mailbox an. Karsten legt auf.

»Wenn wir unsere Handys nicht haben, warum sollten sie ihre haben?«, fragt Karsten. Er sagt es mehr zu sich als zu Miriam.

»Matze wird ja wohl die Handys rausgerückt haben, bevor sie abgefahren sind.«

»Und wenn nicht?«

»Dann sind sie nicht gefahren. Warum sollten sie ihre Handys zurücklassen?«

»Vielleicht blieb ihnen gar nichts anderes übrig?«

»Wie meinst du das?«

»Was wäre, wenn sie quasi geflohen sind? Wenn sie gar nicht mehr Zeit und Gelegenheit hatten, ihre Handys mitzunehmen?«

»Dann hätten sie auch keine Zeit mehr gehabt, das Haus so ordentlich zu putzen und aufzuräumen.«

»Auch wieder wahr. Aber vielleicht haben ja gar nicht Lorenz und die anderen aufgeräumt, sondern Matze und Enrico oder so.«

»Aber laut Carlos sieht das Haus doch immer aus wie Sau, wenn Matze Party gemacht hat. Warum sollte er es diesmal aufräumen, noch dazu so penibel?«

»Vielleicht wollte er etwas verbergen? Spuren beseitigen?«

Miriam schweigt und überlegt.

»Also erstes Szenario: Als wir beide ohnmächtig waren, sind Lorenz und Franziska mit uns Hals über Kopf aufgebrochen, um uns ins Krankenhaus zu bringen. Sie raffen ihre Sachen zusammen, damit sie nicht noch einmal in das grauenvolle Haus zurückkommen müssen. Matze gibt ihnen aus Angst, dass sie die Polizei rufen oder was fotografieren, die Handys nicht zurück, vielleicht denken sie auch zu spät dran. Als sie weg sind, räumen Matze, Enrico, Sunny und Sandy auf und machen sich auch auf den Weg. Dann werden die Handys wohl bei ihnen sein.«

»Dann können wir höchstens Matze und Co erreichen. Aber warum sollten Franziska und Lorenz uns an einer Bushaltestelle statt in der Klinik abliefern? Und dass Luna bei mir im Krankenhaus war, passt auch nicht ins Bild.«

Miriam zuckt mit den Schultern.

»Oder sie haben alles mehr oder weniger gemeinsam erledigt, haben entschieden, nach Hause zu fahren, von Matze die Handys zurückbekommen und sind gefahren. Dann müssten wir sie aber erreichen können. Franziska schaltet ihr Handy nie aus und geht immer ran. Warum also diesmal nicht?«

»Vielleicht will sie mit niemandem sprechen. Weil ihr unangenehm ist, was passiert ist.«

»Was wieder zu der Frage führt: Was ist denn noch alles passiert?«

Sie haben Hamburg hinter sich gelassen. Karsten scheint sich jetzt sicherer zu fühlen. Auf der linken Spur der A1 rast er in Richtung Bremen.

»Darf ich heute bei dir schlafen?«, fragt Miriam mit rauer Stimme. »Ich weiß nicht, wo ich sonst hin soll. Und ich kann jetzt nicht allein sein.«

Karsten nickt. »Klar! Haus oder Garten?«
»Haus! Am Garten hängen zu viele Erinnerungen.«

76

Bremen. Schwachhausen
Danach

Als Karsten am späten Vormittag die Tür zu dem alten Haus aufschließt, das sich schon lange nicht mehr wie sein Elternhaus anfühlt, schlägt ihnen abgestandene, feuchtwarme Luft entgegen. Drinnen ist es viel wärmer als draußen. Das Haus hat die Hitze des Jahrhundertsommers gespeichert und über den Wetterwechsel hinaus konserviert. Drinnen wirkt es so leer und trostlos wie ein Motel an der Autobahn, in dem man widerwillig strandet, weil man die Augen nicht mehr offen halten und weiterfahren kann. Ein Haus ohne Leben. Ohne Liebe.

Eine ganze Zeit lang bleibt Karsten auf der Türschwelle stehen und starrt in die Eingangshalle, der auch die hereinscheinende Nachmittagssonne kein Leben einzuhauchen vermag, während Miriam bereits vorausgeht, das Badezimmer sucht und sich dort einschließt.

Ein fauliger Geruch liegt in der Luft, der ihn in seiner gegenwärtigen Verfassung fast in den Wahnsinn treibt. Er folgt dem Geruch in die Küche, wo sich einige Bananen und Birnen im Zustand der fortgeschrittenen Verwesung befinden. Er reißt das Küchenfenster auf und kippt den Obstkorb hinaus auf die Wiese neben dem Haus. Danach öffnet er auch die anderen Fenster im Erdgeschoss weit, lässt frische Luft hinein, klemmt die Fensterflügel fest, damit der Durchzug sie nicht zuschlagen kann. Allmählich verflüchtigen sich die Reste der Hitzewelle.

Im Badezimmer stoppt das Rauschen der Dusche. Karsten schiebt zwei Tiefkühlpizzen in den Ofen, doch als eine Viertelstunde später der Küchenwecker klingelt, ist Miriam noch nicht wieder aufgetaucht. Er findet sie tief schlafend in seinem Zimmer.

Karsten isst eine Pizza zur Hälfte und stellt den Rest in den Kühlschrank, in dem sonst nur ein dunkelgelbes Stück Butter auf einem verschmierten Unterteller auf Erlösung hofft.

Miriam liegt fest in eine Decke eingerollt am äußersten Rand von Karstens Bett mit dem Gesicht zur Wand. Ihr Atem geht unruhig, unregelmäßig.

Karsten sucht im Schrank eine zweite Bettdecke, findet keine, zieht schließlich eine kratzige Fleecedecke aus dem obersten Fach, legt sich neben Miriam auf den Rücken, breitet die Decke über sich.

Miriams Atemzüge stoppen. Er hält die Luft an und lauscht. Da rollt sie sich zu ihm, legt die Bettdecke über sie beide und schmiegt sich in seinen Arm.

»Nur so halten«, sagt sie leise, ohne die Augen zu öffnen. Regungslos starrt Karsten an die Zimmerdecke. Er denkt, dass er so niemals einschlafen können wird.

77

Sie fahren durch tiefe Nacht. Durch die geöffneten Autofenster weht der Wind die weichen Gerüche des Sommers herein. Es ist sehr warm, still und dunkel. Wenn er seine Hand aus dem Fenster hält, kann er die weiche Sommernacht wie einen Gegenstand spüren, sie betasten und befühlen. Er wiegt die Sommernacht in seiner Hand und drückt sie behutsam. Überrascht stellt er fest, wie glatt sie ist, wie prall elastisch der Widerstand. Er stolpert über eine Rauheit mit einem kleinen Zipfel, wodurch die sonst vollkommene Glätte der Oberfläche unterbrochen wird. Er räkelt sich wohlig in der warmen, weichen Dunkelheit.

Da entzieht sich das warme, weiche Etwas seiner Hand. Erschrocken schlägt er die Augen auf. Miriams Gesicht ist nur wenige Zentimeter von seinem entfernt. Ihr Blick ist unendlich traurig und ein wenig genervt. Dann dreht sie sich zur Wand und stopft die Bettdecke eng um ihren Körper.

»Sorry«, flüstert er nach einer Weile. »Ich hab geschlafen.«

Nichts.

»Hallo?«

Schweigen.

»Miriam?«

Mit unwilligem Schnauben dreht sie sich ihm zu.

»Du bist echt der Hammer«, sagt sie. »Nach allem, was passiert ist, fängst du jetzt an, mich zu begrapschen, während ich schlafe?«

»Ich wollte dich nicht …«

»Machst du das immer so, nicht lange fragen, einfach mal losfummeln?«

»Ich wollte dich nicht befummeln«, stammelt er. »Ich hab geschlafen. Geträumt. Ich bin aufgewacht, während meine Hand schon … Ich hab zuerst gar nicht kapiert, was ich da mache.«

»Ja, Karsten«, sagt Miriam, »genau das ist es. Du kapierst selbst nicht, was und warum du etwas machst oder nicht machst. Und dann beschwerst du dich auch noch, wenn dir solche Sachen wie die mit Carina und Matze passieren.«

Abrupt setzt er sich auf und will aufstehen.

»Und ignorieren und verleugnen hilft da auch nicht weiter!«

Er bleibt auf der Bettkante sitzen, den Rücken ihr zugedreht.

»Denk mal darüber nach, was du überhaupt willst im Leben. Und dann tu, was dafür nötig ist! Nicht hinsetzen und warten, dass dich irgendwas irgendwann irgendwohin trägt!«

»Und was wäre, wenn du das bist, was ich will?«, fragt er nach einer Weile sehr, sehr leise.

»Und das Rumgefummel ist der Weg, auf dem du dein Ziel erreichen willst?« Sie lacht laut auf. »Du willst mich auch nicht mehr als Franziska oder Carina oder wen auch immer. Ich glaube dir, dass du mich magst und ich dir irgendwie gefalle. Aber mehr so, wie wenn man ohne Plan durch den Supermarkt geht und schaut, was man heute mal zur Abwechslung mitnehmen könnte.«

»So ist es nicht.«

»Vielleicht ist es tatsächlich nicht so. Aber das kannst du momentan gar nicht wissen. Dafür musst du dir erst mal klar werden, was du willst.«

»Ich weiß, was ich will.«

»Nein, tust du nicht«, sagt sie bestimmt. »Zumindest nicht

so richtig.« Sie umarmt von hinten seinen Oberkörper und drückt sich an seinen Rücken.

»Aber *ich* weiß, was *ich* will«, sagt Miriam nach einer Weile. »Und vor allem weiß ich, was ich *nicht* will.«

»Und?«

»Ich will im Leben nie ein Opfer sein, nie passiv irgendetwas hinnehmen. Aber genauso ist es jetzt gekommen. Und jetzt hab ich Angst, wahnsinnige Angst.«

»HIV und so?«

»Auch. Aber noch viel mehr vor mir selbst. Ich hätte nie dieses Spiel mitmachen dürfen. Ich hätte nicht so viele von diesen komischen Cocktails trinken sollen. Alles, was sonst noch passiert ist, wäre dann nicht passiert. Ich hab die Kontrolle verloren, und ich hasse nichts mehr als das. Jetzt kann ich es nicht mehr ändern. Also muss ich lernen, mit den Tatsachen zu leben und die Dinge auf die Reihe zu bekommen.«

Karsten nickt langsam.

»Und jetzt lass uns schlafen. Ich bin echt müde.«

Fünf Minuten später atmet sie tief und ruhig. Als hätte das Gespräch sie nicht aufgewühlt, sondern beruhigt. Karsten geht es anders. Er steht auf und öffnet die Läden, die Fensterflügel, lässt Luft hereinströmen.

Die kleine Straße liegt still und verlassen da. Es rauschen nicht mehr das Meer und der Wind, sondern der Verkehr auf der nicht weit entfernten Parkallee. Über den Bäumen des Bürgerparks wird der Himmel orange. Abendstimmung.

78

Das Orange pulsiert mal schneller, mal langsamer. Schmutzig und ohne jede Strahlkraft wabert es hin und her, wie durch eine Taucherbrille von Karstens Augen getrennt. Ein Gesicht ist dahinter zu erkennen. So sehr sich Karsten bemüht, er kann den verzerrten Gesichtsausdruck nicht deuten. Ist das Wut? Ekstase? Hämisches Grinsen? Jack Nicholson, *Shining*, als er mit der Axt die Tür einschlägt, hinter der sich seine Familie verschanzt hat?

Doch es ist nicht Jack Nicholson, es ist Matze, wie Karsten schließlich realisiert, und plötzlich kann er auch mehr von der Szene erkennen, sieht, dass Matze nackt mitten im Zimmer steht, im Wohnzimmer des Ferienhauses, auf dem dicken Nepalteppich. Karsten sieht Franziska mit einem irren, kreischenden Lachen auf Matze zukriechen, sich immer weiter seinem Unterleib nähern, und aus diesem Unterleib ragt im steilen Winkel eine riesige Champagnerflasche anstelle eines Penis hervor. Der Korken hat sich bereits ein Stück weit herausgearbeitet, ist kurz davor, aus dem Flaschenhals heraus und mitten in Franziskas Gesicht zu schießen. Karsten schreit, will Franziska warnen, doch sie kann ihn nicht hören, oder will sie es nicht? Matze lacht brüllend, schüttelt die Flasche zwischen seinen Beinen schnell und immer schneller. Franziskas Kopf ist direkt vor der Flasche angekommen. Langsam und von einem kreischenden Geräusch begleitet verschwindet der Korken und Flaschenhals in Franziskas unnatürlich weit aufgerissenem Mund, während Matze weiter die Flasche hektisch hin und her ruckelt.

Plötzlich wird es hell, das pulsierende Orange verschwindet, und damit auch Franziska und Matze und die Champagnerflasche. Eine kühle Hand legt sich auf Karstens heiße, schweißnasse Stirn. Er hört Miriams Stimme, die beruhigend auf ihn einredet, sagt, dass er nur schlecht geträumt hat. Karsten verflucht sie, denn er weiß nicht, ob der Korken in Franziskas Kopf geschossen ist oder nicht, und vermutlich wird er es nun nie mehr erfahren.

Irgendwas Seltsames, Schreckliches ist auf Sylt passiert. Etwas noch viel Schrecklicheres, als alles, woran er sich bis jetzt erinnern kann. Davon ist Karsten überzeugter denn je. Und er weiß, dass er dieses Schreckliche herausfinden muss, wenn er nicht seinen Verstand verlieren will.

79

Bremen
Danach

Er erwacht mit trockenen Augen und hämmernden Kopfschmerzen. Kurz nach 7 Uhr. Es scheint geregnet zu haben, doch die Morgensonne hat schon Kraft, Dunst steigt aus den Gärten auf. Miriam ist verschwunden.

Auf dem Küchentisch liegt ein Zettel.

Ich fahr zu meinen Eltern. Ich muss erst mal einen klaren Kopf bekommen. Und ich will auch lieber dort zum Arzt gehen. Versuche du, Lorenz und Franziska zu erreichen. Ich melde mich, wenn ich wieder klar denken kann.
Alles Liebe und nicht hängen lassen!
Miriam

Karsten duscht, zieht frische Sachen an. Beim Bäcker in der Wachmannstraße holt er sich einen Kaffee und ein Croissant, setzt sich an einen der angeschlossenen Bistrotische.

Er betrachtet den Berufsverkehr wie einen Film. Radfahrer. Autos. Fußgänger. Eine Kindergartengruppe steigt in eine Straßenbahn, Linie 6 in Richtung Universität, die Kinder schnattern aufgeregt und halten sich aneinander fest. Plötzlich springt Karsten auf, lässt den Rest des Kaffees stehen, rennt, schlüpft durch die sich bereits schließenden Straßenbahntüren. Die Kindergartenkinder sehen ihn erschrocken an. Er bemüht sich, seinen Atem unter Kontrolle zu bekommen.

80

Samira versperrt die Tür zu der WG in dem schmucklosen Studentenwohnheim, und Karsten denkt, dass ihr gedrungener Körper wie dafür gemacht ist fürs Versperren, Behindern und im Weg stehen. Würde sie bei einer Sitzblockade mitmachen, hätten die Polizisten gut zu tun, sie wegzutragen. Misstrauisch mustert sie ihn aus ihren kleinen Schweinchenaugen. Sie hat Karsten noch nie leiden können.

»Warum weißt du nicht, wo sie ist?«, fragt sie zickig. »Sie ist doch nur noch bei dir in letzter Zeit.«

»Ich musste kurz ins Krankenhaus. Und jetzt erreiche ich sie nicht mehr.« Karsten hofft, dass sie ihm weitere Erklärungen erspart.

»Ich denke, ihr wolltet nach Sylt fahren«, sagt sie zweifelnd.

»Auf Sylt gibt's auch ein Krankenhaus«, antwortet er barsch, eine Spur zu barsch vermutlich. »Kannst du mir nun sagen, wie ich Franziska erreichen kann, oder nicht?«

»Nein«, sagt sie abweisend. »Keine Ahnung, wo sie ist. Aber wenn sie nicht an ihr Handy geht, wird sie schon einen guten Grund dafür haben.«

Sie schließt die Tür vor Karstens Nase und lässt ihn im trostlosen Treppenhaus stehen, wo es nach Schimmel und Chlorreiniger riecht.

81

Bei Lorenz' Eltern öffnet ihm ein unausgeschlafener Mann mittleren Alters, den er noch nie zuvor gesehen hat. Er hat noch Schlaf in den Augen, und das Haar steht zerzaust in alle Richtungen ab. Die zu kurze Jogginghose weist vielfältige Flecken auf, über deren Herkunft Karsten lieber nicht nachdenken will. Die nackten Füße sind käseweiß und stecken in zerfledderten Flip Flops Marke *Tommy Hilfiger*. Karsten erinnert sich vage, sie vor Jahren einen Sommer lang an Lorenz gesehen zu haben.

»Sie wünschen?«, fragt der Mann mit schleppender Zunge. Ein schaler Geruch aus kaltem Zigarettenrauch und hochprozentigem Alkohol schlägt Karsten entgegen.

»Ich bin auf der Suche nach Lorenz und kann ihn telefonisch nicht erreichen.«

»Ich bedaure«, sagt der Mann teilnahmslos. »Ich habe den Junior noch gar nicht persönlich kennenlernen dürfen. Ich bin erst seit Kurzem in diesem Haushalt tätig.«

»Sind seine Eltern zu Hause?«, fragt Karsten, doch eigentlich weiß er die Antwort. Lorenz' Eltern würden eine solche Verfassung bei einem Angestellten niemals akzeptieren.

»Die Herrschaften sind zu ihrem Anwesen nach Schottland gereist. Sie werden am Wochenende zurückerwartet.«

»Könnte ich bitte eine Handynummer bekommen? Ich muss wirklich dringend mit ihnen sprechen.«

»Bedaure.« Der Mann taxiert ihn misstrauisch aus seinen glasigen Augen. »Dazu bin ich nicht befugt.«

Karsten kritzelt seine neue Handynummer auf einen kleinen Zettel.

»Bitte sagen Sie Lorenz oder seinen Eltern, dass sie mich anrufen sollen? Es ist sehr wichtig!«

»Ich werde es ausrichten«, sagt der Mann und schließt ohne Verabschiedung die Tür.

82

»Um Gottes willen!«, ruft Franziskas Mutter laut, als Karsten sich meldet. Es ist das erste Mal, dass er ihre Eltern im Harz anruft. »Was ist mit der Franziska?«

»Gar nichts, nehme ich an, ich kann sie nur nicht erreichen, und das wundert mich.«

Schweigen. Er hört asthmatisches Atmen am anderen Ende der Leitung.

»Also ist jetzt was mit der Franziska oder nicht?«, fragt sie schließlich.

»Sie reagiert nicht auf meine Anrufe«, erklärt Karsten geduldig. »Ich wollte Sie fragen, ob sie bei Ihnen ist oder ob Sie mir sagen können, wie ich sie erreichen kann.«

»Ach, ihr jungen Leute«, seufzt Franziskas Mutter. »Ihr müsst immer irgendwo in der Weltgeschichte herumgondeln, anstatt mal richtig zu arbeiten. Wenn die Franziska doch ein bisschen mehr wie ihre Schwestern wäre! Die Sonja und der Manuel haben jetzt ein Haus gekauft, oben im Neubaugebiet, das ist so schön ruhig dort. Und die Renate und der Alexander kriegen im Februar ihr zweites Kind, als Mutter freut man sich immer, wenn die Kinder so glücklich sind.«

Bevor Franziskas Mutter noch mehr Einzelheiten aus der Familie auspacken kann, verspricht Karsten, noch in diesem Sommer mit Franziska vorbeizukommen, und beendet das Gespräch. Er ist sich nicht sicher, ob sie tatsächlich verstanden hat, dass ihre Tochter verschwunden ist.

83

»Polizeirevier Westerland, Polizeiobermeister Petersen.«

»Ja hallo, hier … ich … äh … wollte mal nachfragen, ob es in den letzten Tagen zu einem Unfall gekommen ist. Mit einem Porsche Cayenne.«

Karsten hört im Hintergrund entferntes Lachen und Murmeln, das Klappern einer Computertastatur, wiederholtes Rauschen aus einem Funkgerät.

»Weshalb rufen Sie an?«, fragt der Polizist nach einigen Sekunden. »Wollen Sie einen Unfall melden?«

Karsten hat den Eindruck, dass die Stimme des Polizisten gereizt klingt. Er schluckt. Ganz ruhig. Und der Reihe nach.

»Ich vermisse seit ein paar Tagen zwei Bekannte von mir. Sie sind seit Samstagabend verschwunden.«

»Handy?«, schlägt der Polizist vor.

»Nicht erreichbar.«

Der Polizist schnauft laut. »Und warum denken Sie, dass das eine Angelegenheit für die Polizei ist?«

»Ich glaube, dass etwas Schlimmes passiert sein könnte.«

»Warum?«

Karsten zögert verdutzt. »Na, sie sind eben verschwunden.«

»Und?«

»Nichts und«, ruft Karsten. Er spürt, dass er sich zusammenreißen muss, um nicht laut zu werden. »Es ist einfach seltsam, dass sie plötzlich unauffindbar sind. Ich mache mir Sorgen.«

»Jetzt mal ganz ruhig«, sagt der Polizist. »Sagen Sie mir zuerst die Namen, die Geburtsdaten und das Kennzeichen des Wagens.«

Karsten diktiert dem Polizisten das Kennzeichen. »Ein schwarzer Porsche Cayenne Turbo. Zugelassen auf Matthias Opdervelde, das ist auch der eine Vermisste. Vom anderen weiß ich nur den Vornamen: Enrico.«

»Hmmm«, macht der Polizist. »Geburtsdaten?«

»Weiß ich nur von Matthias.« Er sagt es ihm.

Der Polizist schnauft wieder vernehmlich. Das und seine gepresst wirkende Stimme wecken in Karsten den Eindruck einer Dampflokomotive. Vermutlich ist Polizeiobermeister Petersen nicht nur genervt, sondern auch stark übergewichtig.

»Wir werden dem selbstverständlich nachgehen«, sagt Petersen. »Aber machen Sie sich mal keine Sorgen. Im Sommer passiert es immer wieder, dass junge Leute auf Sylt verschwinden und dann nach ein paar Nächten mit einem ordentlichen Kater bei irgendwelchen Discobekanntschaften zu sich kommen.«

»Das glaube ich nicht«, sagt Karsten entschieden. »Die beiden hatten Freundinnen dabei.«

»Und wo sind die abgeblieben?«

»Sind zurück in Hamburg.«

»Und die Freundinnen machen sich gar keine Sorgen?« Das Telefonat scheint Polizeiobermeister Petersen allmählich Spaß zu machen.

»Ich hab nicht mit ihnen gesprochen«, sagt Karsten zerknirscht. Er kann sich lebhaft vorstellen, wie Polizeiobermeister Petersen seinen Notizzettel zerknüllt und mit Augenrollen seinen Kollegen vermittelt, was für einen durchgeknallten Anrufer er an der Strippe hat.

»Vielleicht sollten Sie das mal tun«, hört er den Polizisten sagen, nun deutlich weniger gereizt. »Falls es Sie beruhigt: Bei uns ist das Kennzeichen nicht aufgefallen. Und einen Unfall mit einem Porsche Cayenne hatten wir in letzter Zeit auch nicht. Ob mit oder ohne Turbo.«

Jetzt ist unverkennbar unterdrücktes Lachen im Hintergrund zu hören.

»Danke«, murmelt Karsten indigniert.

»Gern geschehen!«, ruft Polizeiobermeister Petersen. Er scheint Mühe zu haben, nicht laut prustend in das Lachen seiner Kollegen einzustimmen. Mit heißem Kopf knallt Karsten den Hörer auf die Gabel des Münztelefons und verlässt im Laufschritt die Halle des Hauptbahnhofs.

84

Südhessen
Danach

Mit Bauchweh starrt Miriam aus dem Zugfenster, sieht die Hänge des Odenwaldes vorbeiziehen. Sie hat sie zurückgelassen, ihre Heimat, was auch immer Heimat bedeuten soll, sie hat mit dem Begriff noch nie etwas anfangen können, und in der südhessischen Provinz hat sie sich zuletzt mit zwölf zu Hause gefühlt. Besuche bei ihren Eltern nur an Weihnachten, letztes Jahr nicht einmal das. Zu viele Erinnerungen. Nicht nur schlechte natürlich, auch gute, aber sie ist jetzt eine andere, nicht mehr der niedliche Rauschgoldengel, die etwas zu brave Tochter der flippigen Lehrer von der Odenwaldschule.

Über eine Stunde Verspätung. Miriam flucht. Um ein Haar hätte sie heute am frühen Morgen einen Flug statt des Bahntickets gebucht, aber der Flug hätte mehr als doppelt so viel gekostet, außerdem widersprechen Inlandsflüge ihrem ökologischen Gewissen. Andererseits wäre sie dann schon vor drei Stunden angekommen, mittlerweile längst bei ihren Eltern in der Kleinstadt an der Bergstraße, wohin sie zwar nicht so gerne zurückkehrt, wo aber nun der einzige Ort ist, der sich in ihrer Vorstellung sicher und richtig anfühlt. Zumindest aus der Entfernung betrachtet. Sie hofft so sehr, dass ihre Eltern nicht zu viele Fragen stellen. Und nicht wieder Freunde zu Besuch haben.

In Bensheim steigt sie aus dem Regionalzug. Auf dem Bahnsteig warten sie auf sie: ihr Vater, er ist alt geworden, muss sie sofort denken, er sieht gebeugter aus und irgendwie grau, ihre Mutter, neue Haarfarbe mal wieder, diesmal irgendwas zwischen Orange und Rot, und neben ihr …

Miriam traut ihren Augen nicht. Das kann nicht sein. Oder ganz im Gegenteil? War das nicht naheliegend angesichts der gesamten Umstände?

Lorenz sieht schlecht aus. Er ist blass und wirkt noch magerer als sonst. Er scheint zu frieren, obwohl er einen Kapuzenpulli und seine braune Lederjacke trägt. Sein Blick flackert, kann sich kaum an einem Punkt festhalten, offenbar am schlechtesten an ihr. Warum haben ihre Eltern ihr nicht vorher Bescheid gesagt, nachdem sie vor ein paar Stunden per WhatsApp ihr Kommen angekündigt hat?

Sie umarmt ihre Eltern, dann Lorenz, er zittert, macht sich steif, erwidert ihre Umarmung nicht, fängt dafür an zu schluchzen.

»Was ist denn?«, flüstert sie und merkt sofort, wie einfältig diese Frage in der Situation wirkt. Ihre Eltern gehen langsam vor zur Unterführung in Richtung Parkplatz.

Lorenz sagt nichts, steht nur da, legt seinen Kopf sacht an ihre Schulter, zittert, weint.

»Warum bist du hier?«, fragt sie.

»Ich wusste nicht, wo ich dich sonst … ich dachte, hierher kommst du früher oder später … oder du meldest dich …«

»Ich hab mein Handy nicht mehr«, unterbricht sie sein Gestammel. »Und Handynummern hab ich nicht im Kopf. Ich konnte mich also gar nicht melden.«

»Aber alle Handys sind doch weg!«, sagt er mit bestürzter Miene, als müsse er ihr eine eklatante Wissenslücke mitteilen, was ja auch stimmt.

»Wie *weg*?«, fragt Miriam irritiert. »Hat Matze sie euch nicht wiedergegeben?«

Lorenz schüttelt den Kopf.

»Und warum nicht? Und wo ist mein Handy?«

»Matze und Enrico sind in der Nacht noch weggefahren, und als sie am nächsten Tag nicht zurückkamen, haben wir beschlossen zurückzufahren, weil wir echt keinen Bock hatten, länger zu bleiben.«

»Dann liegt mein Handy immer noch auf Sylt in dem Haus?«

»Nein«, sagt er und lächelt unsicher. »Die Handys sind in einem Koffer, so einem tragbaren Tresor. Ich hab gesehen, dass Matze sie dort eingeschlossen hat. Also haben wir das Ding mitgenommen, aber nicht aufgekriegt.«

»Und wo ist der Koffer jetzt?«

»Bei Luna zu Hause unterm Bett.«

»Bei Luna?«, schreit Miriam auf. »Ausgerechnet? Seid ihr total bescheuert?«

Miriams Eltern drehen sich nach ihnen um, sehen ernst aus, besorgt. Sie sind fast beim Auto, der postgelbe VW-Bus überragt die anderen Autos und ist von Weitem zu sehen.

»Ging nicht anders«, sagt Lorenz kleinlaut.

Miriam schnauft, doch sie ist ein wenig beruhigt. Die ganzen Schreckensszenarien, warum die anderen nicht nur wie vom Erdboden verschluckt, sondern auch nicht per Handy erreichbar sind, haben sich zum großen Teil in Luft aufgelöst. Wobei noch viele Fragen offen sind. Doch die müssen warten. Jetzt steigen sie ein, Lorenz und sie hinten, ihr Vater steuert den VW-Bus auf die B3 in Richtung Heppenheim. Miriam sieht aus dem Fenster, muss sie, sonst würde ihr schlecht werden.

Die Fahrt vergeht in allgemeinem Schweigen. Ihr Vater verzichtet sogar auf sein Oldie Radio. Miriam spürt Lorenz' Blick, er starrt sie an, taxiert sie, es kribbelt in ihrem Nacken, es ist unangenehm. Doch als sie sich kurz zu ihm dreht, sieht er aus dem Fenster und beachtet sie nicht.

Ganz ruhig, denkt Miriam. Du bist völlig paranoid.

Doch sie kann das Gefühl nicht wegschieben. Das Gefühl der Bedrohung. Sie hat Angst vor Lorenz. Und sie weiß nicht, warum.

85

Ihr Zimmer unter dem Dach des kleinen Einfamilienhauses hat sich kein bisschen verändert, seit Miriam das letzte Mal da war. Außer, dass Lorenz' Sachen jetzt darin liegen.

Mit leichter Beschämung betrachtet sie die Poster, Backstreet Boys, Robbie Williams und, ganz besonders schlimm, *Titanic*, das Filmplakat, das überdimensional groß über ihrem Bett hängt seit ihrem 13. Geburtstag.

Nun kommt Lorenz ins Zimmer, und das ist ihr überhaupt nicht recht, sondern viel zu viel. Er hat unbedingt Karsten anrufen wollen. Jetzt soll er weggehen, sie will allein sein. Sie hat den Nachmittag und Abend in die Länge gezogen, hat ihre Mutter dazu angestiftet, groß zu kochen, und sich intensiv daran beteiligt, nur damit sie nicht mit Lorenz in einem Zimmer sein muss. Sie hat sich gewünscht, *Die Siedler von Catan* zu spielen, so wie früher, als sie noch zu Hause gewohnt hat. Nur damit sie nicht mit Lorenz in ihr Zimmer gehen und schlussendlich mit ihm schlafen gehen muss. Doch jetzt wollen die Eltern ihre Ruhe haben, *Tagesthemen* ist ein heiliges Ritual, und so muss sie sich Lorenz stellen, hilft ja nichts. Sie kann ja schlecht verlangen, dass Lorenz das Gästezimmer bezieht, ihre Eltern würden Fragen stellen, und das kann sie nicht auch noch gebrauchen.

Sie ist hierhergekommen, um unterzuschlüpfen, um sich sicher zu fühlen. Hätte sie gewusst, dass sie schon von Lorenz erwartet wird, wäre sie lieber in Bremen geblieben oder weiter nach Heidelberg gefahren, aber dort wäre sie allein gewesen, ihre Mitbewohnerinnen irgendwo in der Welt unterwegs, das hätte sich nicht gut angefühlt.

»Was hast du meinen Eltern erzählt?«, fragt sie. »Warum du ohne mich hier vorbeikommst?«

Sie liegen im Bett, 1,40 Meter breit, sie an der Wand, er am Rand, zwischen ihnen ein schmales Niemandsland, ihre Körper berühren sich nirgends.

Lorenz ist nervös, angespannt, hibbelig, es ist nicht zu übersehen, zu über*spüren*, von ihm geht eine unheilvolle Unruhe aus. Wie ein Tier, das die nahende Katastrophe fühlt, denkt sie, den Vulkanausbruch, das Erdbeben, den Tsunami.

»Die Wahrheit«, sagt Lorenz, und für einen Moment bleibt ihr Herz stehen. Sie will nicht, dass ihre Eltern hören, dass sie vergewaltigt worden ist, nachdem sie freiwillig vor aller Augen Sex mit ihrem Freund gehabt hat. Sie will nicht, dass ihre Eltern hören, dass sie die Kontrolle verloren hat.

»Ich hab gesagt, dass wir zusammen mit ein paar Freunden nach Sylt gefahren sind, du dein Handy verloren hast, wir Streit gehabt und deshalb getrennt zurückgefahren sind.

Und dass mir der Streit total leidtut, ich mich entschuldigen will und dachte, dass du dich ja früher oder später bei deinen Eltern melden wirst.«

»Wir hatten Streit?«, fragt Miriam verwundert.

Lorenz sieht sie seltsam an.

»Wie auch immer«, sagt er dann. Er dreht sich zur Seite, kommt ihr näher, will sie in den Arm nehmen. Miriam macht sich ganz steif.

»Aber du merkst schon, dass das ziemlich bescheuert klingt?«

»Sie haben's geschluckt, und außerdem ist es doch die Wahrheit.«

»Wir haben gestritten?«, wiederholt Miriam. »Wann? Wo? Weswegen?«

»Tu doch nicht so«, sagt Lorenz und fängt an, seine Hand unter ihr T-Shirt zu schieben. Miriam schaudert. Die Hand ist kalt, aber trotzdem brennt sie auf der Haut wie die Tentakel einer Feuerqualle.

»Ich tu überhaupt nicht so«, ruft Miriam verärgert und legt seine Hand zurück auf seine Hüfte. »Was soll das mit dem Streit? Wir haben uns nicht gestritten, das wüsste ich doch.«

»Ich glaube, du weißt so einiges nicht mehr.«

»So, glaubst du?«, sagt sie pampig. »Hättest du dann die Freundlichkeit, mich aufzuklären?«

»Lass uns doch einfach schlafen«, sagt Lorenz. »Für deine Eltern ist alles okay. Die wundern sich nicht über unseren Besuch.«

»Unseren Besuch«, äfft sie Lorenz nach. »Von wegen Besuch! Das, was du hier machst, grenzt an Stalking.«

Seine Hand ist plötzlich zwischen ihren Beinen, drückt gegen den Stoff über ihrer Vulva. Es tut weh. Sie fährt herum.

»Gleich haben wir wirklich Streit, das verspreche ich dir!«

»Du hast dich von den beiden Idioten ficken lassen wie in einem Porno«, sagt er kühl. »Denkst du, ich finde das okay?«

Miriam bleibt die Luft weg.

»Ich war bewusstlos«, flüstert sie. »Ich fasse es nicht, dass du so tust, als hätte ich das auch noch gewollt!«

»Wenn du bewusstlos warst, warum weißt du es dann?«

»Karsten hat es mir erzählt.«

»Karsten?« Lorenz lacht. Es klingt hämisch, und das tut ihr mehr weh als alles andere. »Ausgerechnet Karsten. Der kann dir am allerwenigsten erzählen.«

»Dann erzähl du mir doch, was passiert ist!«, fleht sie. »Ich will es wissen! Ich weiß nur, dass ich mich scheiße fühle!«

»Du hast sie angestachelt«, sagt er, viel zu laut. »War deine Idee, ihnen 'ne Show zu liefern. Du wolltest es! Du wolltest vor allen anderen Sex haben! Du hast mich ja sogar dazu überredet! War doch klar, dass sie das noch mehr aufgegeilt hat!«

Miriam weint. Jedes von Lorenz' Worten fühlt sich wie ein Tritt in den Bauch an.

»Ach komm, du bist doch sonst auch nicht so verklemmt«, sagt er auch noch und schiebt ihr T-Shirt hoch.

»Du bist ein Arschloch, Lorenz!«, sagt sie mit fester Stimme und setzt sich auf.

»Ach, ich bin jetzt das Arschloch, das ist ja interessant!«

Er lacht sarkastisch.

Sie kann es nicht fassen.

Er lacht tatsächlich.

»Was ist los mit dir?«, flüstert sie. »Du bist so … anders. Ich kenne dich gar nicht mehr.«

»Was mit *mir* los ist? Was ist los mit *dir*? Warum tust du so, als wäre irgendwas Schlimmes passiert?«

Als wäre irgendwas Schlimmes passiert. Die Worte hallen in ihr nach wie Donner. Miriam springt aus dem Bett, schlüpft hastig in ihre Jeans, zieht den Pulli übers T-Shirt, schultert ihren Rucksack, will das Zimmer verlassen, doch Lorenz hält sie an ihrem Rucksack fest.

»Geh nicht weg!«, sagt er, jetzt wieder mit der sanften Stimme, die sie immer an ihm geliebt hat. Doch jetzt kann sie das gar nicht brauchen.

»Lass mich los«, sagt sie leise, drohend. »Sonst schrei ich das Haus zusammen und hole die Polizei.«

Lorenz lässt los. Miriam geht die steile Raumspartreppe hinunter in den ersten Stock. Sie dreht sich nicht nach Lorenz um, sie will jetzt nicht sehen, wie er vermutlich in der Tür zu ihrem Zimmer steht und ihr nachsieht.

Unbemerkt passiert sie Wohnzimmer und Schlafzimmer ihrer Eltern, die Treppe ins Erdgeschoss, die alte, ewig quietschende Haustür. Sie ist raus, steht auf der Straße, geht einfach los, biegt an jeder Kreuzung ab, schaut sich immer wieder um, doch es folgt ihr niemand.

Einfamilienhaus an Einfamilienhaus, eines wie das andere, zum Verwechseln ähnlich, eine Garage neben, ein kleiner Garten vor und ein kleiner Garten hinterm Haus. In vielen Gärten sitzen noch Leute draußen, es wird gegrillt. Sie riecht es, sie hört die Stimmen, sie klingen angetrunken. Sie kennt die meisten Leute in diesem Viertel, zumindest oberflächlich. Fast alle sind im Alter ihrer Eltern, fast alle haben Kinder, mit denen sie zur Schule gegangen ist und die längst ausgezogen sind wie sie selbst, irgendwohin gegangen, wo die Welt nicht so klein erscheint. Und die, die es nicht woanders hin geschafft haben oder sich mit dem Kleinstadtleben zufrieden gegeben haben, fangen bereits an, Familien zu gründen. Sie arbeiten bei der Sparkasse oder sind stolz, dass sie von der Bahn oder Post genommen worden sind, ein sicherer Job, der sichere Kredite garantiert, um irgendwann ein kleines Häuschen bauen zu können in einer Siedlung wie dieser, unten in den Kappesgärten oder im nächsten Neubaugebiet im Westen der Stadt, das früher oder später erschlossen werden wird.

Sie geht in der Mitte der kleinen Wohnstraßen, möglichst weit weg von Häusern und Gärten, die Kapuze des dunklen Pullis über den Kopf gezogen, obwohl sie schwitzt in der abendlichen Sommerwärme und der Rucksack schwer an ihren Schultern zieht.

Dann hat sie die Bushaltestelle erreicht. Erleichtert stellt sie fest, dass sich der Fahrplan in all den Jahren nicht geändert hat. Zehn Minuten später kommt der Bus, der letzte des Tages, nur zehn Minuten bis zum Bensheimer Bahnhof, das reicht ihr, um eine Bahnverbindung nach Bremen herauszusuchen.

Bleibt nur noch eines zu erledigen. Sie spielt mit dem neuen Handy, das ihr noch nicht vertraut ist. Klickt auf Kontakte, wo erst wenige Nummern gespeichert sind.

Sie tippt schnell eine Nachricht. Kurze Überwindung, dann drückt sie auf »Senden«. So. Spätestens jetzt gibt es kein Zurück mehr.

Sie wuchtet den Rucksack auf den Rücken, verlässt den Bus, betritt den Bahnhof, steigt hinauf zu Gleis 1. Noch eine halbe Stunde. Dann wird der Regionalexpress sie wegbringen, zuerst nach Frankfurt, wo sie ein paar Stunden am Hauptbahnhof rumbringen muss, die tote Zeit mitten in der Nacht, dann ein Intercity direkt ohne Umsteigen nach Bremen.

Bensheim.
Vielleicht ist dieses Mal das letzte Mal gewesen.

86

Bremen. Schwachhausen
Danach

Erschöpft lässt sich Karsten aufs Bett fallen, kaum ist die Tür hinter ihm ins Schloss gefallen. Sofort fällt er in tiefen Schlaf.

Vielleicht ist es das Haus, das einmal sein Elternhaus gewesen ist, das sich jetzt aber anfühlt wie ein riesiger Sarkophag. Vielleicht sind es die letzten Stunden, die letzten Tage, all die Ereignisse, die nach und nach aus dem Nebel des Vergessens auftauchen und in sein Bewusstsein sickern. Jedenfalls besucht ihn seine Mutter im Schlaf.

Der Traum ist plastischer als je zuvor. Die Schrecklichkeit der Bilder wird ihn erst Monate später wieder ohne Angst einschlafen lassen.

Karstens Vater steht vor der Haustür und sieht ihm entgegen. Karsten ruft ihm etwas zu, was er selbst nicht hören kann. Sein Vater reagiert nicht. Karsten lehnt sein Rad gegen den Zaun und schließt es ab. Plötzlich steht sein Vater neben ihm und legt eine Hand auf seine Schulter. Durch den dünnen Stoff des T-Shirts spürt er die Eiseskälte, die von ihr ausgeht. Erschrocken sieht er auf. Die eisblauen Augen seines Vaters scheinen ihn aufspießen zu wollen, so durchdringend ist sein Blick. Seine Schulter schmerzt, so fest ist der Griff seines Vaters. Er führt Karsten ins Haus. Karsten nimmt einen Geruch wahr. Metallisch. Etwas faulig. Ohne den Griff um seine Schulter zu lockern, führt ihn sein Vater hinauf ins Obergeschoss. Im Badezimmer brennt Licht. Karsten bemerkt die beigefarbenen Fliesen, die sein Vater später auswechseln lassen wird. An der Badezimmertür wird der Geruch schlagartig stärker. Scheiße, denkt Karsten. Es riecht nach Blut und Scheiße. Und da sieht er auch, woher der Geruch kommt. Er sieht das trübe Wasser in der Badewanne. Er sieht die schwimmenden Kotbrocken auf der Wasseroberfläche. Er sieht die blutigen Schlieren auf der strahlendweißen Badewanne. Er sieht die leeren Flaschen auf dem Wannenrand, die bauchige Flasche, in dem der edle 30 Jahre alte Single Malt gewesen ist, den sein Vater nur zu besonderen Anlässen hervorgeholt hat, und die Champagnerflasche mit der hohen, schlanken Champagnerflöte daneben. Er sieht, wie sich das Orange des Etiketts mit dem Rot des Bluts beißt. Er sieht einen Hinterkopf halb aus dem Wasser ragen. Er sieht die feuchten blonden Haare mit den vereinzelten grauen Strähnen. Er sieht seinen Vater zur Badewanne treten. Er sieht seinen Vater den Haarschopf packen und in die Höhe ziehen. Er sieht das wutverzerrte Gesicht seines Vater, der Mund, der ihm etwas Unverständliches entgegenbrüllt. Er sieht den Oberkörper seiner Mutter wie einen nassen Sack an dem von der Kraftanstrengung zitternden Arm seines Vaters hängen. Er sieht, wie der Körper sich an dem

Haarschopf langsam in seine Richtung dreht. Er sieht das Blut über dem ganzen Körper verschmiert. Er sieht die weit auseinander klaffende Schnittwunde, die sich unterhalb des Kehlkopfs über die gesamte Halsbreite zieht. Er sieht die Augen seiner Mutter, leer, leblos, schielend, erloschen. Und jetzt hört er auch seinen Vater. »Wolltest du das?«, schreit er. »Ist es das, was du gewollt hast? Bist du jetzt zufrieden?« Er sieht, wie sein Vater den Schopf seiner Mutter loslässt. Er sieht, wie der schlaffe Körper seiner Mutter zurück ins Wasser plumpst und dabei ein großer Schwall blutiges Wasser aus der Wanne schwappt, direkt auf seine Füße. Er spürt heiße Tränen seine Wangen hinunterlaufen. Er spürt die nassen Hände seines Vaters, die nicht enden wollende Salve von Ohrfeigen, die seinen Kopf hin und her werfen. Er spürt das Brennen im Gesicht, als sein Vater von ihm ablässt. Er spürt die Wut, wie sie in ihm heiß und unaufhaltsam aufsteigt. Er sieht, wie sich seine Hände um den Hals seines Vaters legen, der sich heftig wehrt, ihn jedoch nicht abwehren kann. Er sieht sich rasend vor Wut seinen Vater würgen. Er sieht, wie sein Vater an seinen Händen reißt, um ihren Griff zu lockern. Er sieht, wie sein Vater zu Boden sackt. Er sieht, wie er seinen Vater nach einer gefühlten Unendlichkeit loslässt. Er sieht, wie sein Vater auf allen vieren keuchend und würgend nach Luft ringt. Er sieht, wie er sich umdreht und das Badezimmer verlässt. Er sieht den einzelnen Bogen Briefpapier. Er sieht die Tinte, die geraden Zeilen, die ordentliche, leicht nach links gekippte Schrift seiner Mutter. Er sieht die Worte »Enttäuschung, ihr habt es so gewollt, ich kann nicht mehr« aus dem Text herausblinken. Er sieht sich die Treppe hinunterrennen, in der Haustür mit den Rettungssanitätern zusammenstoßen, eine entschuldigende Geste machen. Er sieht sich auf der Straße stehen und in die vor Schreck gelähmte Welt starren. Er sieht, wie der mit einem Reißverschluss bis oben hin verschlossene schwarze Plastiksack mit seiner Mutter darin auf einer Trage aus dem Haus, durch den Garten zu dem großen grauen Wagen des Bestatters getragen wird, der mit geöffneter Heckklappe hinter einem Polizeiauto steht, die gesamte Straße blockierend. Er spürt die trösten wollende, warme Hand des Bestatters auf seiner Schulter, die immer noch schmerzt von der Umklammerung seiner Vaters. Tränen rinnen immer noch über seine Wangen, tropfen auf das Papier in seiner Hand, lassen die Tinte verschwimmen. Er sieht, wie sein Vater mit zwei Polizisten das Haus verlässt, ohne ihn eines Blickes zu würdigen. Er sieht einen Polizisten zu ihm sprechen, die Lippen sich lautlos bewegen. Er sieht sich wie durch die Cockpitkamera eines Formel-1-Wagens den Weg zu Lorenz zurücklegen, teils rennend, teils stolpernd, endlos weit, eine Ewigkeit. Er sieht Lorenz' erschrockenes Gesicht, als er ihm öffnet. Er sieht die erschütterten Gesichter der Eltern, als er stammelnd erzählt, was passiert ist. Er sieht, wie Lorenz' Mutter ihn umarmt. Er sieht, wie er heulend zusammenbricht. Dann sieht er nichts mehr außer dem grauen Schleier, der sich über die Welt gelegt hat.

87

Bremen. Schwachhausen
Danach

»Hey«, sagt eine belegte Stimme, und Karsten kommt nicht drauf, wer dran ist, wer seine Handynummer gewählt hat, die noch fast niemand kennt. Schlaftrunken rappelt er sich auf. Früher Abend. Immer noch unendlich müde. Im Westen blinzelt die Sonne durch die Bäume ins Schlafzimmer. Er schließt die Läden nicht mehr. Dunkelheit kann er nicht mehr ertragen.

»Hier ist Lorenz«, sagt die Stimme. Karsten hört im Hintergrund atmosphärisches Rauschen und eine unendlich weit entfernt wirkende Frauenstimme, die hoch und aufgeregt immer wieder das gleiche unverständliche Wort ins Nichts ruft.

»Miriam hat mir deine neue Nummer gegeben«, fährt Lorenz nach einer Weile fort.

»Du bist bei Miriam?«

»Zu Hause, bei ihren Eltern.«

»Und … wie geht's?«

»Ich weiß nicht. Ich glaube, sie will mich nicht hier haben.«

»Und warum bist du dann trotzdem bei ihr?«

»Ich wusste nicht, was ich sonst machen soll. Die Handys sind ja …«

»Was ist mit den Handys?«

»Weg.«

»Aha. Warum weg?«

»Vergiss es. Die Handys sind einfach weg. Ich bin heute

hierhergefahren, weil ich Miriam unbedingt sprechen wollte. Eine Stunde nach mir ist sie dann mit dem Zug angekommen, war aber reiner Zufall, nicht verabredet.«

»Wo warst du? Der Typ in eurem Haus hat gesagt, dass er dich nicht gesehen hat.«

Schweigen.

»Hallo?«

Schweigen.

»Verdammt, Lorenz, jetzt sag, was los ist! Und wo du warst! Ich hab schon gedacht, dass ... dass du ... ich hab schon das Schlimmste befürchtet.«

Lorenz lacht kurz und freudlos auf. »Was immer das sein mag. Ich war bei Franziska. Ich hab sie zu einer Freundin gebracht und bin dann noch geblieben, weil sie total durch den Wind war.«

»Wo ist sie?«

Karsten hört Lorenz tief durchatmen. »Sie will dich nicht sehen.«

»Sie will mich nicht sehen? Warum? Was hab ich ihr denn getan?«

»Sie will dich nicht sehen«, wiederholt Lorenz. »Hat keinen Zweck, ihr auf die Pelle zu rücken.«

»Ich kann ihr gar nicht auf die Pelle rücken! Ich weiß ja nicht, wo sie ist! Und ohne Handy kann ich sie nicht mal anrufen!«

»Lass es einfach. Ich gebe ihr deine neue Nummer. Dann kann sie sich bei dir melden, wenn sie sich dazu bereit fühlt.«

»Dazu bereit fühlt?«, ruft Karsten erregt. »Was soll der Scheiß? Was, verdammt, ist denn überhaupt los?«

»Es ist so, wie ich gesagt habe.« Lorenz' Stimme wirkt müde, sehr müde. »Wir alle müssen das, was passiert ist, erst einmal verdauen.«

»Was verdauen?«, schnappt Karsten wütend. »Wer von uns hat denn den Anfall gehabt?«

»Nicht den Anfall«, sagt Lorenz leise.

»Was dann?«, schreit Karsten. »Das verdammte Spiel?«

Lorenz schweigt.

»Wer hat denn nackt auf dem Tisch getanzt? Wer hat denn vor allen rumgefickt? Und jetzt erzählst du mir was von wegen *alles erst mal verdauen*? Was soll denn diese verlogene Scheiße? Du verheimlichst mir doch was!«

»Ich lege auf, Karsten«, sagt Lorenz, hörbar um Fassung bemüht. »Das bringt jetzt nichts.«

»Nein!«, brüllt Karsten ins Telefon. »Bitte nicht! Leg nicht auf!«

Einen Augenblick ist er nicht sicher, ob Lorenz noch dran ist.

»Was ist denn noch?«, hört er Lorenz schließlich sagen.

»Was ist passiert, nachdem ich bewusstlos geworden bin?«

»Du hast nichts verpasst.«

»Du hast nichts verpasst im Sinne von du hast nichts verpasst, oder im Sinne von sei froh, dass du dich nicht daran erinnern kannst?«

»Du hast nichts verpasst«, wiederholt Lorenz.

»Und was ist mit den anderen?«

»Sunny und Sandy sind zu Hause, zumindest sind sie mit Franziska und mir bis Hamburg gefahren.«

»Wie seid ihr überhaupt zurückgefahren?«, fragt Karsten. »Mit dem Zug?«

Schweigen. Dann sehr zögerlich: »Wir haben uns Matzes Cayenne ausgeliehen.«

»Was?«, ruft Karsten. »Spinnt ihr? Ihr könnt doch nicht einfach …«

»Ich finde, das geschieht ihm ganz recht nach allem, was er sich geleistet hat.«

»Wo sind Matze und Enrico überhaupt? Und wo habt ihr den Cayenne gelassen?«

»Am Bahnhof.«

»Bahnhof? Warum Bahnhof?«

»Ja, Bahnhof, in so 'ner kleinen Straße in Findorff, direkt hinterm Schlachthof. Und Enrico und Matze: keine Ahnung. Ich habe sie nicht mehr gesehen seit dem Abend, als du …« Er bricht ab und schweigt.

»Als ich was?«, bellt Karsten ins Telefon, wütend, verzweifelt. »Sag mir, was du weißt!«

Lorenz atmet tief aus. Dann sagt er: »Ich muss Schluss machen.«

»Moment! Habt ihr nach Matze und Enrico gesucht?«

Wieder hört er Lorenz' Atem. »Nein. Und ich halte es auch nicht für nötig. Die beiden können auf sich selbst aufpassen. Und wenn was passiert wäre, hätten wir es schon irgendwie mitbekommen. Wahrscheinlich haben die beiden einfach keinen Bock, mit jemandem von uns Kontakt aufzunehmen, oder sie würden gern, können aber nicht, weil auch sie ihre Handys nicht mehr haben.«

»Was ist mit den scheiß Handys, verdammt? Stottere doch nicht so rum!«

»Beruhige dich«, sagt Lorenz sanft. »Das mit den Handys ist nicht so spannend.«

»Und wenn Matze und Enrico etwas passiert ist? Von Matzes Vater könnte man viel Geld erpressen!«

Karsten lauscht seinen letzten Worten nach. Wenn das hier ein Film wäre, denkt er, würde jetzt unheilvolle Musik im Hintergrund immer lauter werden und die Kamera auf sein angstverzerrtes Gesicht zoomen.

»Warum machst du dir ausgerechnet Gedanken um Matze?«, unterbricht Lorenz Karstens Gedanken. »Die beiden hatten bestimmt nur keinen Bock mehr, uns nach der Nacht noch einmal unter die Augen zu treten. Lass es gut sein, beruhige dich und vergiss das Ganze einfach.«

»Zum Vergessen müsste ich mich überhaupt erst mal erinnern!«

Lorenz schweigt.

»Was war nach meinem Anfall?«

Wieder seufzt Lorenz. »Ich muss jetzt Schluss machen. Ich telefoniere von Miriams Eltern aus.«

Bevor Karsten noch etwas sagen kann, hört er ein Klicken, und das Gespräch ist beendet.

Karsten fixiert die Decke über seinem Bett. Die Strukturen der Raufasertapete bilden das Muster eines Gesichts mit weit aufgerissenem Mund. Wie *Der Schrei* von Munch, denkt Karsten. Oder die Maske in einem der Slasherfilme, in denen es völlig unwichtig ist, wer wen warum um die Ecke bringt.

88

In der folgenden Nacht träumt Karsten von Carina. Als leicht bekleidetes Elfenwesen mit traurigem Blick entfernt sich Carina von ihm, wobei sie jedoch nicht kleiner wird, sondern immer gleich groß bleibt. Schließlich begreift er, dass er immer kleiner wird, bis er schließlich als fußnagelgroßer Winzling mit ansehen muss, wie Carina und Matze, der plötzlich wie aus dem Nichts aufgetaucht ist, sich aneinander reiben, gegenseitig die Kleider vom Körper reißen und dabei höhnisch lachen. Nackt und eng ineinander verschlungen kommen sie wie durch ein starkes Zoomobjektiv auf ihn zu, werden immer noch größer, hoch wie Wolkenkratzer, ihre Bewegungen werden immer schneller, das Lachen und Stöhnen lauter. Er spürt den Luftzug, der durch die fickenden Bewegungen der gigantischen Körper verursacht wird. Er weiß, dass er sich nicht mehr lange auf den Beinen halten können wird, und da passiert es auch schon: Er wird wie von einer Windhose in die Luft gewirbelt, immer höher, immer schneller im Kreis, bis er schließlich in der tiefen Schlucht zwischen Carinas haushohen Brüsten hart aufschlägt und wie auf einem steilen Rodelhang mit beängstigender Geschwindigkeit abwärts saust, bis er schließlich von Matzes lokomotivgroßem Penis erfasst und in Carina hineingestoßen wird.

Er kneift die Augen zusammen und schreit, brüllt in Todesangst, bis er merkt, dass es still um ihn geworden ist und er sich in dem violetten Zwielicht eines Tempels befindet. Ein Buddha sieht ihn mit missbilligendem Blick an – warum kann ein Buddha überhaupt anders aussehen als freundlich lächelnd und leicht bekifft, denkt Karsten, doch dieser Buddha hält ihn offenbar nicht für würdig dieses heiligen Ortes.

Dutzende Räucherstäbchen lassen den Tempel nach *Sunflowers* duften. Aus unsichtbaren Lautsprechern rieselt leise und mit sakralem Hall *Whispering Wind* von Moby. Mitten im Tempel stehen Franziska, Julia und Karstens Mutter, untergehakt, weinend wie Klageweiber in einem orientalischen Dorf. Karsten wendet sich ab, will weg, raus, er kann ihre Tränen nicht ertragen, nicht an diesem Ort, nicht an diesem tief in Carina verborgenen Heiligtum.

Doch vor dem Ausgang, der durch dunkelrote Samtvorhänge verschlossen ist, hat sich der Buddha platziert, er hat die Gesichtszüge von Matze angenommen und lacht. Er lacht Karsten aus, weil sich, wie er mit Grauen feststellen muss, Schlingpflanzen an seinen Beinen hinaufwinden und sich in Schlangen verwandeln. Zungen lecken unangenehm zuckend über seine Haut. Mühsam kämpft er sich vorwärts, bis er direkt vor dem Matze-Buddha steht. Karsten hat plötzlich eine leere Champagnerflasche in der Hand und schlägt mit ganzer Kraft in die höhnisch grinsende Visage, immer wieder, bis sie sich in blutigen Matsch aufgelöst und jegliche Ähnlichkeit mit einem Gesicht verloren hat. Als der zuckende Körper zu Boden fällt, verschwinden die Schlangen, und Karsten erwacht auf dem Parkettboden neben seinem Bett, spürt den kühlen Luftzug auf seiner verschwitzten Haut und blinzelt in die viel zu helle Morgensonne. Er sucht sein Handy, kurz nach 9 Uhr, dann sieht er die Nachricht und ist mit einem Schlag hellwach.

89

Bremen. Hauptbahnhof
Danach

Er kommt zu spät. Als der Audi am Hauptbahnhof zum Halten kommt, steht Miriam schon vor dem hinteren Ausgang in Richtung Bürgerweide. Bevor Karsten aussteigen kann, öffnet sie die Kofferraumklappe und wuchtet ihren Rucksack hinein.

»Keine Fragen! Können wir erst mal was zu essen holen?«, sagt sie anstatt einer Begrüßung. »Ich fall gleich um vor Hunger.«

»Wir haben hier noch was zu erledigen. Hol dir doch schnell was in der Bahnhofshalle.«

Sie sieht ihn fragend an, aber er will es ihr nicht gleich erklären. Er weiß ja selbst nicht, warum es ihm so wichtig ist, den Cayenne mit eigenen Augen zu sehen. Lorenz' Story zu überprüfen.

Nach fünf Minuten kommt Miriam mit zwei Falafel-Sandwiches zurück. Sie gibt Karsten einen davon. Er hat keinen Appetit, will sie aber nicht enttäuschen, also fängt er an zu essen. Während sie essen, können sie schweigen, ohne dass es komisch ist. Sie stolpern über das unebene Kopfsteinpflaster der Bürgerweide.

»Also?«, fragt sie auch schon, kaum, dass sie den letzten Bissen runtergeschluckt hat. Sie stehen neben dem *Alten Schlachthof*.

Schon lange ist der *Alte Schlachthof* kein Schlachthof mehr sondern ein Kulturzentrum, in dem Konzerte und

Lesungen stattfinden. Doch noch immer wirkt das alte Backsteingebäude düster, bedrohlich, der hohe Schornstein wie ein erhobener Zeigefinger.

»Irgendwo hier muss Matzes Cayenne stehen.«

Sie sieht ihn irritiert an.

»Lorenz hat es mir gesagt. Franziska, Lorenz, Sunny und Sandy haben sich Matzes Cayenne genommen, um nach Hause zu fahren, und ihn irgendwo hier abgestellt.«

»Und Matze? Der würde doch niemals seinen Wagen verleihen.«

»Tja.« Karsten zuckt mit den Schultern. Sie überqueren die Findorffstraße. Die Autos stehen dicht an dicht am Straßenrand. Einen Cayenne kann er auf die Schnelle nicht entdecken, doch Lorenz hat ja auch von einer kleinen Straße gesprochen.

»Lass uns getrennt suchen«, schlägt Karsten vor. »Geh du geradeaus, ich geh rechts und nehme die nächste Seitenstraße. An der Querstraße treffen wir uns wieder. Wer das Auto findet, ruft den anderen an.«

Miriam nickt und verschwindet in der Goesselstraße.

Karsten geht nach rechts und biegt in die Brandtstraße ab, und schon nach wenigen Metern bleibt er stehen, verblüfft, entgeistert. Sein Herz klopft. Er hat gefunden, was er gesucht hat, und doch auch nicht. Er weiß nicht, wie er seine Entdeckung interpretieren soll. Er zieht sein Handy aus der Hosentasche und ruft Miriam an.

Der Porsche Cayenne steht zwischen zwei Kleinwagen eingezwängt auf der rechten Straßenseite. Fast genauso wie *damals*, nur ein paar Straßenecken entfernt.

»Und?«, sagt Miriam keuchend. Sie muss gerannt sein.

»Das Nummernschild stimmt.«

»Aber?«

»Aber es ist nicht Matzes Cayenne. Jemand muss die Nummernschilder ausgetauscht haben.«

Miriam sieht ihn verständnislos an.

»Nur eine Kleinigkeit. Ein Detail.«

90

Bremen. Findorff
Lange davor

Als die Treffen mit Carina im Januar unregelmäßiger wurden, als Carina begann, sich ihm mehr und mehr zu entziehen, buchte Karsten einen First-Class-Flug nach Zürich und ein Wochenendarrangement in einem Romantikhotel in Davos. Karsten war klar, dass dies nicht das große Bekenntnis war, welches Carina sich wünschte, doch er hoffte, sie würde die Geste zu schätzen wissen. Er glaubte, er könnte damit das, was zwischen Carina und ihm im Sterben lag, wiederauferstehen lassen.

Es war bestes Winterwetter, zwei Grad über null, trocken, der Himmel unverschämt blau, als Karsten an einem Samstagvormittag, an dem Julia mit ihren Eltern weggefahren war, durch den Bürgerpark nach Findorff radelte, um Carina mit den Tickets für die Reise zu überraschen.

Karsten war erst ein Mal bei Carina gewesen. Es hatte sich nie angeboten, da sie das große Haus in der Benquestraße, sein Elternhaus, ohnehin immer für sich alleine hatten. Außerdem hatte Karsten entgegen Carinas Beteuerungen das Gefühl, dass ihre Eltern die spezielle Arithmetik ihrer Beziehung durchschauten und missbilligten und ihm am liebsten ihren Schäferhund auf den Hals hetzen wollten.

Als Karsten an diesem strahlend blauen Wintertag in die Geibelstraße einbog, bremste er vor Schreck so stark, dass er beinahe über den Lenker geflogen wäre. Ungläubig starrte er auf das Auto, das unübersehbar am Straßenrand parkte und die übrigen Autos arrogant überragte. Aggressiv funkelte ihn der blitzblanke schwarze Metalliclack an.

Hinter ihm hupte es. Karsten stieg ab, schob sein Rad zur Seite, setzte sich auf die Stufen eines Geschäfts an der Straßenecke und wartete.

Er musste nicht lange warten. Matze kam alleine aus dem Haus. Schon von Weitem entriegelte er per Fernbedienung das Auto. Als er einsteigen wollte, stand Karsten neben ihm. Erschrocken fuhr Matze zusammen.

»Hey, Kasi«, sagte er unsicher. »Alles klar?«

»Alles klar«, antwortete Karsten mit lauerndem Unterton. »Gerade eben ist mir schlagartig *alles* klar geworden.«

Matze lachte nervös. »Kleine Morgenrunde? Frühsport?«

»Ich dachte, ich schau mal bei Carina vorbei.« Karsten versuchte, neutral zu klingen.

»Ach«, sagte Matze. »Carina? Wohnt die hier? Ich dachte, sie wohnt auch in Schwachhausen. Wie läuft's denn so bei euch, habt ihr euch wieder versöhnt? Du hast schon lange nichts mehr …«

Karsten packte Matze am Kragen seiner Barbourjacke und drückte ihn gegen den Cayenne.

»Verarsch mich nicht«, zischte er. Einen Augenblick lang, der endlos schien, standen sie sich regungslos gegenüber. Dann riss sich Matze los und ordnete seine Kleidung.

»Hast du sie noch alle?«, rief er. Seine Stimme überschlug sich fast. »Bisschen untervögelt in letzter Zeit, was?« Feindselig starrte er Karsten in die Augen. »Benimm dich!«, zischte er. »Was ist überhaupt dein Problem?«

»Was mein Problem ist?« Karstens Stimme war schrill und laut. »Zum Beispiel, dass du mein Vertrauen missbraucht hast und dich hinter meinem Rücken an die Liebe meines Lebens rangemacht hast?«

Matze lachte laut auf. »Liebe meines Lebens!«, echote er. »Dass ich nicht lache!«

»Wenn ich dich nicht auf sie aufmerksam gemacht hätte, hättest du dich doch einen Scheiß für sie interessiert!«, rief Karsten erregt.

»Aha«, nickte Matze. »Ich bin also der Böse in dieser Geschichte.«

»Du hast dich an sie rangemacht!«

»Ich hab mich nicht an sie rangemacht«, bemerkte Matze ruhig. »Sie ist zu mir gekommen und hat sich bei mir über dich ausgeheult. Und dann ist eben mehr daraus geworden. Im Gegensatz zu dir weiß ich ihre Qualitäten zu würdigen.«

»Ihre Qualitäten?«, schrie Karsten. »Du willst sie doch nur ficken!«

»Genau!«, rief Matze aus. »Genau das tu ich und zwar nicht zu knapp. Genau wie noch zig andere sie gefickt haben! Das weißt du doch, oder?«

Karsten sah ihn perplex an. Matze lachte.

»Du weißt es nicht«, sagte er mit Häme in der Stimme. »Ich fass es nicht! Wie blind kann man nur sein!«

»Hör auf«, sagte Karsten leise.

»Von wegen! Wer auf einem so hohen Ross sitzt und sich die Realität hindreht, wie er will, der sollte zur Abwechslung auch mal der Wahrheit ins Gesicht sehen.«

»Hör bitte auf«, sagte Karsten noch leiser.

»Man kann ihr keinen Vorwurf machen. Wie hätte sie denn sonst die Wochenenden aushalten sollen, an denen du bei deinem Püppchen in Borgfeld warst?«

»Halt's Maul!«, brüllte Karsten und ballte die Faust. Tränen stiegen in ihm auf.

»Warum sollte ich?«, fragte Matze gelassen. »Hast du Angst, dass das Denkmal deiner heiligen Carina vom Podest fällt? Du bist so verlogen, Kasi. Du selbst hast sie durch deine Grausamkeit zur Schlampe gemacht. Erst durch mich hat sie mit dem Rumvögeln wieder aufgehört.«

»Du lügst!«, rief Karsten. Er spürte, wie sein Kopf ganz heiß wurde. »Zieh sie nicht auch noch durch den Dreck!«

Matze lachte. »Ist dir überhaupt klar, wie fertig du die Frau gemacht hast? Sie war kurz vorm Selbstmord, mein Freund, so sieht's aus, und alles nur, weil du nicht die Eier hattest, dein Leben zu sortieren. Sie hat dich so heiß und innig geliebt, und du hast es einfach nicht auf die Reihe bekommen!«

Die Tränen liefen nun über Karstens Wangen. Ein Stück entfernt hatten sich einige Leute zusammengefunden und glotzten zu ihnen herüber. Karsten zeigte ihnen den Stinkefinger. Schnell sahen sie weg.

»Merkst du gar nicht, wie lächerlich du bist?«, legte Matze nach. »Du machst mir Vorwürfe, weil ich mich in ein Mädchen verliebt habe, bei dem du es vergeigt hast? Du wirfst mir vor, dass du das mit euch beiden nicht auf die Reihe bekommen hast, aber ich meine Chance genutzt habe? Sorry, aber du bist ein armseliger Verlierer!«

Karsten schlug zu. Seine Faust traf Matzes Kinn, der Kopf wurde nach hinten geschleudert, Matze taumelte gegen sein Auto und starrte Karsten mit überrascht aufgerissenen Augen an.

Sekunden vergingen. Dann richtete Matze sich auf und ging, ohne Karsten noch eines Blickes zu würdigen, zur Fahrertür, stieg ein und brauste davon.

Am Boden lag ein kleines silbriges Plastikstück. Karsten hob es auf und betrachtete es. Erst später verstand er, woher das Fragment stammte: Es war ein Teil des Ypsilons aus dem Schriftzug *Cayenne* an der Heckklappe von Matzes Wagen.

91

Unterwegs
Danach

Miriam schüttelt ungläubig den Kopf.

»Ich fasse es nicht! Bist du ganz sicher?«

»100 Prozent.«

»Irrtum ausgeschlossen?«

»In Hörnum stand da noch ›Cauenne‹, jetzt ist das Ypsilon komplett. Matze hat wohl kaum in den letzten Tagen den Schriftzug reparieren lassen.«

»Aber wie kommen dann Matzes Nummernschilder an das Auto? Was soll das alles?«

»Mir fällt kein vernünftiger Grund ein, außer dass jemand etwas verschleiern will.«

»Und wer?« Miriam kaut an den Fingernägeln. »Matze und Enrico haben genug Scheiße gebaut. Aber die Autos oder die Nummernschilder auszutauschen, hilft ihnen in keiner Weise weiter.«

»Die Frage ist doch auch, wem dieses Auto gehört.«

»Carlos!« Miriam reißt die Augen auf. »Carlos war es! Und das Auto ist das von der Villa in Kampen!«

»Das ist das Nächstliegende«, sagt Karsten. »Aber vielleicht soll es ja auch nur so aussehen. Auf Sylt fahren zig schwarze Cayennes der ersten Baureihe herum, du hast Carlos doch gehört, Kampen-Golf und so. Es könnte irgendein x-beliebiger sein, den wer auch immer geknackt hat, um uns damit für dumm zu verkaufen.«

»Du mit deinen Verschwörungstheorien! Das ist doch paranoid!«

Karsten lacht kurz auf. »Mag sein. Aber beweis mir erst, dass die Theorie nicht stimmt.«

»Ich will nicht noch mal nach Sylt fahren«, sagt Miriam leise. »Ich krieg schon Panikattacken, wenn ich nur dran denke.«

Karsten atmet tief durch. »Lass uns noch einmal nachdenken. Wenn mir dieses Detail am Schriftzug nicht aufgefallen wäre, dann würde doch niemand daran zweifeln, dass das hier Matzes Wagen ist. Welche logischen Schlussfolgerungen würde man daraus ziehen, angenommen, jemand sucht und findet das Auto hier?«

»Dass Matze sein Auto hier geparkt hat.«

»Und warum genau hier?«

»Hauptbahnhof. Jemand will den Eindruck erwecken, dass Matze mit dem Zug weiter ist.«

»Aber wir wissen, dass nicht Matze den Wagen hier abgestellt hat.«

»Ein Ablenkungsmanöver.«

»Genau. Wir wissen, dass das eben nicht Matzes Auto ist, sondern nur dessen Nummernschilder sind, die jemand an ein Auto, das Matzes Auto zum Verwechseln ähnlich sieht, dranmontiert hat. Dieser Jemand will jemand anderem weismachen, dass Matze in Bremen in der Nähe des Hauptbahnhofs sein Auto geparkt hat und offenbar verschwunden oder zumindest mehrere Tage nicht aufgetaucht ist. Warum sollte dieser Jemand das tun?«

»Weil er etwas vertuschen will?«

»Und was?«

»Dass Matze nicht in Bremen sein Auto geparkt hat.«

»Klar. Aber bestimmt nicht nur das. Wie würde die Geschichte normalerweise weitergehen?«

»Hier kann jeder so lange parken wie er will. Brauchst kein Parkticket oder sonst irgendetwas.«

»Aber wenn man das Auto sucht, würde man es doch recht schnell finden.«

»Und warum sollte jemand das Auto suchen?«

»Weil Matze von jemandem bei der Polizei als vermisst gemeldet wird.«

Miriam scheint plötzlich zu frösteln. »Du meinst, weil er richtig verschwunden ist und auch nicht mehr auftauchen wird.«

Karsten nickt. »Aber die Polizei würde herausfinden, dass das nicht Matzes Auto ist. Fahrgestellnummer, Autoschlüssel und was weiß ich noch.«

»Dann hat es aber immer noch etwas Zeit gebracht für diesen Jemand, der das Ablenkungsmanöver inszeniert hat.«

»Und diese Zeit kann der Jemand nutzen, um unterzutauchen.«

Jetzt nicken beide, Karsten und Miriam, und als sich irgendwann alle Gedanken zurechtgerückt haben, sagt Miriam:

»Wir müssen Sunny oder Sandy finden. Oder Carlos. Oder nach Sylt fahren.«

»Fangen wir mit Sunny und Sandy an.«

»Und wie sollen wir sie finden? Wir wissen ja nicht einmal ihre Nachnamen.«

»Eine Chance haben wir«, sagt Karsten. »Los, steig ein, wir versuchen's!«

92

Hamburg. Mümmelmannsberg
Danach

Er lässt Miriam am südlichen Ende der Kandinskyallee raus und fährt weiter zum nördlichen Ende.

Neben dem Supermarktparkplatz lungern Jugendliche in Hip-Hop-Klamotten auf den trostlosen Betonresten einer Tischtennisplatte herum. Sie sehen ihm abweisend zu, wie er den Audi parkt und aussteigt.

Von drei Kassen ist nur eine besetzt. Ein nach Urin und ungewaschenen Füßen stinkender Opa zahlt zwei Flaschen Doppelkorn. Die Kassiererin ist um die 40, auf dem Namensschild steht »Fr. Wieland«. Karsten sucht in ihrem Gesicht nach Ähnlichkeiten mit Angelina, kramt in seiner löchrigen Erinnerung nach einem Nachnamen, doch vergebens.

Frau Wieland greift nach einer Packung Tampons, die ganz vorne auf dem Band liegt.

»Stopp!«, ruft Karsten. »Das ist nicht für mich. Ich möchte Sie nur etwas fragen.«

Gelangweilt sieht sie auf. »Ach ja?«

»Ich bin auf der Suche nach einer Angelina. Etwa 17 Jahre alt, sieht aber älter aus, 1,70 groß, schlank, lange blonde Haare, hübsch, wohnt hier im Viertel, und ihre Mutter soll irgendwo in einem Supermarkt arbeiten.«

»Und?« In diesem einen Wort schwingt so viel Unwillen und Misstrauen mit, dass ein großes Stück Hoffnung in Karsten zerbröselt.

»Sind Sie zufällig Angelinas Mutter?«, hakt er dennoch nach. »Oder können Sie mir sagen, wo ich ihre Mutter finden kann?«

Es dauert einen Moment, bis die Frage in ihr Verständnis vorgedrungen ist. Sie sieht nun deutlich älter aus als 40, wie sie kopfschüttelnd und vorgebeugt auf dem zu hoch eingestellten Bürostuhl hinter der Kasse kauert, aber vielleicht ist es auch nur das unvorteilhafte Neonlicht, das trotz hereinscheinender Sommersonne den Supermarkt in kaltes Licht taucht.

»Junge, Junge«, sagt sie nach einer Weile. »Da, wo ich herkomme, telefoniert man, wenn man sich verabreden will.«

»Das geht leider nicht aus … technischen Gründen.«

Die junge Frau, die die Tampons aufs Band gelegt hat, scheint sich ein Lachen zu verkneifen. Kurz sieht die Kassiererin sie an. Durch die Reaktion der Kundin scheint sie sich bestätigt zu fühlen.

»Aus *technischen* Gründen, ja?«

»Ich muss mit ihr sprechen, es ist dringend!«, insistiert Karsten.

»Also, Jungchen«, sagt Frau Wieland nun laut und erhebt sich von ihrem Drehstuhl. »Ich würde mal sagen, du verziehst dich ganz schnell, sonst mach ich dir Beine! Solche Verrückte, die Mädchen nachstellen, können wir gar nicht brauchen, da haben wir Besseres zu tun!«

»Es ist nicht so, wie Sie denken«, versucht Karsten zu beschwichtigen, doch vergeblich.

»Verschwinde!«, ruft Frau Wieland. »Sonst hole ich die Polizei!« Karsten merkt, dass sich im gesamten Supermarkt viele Köpfe zu ihm umgedreht haben.

Karsten geht. Er spürt, dass seine Ohren knallrot sind.

Noch im Hinausgehen hört er die junge Frau mit den

Tampons aufgeregt mit Frau Wieland reden. Bevor sich die Automatiktür hinter ihm schließt, schnappt er das Wort »Stalker« auf.

Auf der Windschutzscheibe des Audi klebt ein dicker gelber Klumpen Schleim. Die Jugendlichen sind verschwunden. Karsten betätigt ausgiebig die Scheibenwaschanlage. Dann klopft es plötzlich an die Seitenscheibe, und Luna lacht ihm ins Gesicht.

93

Karsten beobachtet überrascht, wie Miriam Luna durch das Beifahrerfenster umarmt. Luna weint sogar ein bisschen, und Miriam drückt sie daraufhin noch einmal fest an sich. Ab jetzt gehören sie zusammen, vereint gegen das Dunkle, das Böse oder zumindest gegen die vielen offenen Fragen.

Miriam steigt hinten ein, und Karsten fährt los, auch wenn er nicht so recht weiß, wohin.

Miriam lehnt sich vor und stützt sich zwischen den Vordersitzen ab. Während Karsten den Weg aus Mümmelmannsberg hinaus sucht, fasst sie kurz zusammen, was sie wissen und was nicht, was sie gesehen haben und welche

Fragen ihnen keine Ruhe lassen. Luna hört aufmerksam zu, reißt nur die Augen ungläubig auf, als Miriam die Sache mit den Nummernschildern erzählt.

»Lasst uns nach Sylt fahren«, sagte Luna schließlich. »Anders kriegen wir die Wahrheit nicht raus.«

94

Kampen/Sylt. Ein Haus am Watt
Danach

Sicherheitshalber zieht Karsten gleich drei Paare der Latexhandschuhe übereinander an, die sie in überraschender Menge im Audi gefunden haben. Der Verbandskasten ist uralt, alle Päckchen tragen längst vergangene Verfallsdaten, aber die Handschuhe helfen Karsten, das paranoide Flattern in sich auf Distanz zu halten.

Es hat einige Zeit gebraucht, bis sie es gewagt haben, zu der Villa am Watt zu gehen. Den Audi haben sie weit weg geparkt. Auf dem Parkplatz an der Hauptstraße Ecke Strönwai fallen sie im Gewühl der Hauptsaison nicht auf. Sie sind drei Touristen, die gemächlich den Wattweg hinunterschlendern.

Karsten denkt an die alte Frau, ihren leeren Blick aus botoxerstarrtem Gesicht, an ihren Köter, der den makellosen Grünstreifen vollkackt. Was würde die Frau denken, wenn sie sie schon wieder hier sähe, auf dieser leblosen Straße ohne Gehwege, ohne Grund, überhaupt hier zu sein, doch das ist natürlich auch schon wieder paranoid, denkt Karsten, denn warum sollen sie denn nicht durch die ruhigeren Straßen von Kampen spazieren, auch wenn das sonst kaum einer zu tun scheint?

Allerdings ist der Wattweg tatsächlich belebter als letztes Mal. Ein Auto fährt an ihnen vorbei, der Fahrer beachtet sie nicht, eine Familie kommt ihnen auf Rädern entgegen, ein schwules Pärchen zu Fuß, ein alter Mann, das Gesicht nicht minder zerknautscht als sein sonnengebleichter Anglerhut.

Niemand würdigt sie eines Blickes, Karsten fühlt sich unsichtbar, und das ist gut so. Auch Luna und Miriam scheinen sich zu entspannen. Er merkt, dass ihre Schritte leichter werden. Je näher sie dem Haus kommen, je unausweichlicher die Konfrontation mit der Wahrheit wird – wenn sie diese überhaupt hinter dem taubenblauen Hoftor finden werden – desto ruhiger werden sie.

Die Anwesen liegen da im Dornröschenschlaf wie auch schon vor wenigen Tagen, unverändert. Oder scheinbar unverändert, denkt Karsten. Wer weiß, was sich hinter den Toren, Hecken und Friesenwällen, hinter den geklinkerten Mauern und Sprossenfenstern alles abspielt, ohne dass von außen irgendjemand Notiz davon nimmt. Wenn man untertauchen will, muss man nicht unbedingt in ein weit entferntes Land flüchten, auch Kampen kann reichen.

Sie erreichen das Ende des Wattweges, sehen von Weitem das taubenblaue Hoftor. Luna bleibt an der Kreuzung stehen, zur Sicherheit. Sie wird Alarm schlagen, wenn nötig. Miriam und Karsten biegen ab, wenige Schritte nur, dann erreichen sie den schmalen Durchgang zum Watt, dann den Weg unterhalb der Häuser, schließlich stehen sie vor dem Gartentürchen, fast von den Inselrosenbüschen zugewachsen, verschlossen, aber niedrig genug, um darüber zu steigen, sie vergewissern sich, ja, es ist das richtige Grundstück.

Dann stehen sie auf dem Rasen neben dem Putting Green mit dem roten Fähnchen, sehen zum Haus, zum Carport, zum Hoftor.

Sie wagen es zunächst nicht, sich zu bewegen, kaum zu atmen. Doch das ist albern, das Haus ist verlassen, und Carlos hat gesagt, es gäbe keine Kameras.

Schließlich fassen sie sich ein Herz und gehen über den Rasen zum Carport, in dem ein schwarzer Porsche Cayenne steht, natürlich steht ein Cayenne dort, nur welcher ist es? Bestätigt sich ihr Verdacht?

Schmutzig ist der Wagen, staubig, getrockneter Matsch klebt an den Seiten hinter den Rädern. Entweder hat Carlos schon länger nicht mehr seinen Job gemacht oder … Aber war der Wagen vor wenigen Tagen nicht noch sauber gewesen, wie geleckt?

Die Nummernschilder. Es sind die gleichen wie vor ein paar Tagen. ZH wie Zürich und sechs Ziffern, dazu das blau-weiße Wappen des Kantons Zürich. Nicht HB wie Bremen wie bei Matzes Cayenne.

Schwarze Privacy-Verglasung wie bei Matzes Cayenne.

Die silbernen Leichtmetallfelgen mit den fünf Doppelspeichen wie bei Matzes Cayenne.

Und der Schriftzug.

Cauenne.

Wie bei Matzes Cayenne.

Karsten weiß nicht, was genau sie sich eigentlich von der Rückkehr an diesen Ort versprochen haben. Die Sache mit dem Cayenne und den Nummernschildern zu klären, klar, aber was jetzt? Sie haben nicht darüber nachgedacht, was sich daraus ergeben würde. Unausgesprochen haben sie angenommen, dass alles klar sein würde, wenn nur die Frage mit dem Auto geklärt wäre.

Erst jetzt, als er mit Miriam neben dem Auto steht und aus Vermutung Gewissheit geworden ist, denkt er darüber nach. Will er wirklich noch mehr wissen? Würde er nicht viel lieber weniger wissen und einfach vergessen? Wäre es nicht besser, ohne die Erinnerungen an diese Nacht zu leben? Doch es ist zu spät, es führt kein Weg mehr zurück, und vielleicht, wahrscheinlich, mit ziemlicher Sicherheit sind sie nur wenige Schritte davon entfernt, das ganze Ausmaß zu begreifen. Ein Schauer läuft ihm über den ganzen Körper. Er nimmt Miriams Hand, die feucht und kalt ist. Er sieht Miriam an, Miriam sieht ihn an, sie nicken sich zu, und es ist Miriam, die schließlich mit ihrer latexbehandschuhten Hand die Fahrertür öffnet.

Während die Autotür aufschwingt, nimmt Karsten die Silhouetten hinter dem geschwärzten Seitenfenster des Fonds wahr. Hitze quillt ihnen aus dem Wageninneren entgegen und gleichzeitig ein ammoniakartiger, stechend-süßlicher Geruch, überwältigend, unverkennbar, widerlich.

Matze und Enrico sitzen auf dem Rücksitz. Sie haben die Köpfe zusammengesteckt wie zwei schwer Betrunkene. Sie sind nackt. Die Schwerkraft hat das Blut nach unten gezogen, die Unterschenkel sind verfärbt und dick, dunkle Netze ziehen sich über die Haut, die an manchen Stellen grünlich schillert. Aus einem Riss an Matzes Unterarm ist Blut auf den Sitz gelaufen und hat auf dem beigefarbenen Leder eine hässliche dunkle Lache gebildet.

Die Gesichter sind gelblich, fahl, leer. Bei Matze ist eine gallertige Flüssigkeit aus der rechten Augenhöhle ausgetreten und über die Wange gelaufen. Enricos Augen starren trübe schielend ins Nichts. Seine Haare sind mit getrocknetem Blut getränkt und kleben am Schädel, der deformiert ist, asymmetrisch.

Eine breite Blutspur hat sich ihren Weg über Schläfe und Gesicht am Mundwinkel vorbei bis zum Kinn gesucht, wo ein dicker Blutstropfen erstarrt ist.

Erst als Karstens Handy vibriert, fällt ihm Luna wieder ein, Luna, die sich irgendwo einen unauffälligen Beobachtungsposten am Wattweg gesucht hat, um anzurufen, wenn Gefahr droht. Hektisch wischt Karsten auf dem Display herum, bis er endlich Lunas Stimme hört. Sie ruft und flüstert gleichzeitig, und es ist laut genug, dass Miriam es auch hört. Nur ein Wort: Carlos.

95

»Er kommt zum Aufräumen«, flüstert Karsten. »Für die Drecksarbeit.«

»Oder er kommt zu Routinearbeiten, zum Rasenmähen oder so«, haucht Miriam.

Sie liegen flach auf dem Boden im Bärlauch tief in den Büschen jenseits des Gartentürchens, jenseits des Weges, hinter ihnen das Watt.

»So spät?«, wispert Karsten.

»Er weiß, dass er heute nicht das komplette Programm machen wird.«

»Wie kaltschnäuzig kann man nur sein!«

In diesem Moment hören sie einen überraschten Aufschrei. Wenig später hören sie das Hoftor, dann eine Autotür, die sich öffnet und mit Wucht wieder schließt, das krachende Knirschen eines misshandelten Getriebes und den aufheulenden Motor eines sich hastig entfernenden Autos.

Regungslos verharren sie im Bärlauch. Dann klingelt erneut Karstens Handy.

»Was ist los?« Luna klingt irritiert. »Was habt ihr mit Carlos gemacht? Er ist an mir vorbei und hat mich angestarrt, als wäre ich ein Geist.«

»Wir kommen«, sagt Karsten und rappelt sich hoch.

96

Keiner sucht uns. Keiner interessiert sich für uns. Keiner weiß, was wir gerade gesehen haben.

Wie ein Mantra in Endlosschleife wiederholt Karsten die Worte in seinem Kopf. Und es nimmt auch tatsächlich niemand Notiz von den drei Gestalten, warum auch, sie fallen nicht auf, die Schritte nicht schnell und nicht langsam, die Latexhandschuhe längst in einem Mülleimer entsorgt, auf dem ein grinsender Hund stolz seinen überdimensionalen Haufen betrachtet, und wenn jemand von ihnen etwas blass um die Nase sein sollte, kann das auch die Nachwirkung einer Fisch- oder Alkoholvergiftung sein.

Brav und unauffällig gehen sie bei Grün an der Fußgängerampel über die Hauptstraße zum Auto.

Sprachlos, fassungslos sitzen sie im Audi und fahren nach Westerland.

Kein einziges Auto steht in der Wartezone vor der Verladerampe des Autozugs. Der Audi schießt über den Asphalt, der Mann an der Rampe winkt sie nach oben, schließt hinter ihnen den Zug, ausgerechnet hinter einem schwarzen Cayenne kommt der Audi zum Stehen, schließlich ruckelt es zweimal und der Zug rollt los.

Es beginnt zu dämmern. Dieselgestank, der Motor des Cayennes vor ihnen läuft die gesamte Zugfahrt. Je dunkler es wird, desto aggressiver funkeln seine Rücklichter.

Luna räuspert sich. »Dann ist es wohl meine Pflicht, euch die Wahrheit zu sagen, nehme ich an. Ich weiß aber auch nicht alles. Und in einer Sache haben die anderen mich definitiv belogen.«

97

Hörnum/Sylt. Süderende
Währenddessen

Luna hielt sich den Hals. Karsten hatte sie hart am Kehlkopf erwischt. Sie schnappte nach Luft. Ein bisschen schwindelig war ihr, aber ob das an Karsten oder an den vielen Cocktails lag, wusste sie nicht.

Sie kroch über den Teppich, wollte eine freie Stelle an der Wand erreichen, wo sie sitzen und sich anlehnen konnte.

Irgendjemand gab ihr einen Klaps auf den nackten Hintern, sie drehte sich um, es war Matze, natürlich, war ja klar, er machte Anstalten, sich hinter sie zu knien, ihr seinen wie eine Waffe abstehenden Schwanz rein zu rammen, betrachtete ihre Haltung auf allen vieren anscheinend als Einladung. Schnell ließ sie sich zur Seite fallen, setzte sich auf ihren Hintern, versperrte ihm den beabsichtigten Weg.

Matze brüllte irgendetwas, das sie nicht verstand, riss sie an den Haaren, drückte ihren Kopf zu Boden. Es tat weh, Luna schrie. Matze gab ihr einen Schubs, sodass sie mit der Schläfe auf dem Teppich aufkam und ein Stück entlang rutschte, sie spürte kurz Hitze, wo die Teppichfasern ihre Haut ansengten.

Enrico war noch immer mit Miriam beschäftigt, sie war halb vom Sofa hinuntergerutscht, der Kopf in unnatürlichem Winkel abgeknickt, und in diesem Moment war Luna überzeugt, dass Miriam tot war, tot, tot, tot, fucking dead, dead by fucking, sie merkte, wie ihr Hirn zu überhitzen drohte, dem Kurzschluss nahe, schnell sah sie woanders hin.

Franziska stand etwas abseits, sie lachte, ihr Gesicht war verzerrt, eine Fratze, hysterisch, übergeschnappt, sie hielt mit beiden Händen ihre Brüste umfasst, fest, Luna tat es schon beim Hinsehen weh.

Unvermittelt gab Matze Franziska eine Ohrfeige, noch eine, eine rechts, eine links, packte sie am Nacken.

Karsten kam zurück von der Terrassentür, wohin er sich verzogen hatte. Er schwankte. Er schielte. Er bewegte sich unsicher, staksend wie ein Zombie, offensichtlich sternhagelvoll. Er hatte die Champagnerflasche in der Hand, mit der sie gerade noch Flaschendrehen gespielt hatten. Er trug sie wie eine Keule. Oh Gott, er will Matze umbringen, schoss es Luna durch den Kopf, sie wollte aufstehen, dazwischengehen, und konnte doch nicht, blieb wie gelähmt sitzen und sah zu, wie Karsten nicht zu Franziska und Matze, sondern zu Miriam und Enrico ging.

Einen endlos langen Moment stand er reglos da, schräg hinter Enrico, mit schief gelegtem Kopf, die Flasche fest umklammert, auf die nackten Körper starrend, auf den hektisch fickenden Enrico und auf die zwischen Sofa, Tisch und Boden eingeklemmte Miriam, Luna sah Enricos Schwanz in Miriam verschwinden und wieder auftauchen, kein Kondom, schoss es Luna durch den Kopf, nicht einmal das. Er rammelte wie wild, er will sie zerstören, dachte Luna, er will sie kaputt ficken.

Luna sah das Weiße in Miriams Augen zwischen den halb geschlossenen Lidern, Lipgloss, Mascara und Kajal waren auf dem ganzen Gesicht verschmiert, Speichel bildete in den Mundwinkeln Blasen, tropfte hinunter auf den Holzfußboden, spätestens jetzt müsste doch irgendwas passieren, irgendjemand einschreiten, sonst würde Miriam wirklich draufgehen, und genau, als Luna das gedacht hatte, hörte sie einen dumpfen Schlag, dann fiel Enrico um wie ein gefällter Baum, er plumpste auf den Boden und rührte sich nicht mehr, während Miriam nun vollständig auf den Boden glitt und in einer weniger besorgniserregenden Position liegen blieb.

Es wurde still. Die CD war zu Ende, aber wohl schon länger, was Luna erst jetzt auffiel, da alle innehielten, nicht schrien, grunzten, stöhnten, johlten und keine Körper mehr klatschend aufeinander prallten.

Karsten stand nahezu unverändert da, breitbeinig, leicht schwankend, mit seiner Hand noch immer den Flaschenhals umklammernd, doch der Rest der Flasche war verschwunden oder vielmehr in Scherben auf dem Fußboden verteilt. Aus Enricos Kopf tropfte Blut, es sickerte dort in den Nepalteppich, wo er mit dem Kopf gelandet war, und bildete einen schnell größer werdenden, leuchtend roten Fleck, und das war für eine gefühlte Ewigkeit das Einzige, das sich bewegte, das Einzige, was dem Eindruck der angehaltenen Zeit, der stehen gebliebenen Welt widersprach.

Dann setzte sich Matze ruckartig in Bewegung, er stürzte sich auf Karsten, die beiden gingen zu Boden, Matze presste mit dem Unterarm Karstens Hals zu Boden, Karsten fing an, am ganzen Körper zu zittern und um sich zu schlagen, und dann waren plötzlich Lorenz da und Angelina und Franziska, und zu dritt zogen und zerrten sie an Matze herum, bis sie ihn schließlich von Karsten runter und auf den Boden zwingen konnten, nun saß Lorenz auf Matzes Brust und drückte mit seinem Arm Matzes Hals zu Boden, während Angelina und Franziska versuchten, Matzes um sich schlagende Arme und Beine zu bändigen, was ihnen schwerfiel, es dauerte ewig.

Lorenz bellte Anweisungen und drückte und drückte, eine unglaubliche Kraft schien in den hageren Körper gefahren zu sein, bis Matzes Widerstand schwächer wurde und Arme und Beine sich nicht mehr bewegten, erst dann lockerte Lorenz langsam und vorsichtig seinen Griff, Matze blieb reglos liegen, doch direkt daneben bewegte sich noch immer Karsten, ruckartig, hektisch, wie zu einem unhörbaren, chaotischen Takt, er hatte Schaum vor dem Mund, es tropfte auf den Teppich, ein zweiter roter Fleck bildete sich, blasser und kleiner als der um Enricos Kopf.

Luna merkte, wie sie schrie. Hatte sie gerade erst angefangen oder schrie sie schon die ganze Zeit, sie konnte es nicht sagen, Lorenz schrie nun auch, und zwar direkt in ihr Gesicht, dann packte er Angelina am Arm und schob sie zu Luna, und Angelina nahm Luna und führte sie weg, nach oben, und das Nächste, an das sich Luna erinnern konnte, war, dass sie in einem Bett lag und Angelina neben ihr saß, ihr die Hand hielt, Angelinas Hand ganz feucht und heiß, und ihr das unangenehm war, und Angelina nur immer wieder sagte, alles okay, alles okay, alles okay, Luna aber überhaupt nichts okay fand.

Sie machte sich los und stand auf, schaffte es gerade noch so ins Badezimmer und kotzte einen riesigen Schwall cremiger Flüssigkeit in die Toilettenschüssel. Sie sehnte sich danach, alleine zu sein, fast noch mehr, als dass der Brechreiz endlich nachließ, doch beide Hoffnungen wurden enttäuscht, Angelina kam durch die Badezimmertür, fasste ihre Haare und hielt sie ihr aus dem Gesicht, während sich ihr Magen immer wieder verkrampfte und versuchte zu entleeren, auch wenn schon längst alles draußen war. Endlich, nach endlos langen Minuten, hörte das Krampfen auf, und als sie wieder ein paar Worte herausbringen konnte, sagte sie: »Lass … mich … in … Ruhe.«

Angelina ignorierte sie, strich ihr mit meditativer Ruhe

über den Rücken, hatte aber zumindest mit dem »alles okay« aufgehört, war jetzt still, strich aber immer weiter mit der Hand auf Lunas Wirbelsäule auf und ab, auf und ab, auf und ab, und plötzlich war von draußen das Starten eines voluminösen Motors zu hören, das musste der Cayenne sein, dachte Luna, und sie hörte Angelina sagen: »Sie fahren noch nach Kampen, Matze und Enrico«, und Luna fragte sich, wie die beiden, vor allem Enrico, das auf die Reihe bekommen wollten, aber Tatsache war, dass das Motorengeräusch sich entfernte und verschwand und danach wieder alles still war.

Nur der Regen prasselte auf das Reetdach, was ein angenehmes Rauschen verursachte, weißes Rauschen, dachte Luna, das lässt alles andere verschwinden, und diesen Gedankensplitter fand sie angenehm und tröstlich und sie merkte, dass sie müde, unfassbar müde war, und dann musste sie auch eingeschlafen sein, denn das Nächste, woran sie sich erinnerte, war, dass sie wieder im Bett lag, es hell und sie allein im Zimmer war, Angelina nicht mehr da, und von unten hörte sie Klappern, einen Staubsauger, ein Radio, Stimmen.

Luna blieb liegen, reglos, schloss wieder die Augen, hörte den entfernten Geräuschen zu. Sie musste unbedingt eine E-Mail wegen des Hip-Hop-Tanzkurses in der Schule schreiben, ging ihr zusammenhanglos durch den Kopf, sonst wäre der Kurs bestimmt voll, und sie müsste stattdessen Badminton oder Geräteturnen nehmen, und wer wollte das schon.

Irgendwann wurde ganz leise die Tür geöffnet. Jemand atmete, kaum hörbar, aber doch unüberhörbar, und nach einer Weile gegenseitigen Anschweigens hörte Luna Angelinas Stimme, die ihren Namen sagte, erst flüsternd, dann lauter, und schließlich öffnete Luna die Augen und drehte Angelina den Kopf zu.

»Gut geschlafen?«, fragte Angelina, und Luna nickte.

»Wir wollen demnächst fahren«, sprach Angelina weiter. »Wir haben unten schon aufgeräumt und geputzt, müssen noch oben alles sauber machen, deshalb wäre es gut, wenn du jetzt aufstehen würdest, und wenn du noch ins Bad willst, dann gleich!«

Luna nickte noch mal. »Wo wollen wir hin?«

»Nach Hause. Keiner hat Lust, länger hierzubleiben.«

»Sind alle da?«

»Nee.« Angelina seufzte. »Karsten und Miriam haben wir ins Krankenhaus gebracht. Und Matze und Enrico sind weiß der Henker wo. Sind noch nicht wieder aufgetaucht.«

»Also sind wir …«

»Franzi, Lorenz, du und ich.«

»Aber wir können doch nicht einfach verschwinden.«

»Warum nicht? Wir stellen Karsten und Miriam den Audi an die Klinik, dann können sie selbst zurückfahren, wenn sie fit genug sind. Und wir nehmen den Cayenne.« Sie grinste.

Luna runzelte die Stirn. Den Cayenne? Wie? Was? Das Motorengeräusch in der Nacht. Hatte sie sich das eingebildet? War es doch der Audi gewesen? Oder ein drittes Auto? Ein Taxi? Woher sollte das so schnell gekommen sein, mitten in der Nacht im hintersten Winkel Sylts? Aber ein Taxi würde zumindest erklären, wie Matze und Enrico es überhaupt die Auffahrt hinuntergeschafft hatten. Wird schon alles okay sein, dachte sie, alles okay, alles okay, alles okay.

Luna stand auf, ging ins Bad, packte ihre Sachen, was keine zwei Minuten dauerte, Franziska schob den Staubsauger durch die Zimmer, die Betten waren bereits abgezogen, Waschmaschine und Trockner liefen.

Als Luna nach unten kam, blitzte und strahlte das Wohnzimmer wie neu.

»Wo ist der Teppich hin?«

»Weg. Der war nicht mehr zu retten«, sagte Lorenz. »Lasst uns abhauen. Einer muss noch zu Karsten und Miriam und ihren Kram vorbeibringen. Wäre gut, wenn du das machen könntest, Sunny.«

Luna zuckte zusammen, als sie ihren Decknamen hörte, doch sie nickte. Dann fuhren sie.

Im Cayenne hatte sie das Gefühl, dass etwas nicht stimmte, doch sie konnte nicht sagen, was. Es war alles genau so wie bei ihrer Hinfahrt, und doch konnte sie das Gefühl nicht abstellen. Dass *nicht* alles okay war.

98

Unterwegs
Danach

»Nehmen wir mal an, es stimmt, was sie dir erzählt haben«, beginnt Miriam und dreht sich zu Luna auf dem Rücksitz. »Wenn also wirklich Matze und Enrico noch nach Kampen gefahren sind in dieser Nacht, was meint ihr, was ihnen dort passiert ist?«

»Sie haben Carlos im *Roten Kliff* getroffen wie geplant, um was Geschäftliches zu regeln«, sagt Karsten. »Wahrscheinlich hat es mit den Drogen zu tun, die Matze von Carlos gekauft hat. Carlos hat doch gesagt, dass Matze Schulden bei ihm hat. Sie sind rausgegangen aus dem Club und haben sich zum Verhandeln in den Cayenne gesetzt. Carlos wollte Geld, Matze wollte oder konnte nicht zahlen, es gab Streit, die Situation eskalierte, und am Ende waren Matze und Enrico tot. Carlos parkt den Cayenne mit den Leichen auf dem Grundstück in Kampen, von dem er weiß, dass nur er selbst es in den nächsten Monaten betreten wird, tauscht die Nummernschilder aus und fährt den Kampener Cayenne mit Matzes Nummernschildern in die Nähe des Bremer Hauptbahnhofs, um eine falsche Fährte zu legen, denn man kann ja annehmen, dass früher oder später nach Matze, Enrico und dem Auto gesucht werden wird. Bis dahin ist Carlos längst untergetaucht.«

Luna schüttelt heftig den Kopf. »Das hört sich eher nach einem schlechten Film an.«

»Ich glaube auch nicht, dass es so abgelaufen ist«, stimmt Miriam zu. »Irgendjemand hat das alles arrangiert, damit es genauso aussieht, wie du es eben erzählt hast. Irgendjemand will Carlos die Schuld in die Schuhe schieben.«

»Was ist denn nicht plausibel an der Version?«

»Aufschreien, wegrennen, mit quietschenden Reifen davonfahren«, sagt Miriam. »Ich meine, wenn Carlos selbst die Leichen dort geparkt hat, warum war er dann vorhin so überrascht? Und außerdem: Warum sollte er denn bis Bremen fahren, wenn er doch sowieso Hamburg durchqueren muss und man von dort viel leichter wegkommt? Aber wer sollte dieser Irgendjemand sein?«

»Darf ich auch mal was sagen?«, meldet sich Lunas Stimme leise und schwach vom Rücksitz. »Das ist doch alles Bullshit. Lasst uns mal ehrlich sein. Es hilft nichts, die Augen vor der Wahrheit zu verschließen. Wir wissen doch ganz genau, wer *Irgendjemand* ist.«

Mehr muss Luna nicht sagen. Karsten und Miriam wissen, was sie meint. Das Schweigen breitet sich wie ein unsichtbares Gas im Auto aus und raubt ihnen die Luft zum Atmen.

99

Einige Kilometer hinter Niebüll hält Karsten an einer Tankstelle. Während er den Audi betankt, holt Miriam den Toilettenschlüssel von der Kassiererin und verschwindet in der Dunkelheit neben dem Shop. Sie sieht schlecht aus, denkt Karsten, das bläuliche Neonlicht der Tankstelle lässt ihr Gesicht fahl und leblos erscheinen. Luna steht abseits, raucht. Ihre Haare hängen strähnig ins Gesicht, das übermüdet aussieht, verlebt. Und er selbst, denkt Karsten, wird kein Stück besser aussehen, er fühlt sich benommen, voll bleierner Müdigkeit, und gleichzeitig rast sein Herz, das Blut rauscht laut in seinen Ohren.

Er bezahlt das Benzin, nimmt einige Dosen *Red Bull* mit, dann setzt er sich in den Audi und wartet.

Ein Kastenwagen fährt am Audi vorbei und hält an der Zapfsäule davor. Die Schrift vom Heck ist entfernt worden, offenbar in Eile, denn einige rote Fetzen kleben noch auf dem weißen Lack. Ein Mann steigt aus, öffnet den Tankdeckel, hängt die Zapfpistole mit dem schwarzen Schlauch daran in die Tanköffnung, arretiert den Schnapper. Die Hände in den Hosentaschen vergraben, tritt er von einem Bein aufs andere, in Gedanken versunken schaut er ziellos herum.

Karstens Herz rast. Er starrt wie paralysiert durch die Windschutzscheibe, als ihm der Mann langsam das Gesicht zuwendet.

Als Karsten erkennt, dass der Mann nicht Carlos ist, muss er unwillkürlich lachen, er lacht und lacht und kann gar nicht mehr aufhören, obwohl er nicht weiß, warum er überhaupt lacht, und dann klingelt plötzlich Miriams Handy, das sie in den Becherhalter der Mittelkonsole gesteckt hat.

Karsten kann nicht anders, er muss nachsehen. »Mama« steht auf dem Display. Karsten überlegt, sieht in den Rückspiegel, von Miriam keine Spur, er zögert, dann geht er ran.

100

»Was ist passiert?«, ruft Miriam erschrocken.

Karsten sitzt leichenblass auf dem Fahrersitz, hält ihr Handy in der Hand wie einen ekelerregenden Gegenstand.

»Karsten, sag doch was! Was ist los?«

»Lorenz«, krächzt Karsten.

»Was ist mit ihm?«

»Er ist …«

»Ist ihm was passiert?«, kreischt Miriam. Ihre Stimme überschlägt sich voller Panik.

»Er ist …«

»Tot?«

Karsten dreht langsam den Kopf und sieht sie mit leeren Augen an.

»Nein«, sagt er leise. »Aber fast. Er ist von einer Brücke gesprungen. Er liegt im Koma. Sie wissen nicht, ob er es schafft.«

101

Indien. Am Arabischen Meer
Acht Monate danach

Nachmittags vertreibt die Hitze die Menschen vom Strand. Wenn die Sonne weit genug über die felsige Landzunge hinaus aufs Meer gewandert ist, verwandelt sich die Bucht in eine heiße, menschenfeindliche Wüste. Fast alle verschwinden für eine Weile in schattige Schlupfwinkel, sogar die aufdringlichen Verkäufer mit ihren Bauchläden und ihrem singenden Kauderwelsch.

Es ist die heißeste Zeit des Jahres. Die Gespräche drehen sich nur noch um die Hitze, die Dürre, den auf sich warten lassenden Monsun.

Der Monsun ist spät dran in diesem Jahr, sagen die, die schon einige Monsune mitgemacht haben und eigentlich gar keine Reisenden mehr sind, sondern Hängengebliebene.

Während der heißesten Stunden des Tages gehe ich in das kleine Internetcafé von Ramesh und schreibe.

Ich tippe in die Tastatur, wie sich alles zugetragen hat und wie es mich hierhergeführt hat, an diesen unwahrscheinlichen Ort, zu dem der alte Karsten Straußberger keinerlei Bezug hatte.

Doch ich, *ich* habe Bezug zu diesem Ort. Ich bin an diesem Ort erst *ich* geworden, so kommt es mir zumindest vor. Ich bin nicht Karsten Straußberger. Nicht mehr.

Ich brauche das Schreiben. Schreiben ist meine Psychotherapie. Meine Methode, die ganze Geschichte auf die Reihe zu bekommen. Ich bin fast fertig mit meinem Roman. Nur noch das Ende. Ich weiß noch nicht, an welchem Punkt der Geschichte ich aufhören soll zu erzählen. Denn anders als in fiktiven Geschichten geht es im wirklichen Leben ja immer weiter.

Ich betrachte den blinkenden Cursor unter dem letzten Satz. *... liegt im Koma. Sie wissen nicht, ob er es schafft.*

Ein Epilog wäre nicht schlecht, denn wer die letzten 290 Seiten gelesen hat, hat mit Sicherheit noch einige Fragen. Aber Fragen habe auch ich nach wie vor.

Die Zeit nach Sylt war eine Qual. Der Horror im Kopf, das Warten, die Unsicherheit.

Vor Carlos hatten wir keine Angst. Er würde mit Sicherheit nicht zur Polizei rennen und uns anzeigen, nicht mit seinen Drogengeschichten, nicht mit dem Umstand, dass die Leichen sich auf dem Grundstück befanden, für das er verantwortlich war. Am wahrscheinlichsten würde er nach Mexiko abhauen, so wie er es schon lange wollte.

Seit acht Monaten sehe ich jeden Tag die Internetseiten der Zeitungen durch: *Weserkurier*, *Sylter Rundschau*, *Bild*, *Hamburger Morgenpost*. Jeden Tag habe ich Herzklopfen, weil ich mir absolut sicher bin, dass es nur eine Frage der Zeit ist, bis eine Meldung über zwei in Kampen aufgefundene Leichen erscheint und nur wenig später ein Fahndungsaufruf mit unseren Namen und Fotos.

Doch nichts. Jeden Tag wieder: nichts. Noch nicht einmal eine Vermisstenmeldung. Doch irgendwann in den letzten acht Monaten müssen Matze und Enrico doch vermisst worden sein. Vielleicht hat Matzes Vater aber auch alles dafür getan, damit das Verschwinden seines Sohnes nicht in der Öffentlichkeit breitgetreten wird. Vielleicht hat er einen Privatdetektiv angeheuert. Vielleicht hat dieser sogar herausgefunden, dass Matze und Enrico ein Blind Date mit zwei Mädchen über ein nicht gerade seriöses Datingportal hatten. Würde sich Polizeiobermeister Petersen auf Nachfrage an meinen Anruf erinnern, daran, dass jemand aus Sorge um Matthias und Enrico bei der Polizei in Westerland angerufen hat? Würde es herauszufinden sein, dass wir mit Matze und Enrico Kontakt hatten? Augenzeugen, die sich an uns in Begleitung der beiden erinnern können? Wo waren wir überhaupt gemeinsam in der Öffentlichkeit? Im Grunde nirgendwo. Wird der Taxifahrer aufzutreiben sein, der das Essen von der *Sansibar* gebracht hat, und wenn ja, wird dieser sich an uns erinnern können? Was ist mit den Handys, bevor sie abgeschaltet worden sind? Ich weiß es nicht. Ich kenne mich nicht aus, wie das alles funktioniert. Aber wegen all dieser Unsicherheiten ist es gut, dass wir in Indien sind. Wer in Indien nicht gefunden werden will, der wird auch nicht gefunden.

Aber andererseits bin ich inzwischen fast ein wenig enttäuscht. Jetzt sind wir extra nach Indien geflüchtet und bei Lunas Vater untergeschlüpft. Sollte das gar nicht nötig gewesen sein? Aber die Leichen können sich doch nicht einfach in Luft aufgelöst haben!

Zuletzt überprüfe ich unseren E-Mail-Account, den wir uns eingerichtet haben. Meistens ist keine neue Mail im Postfach. Kein Wunder. Die Adresse mit der unverfänglichen Kombination aus häufigem Vornamen und willkürlicher Zahlenfolge kennen nur sehr wenige Menschen. Doch heute ist eine neue Nachricht im Postfach.

Mein Herz schlägt schneller vor Aufregung. Noch während ich die lange Mail lese, formt sich wie von selbst in meinem Kopf das letzte Kapitel des Romans. Der Epilog.

Doch der muss erst einmal warten. Ich lösche sorgfältig Verlauf und Cookies. Ziehe den USB-Stick ab. Ramesh streicht auf dem kleinen Pappkärtchen eine Stunde ab, länger habe ich heute nicht gebraucht. Dann stehe ich auf der Straße. Mir ist heiß, heißer als je zuvor.

»Transport, Transport!«, ruft mir ein ausgemergelter Mann auf einer Fahrradrikscha zu und winkt. Ich nicke und gebe ihm ein Zeichen mit der Hand. Ich nenne ihm den Namen des Fünf-Sterne-Hotels, das einige Kilometer entfernt die Küste hinauf in einer eigenen geschützten Bucht liegt. Er sieht mich einen Moment lang zweifelnd an, mustert meine zerrissenen Shorts und das ausgeblichene, fadenscheinig gewordene Kurzarmhemd, dann fährt er los. Sich über westliche Touristen zu wundern, haben sich die Leute hier abgewöhnt.

Durch die Gluthitze des Nachmittags holpern wir nach Norden, weg von den Hütten des Camps, das südlich des Dorfes liegt.

Ich werde dem Rikschafahrer zunächst nur die Hälfte bezahlen und ihn bitten zu warten, denke ich, während wir auf der schmalen, leicht abschüssigen Straße durch die karge, sonnenverbrannte Landschaft rollen. Er soll mich wieder mit zurück in den Ort nehmen. Das, was ich zu erledigen habe, wird nicht lange dauern. Wenn er ohne mich zurückführe, müsste ich ein überteuertes Executive Taxi des Hotels nehmen. Sie haben zwei schwarze Porsche Cayenne, die man manchmal, wie aus Raum und Zeit gefallen, auf den staubigen, unbefestigten Pisten durch die ärmliche Gegend holpern sieht. Ich bekomme noch immer Beklemmungen, wenn ich eines dieser Autos sehe.

Ich hoffe, dass der Rikschafahrer wirklich wartet. Und ich hoffe, dass ich im Hotel auch finde, was ich suche.

102

Auf der Rückfahrt muss sich der Fahrer mehr anstrengen als auf der Hinfahrt. Er ächzt und stöhnt mit der klapprigen Rikscha um die Wette, als er die Straße zum Dorf hinaufstrampelt.

Es ist noch immer heiß wie in einem Backofen. Oder besser: wie in einer Dampfsauna, denn obwohl der Boden verdorrt ist und der Monsun auf sich warten lässt, ist die Luftfeuchtigkeit hoch.

Ich halte die Flasche aufrecht auf meinem Schoß. Wie in einem amerikanischen Film ist sie in eine braune Papiertüte verpackt. Nicht klug, eine Flasche offen herumzutragen, die mehr kostet, als ein Rikschafahrer im Monat verdient. Es ist auch eine Ausnahme. Normalerweise habe ich keine Verwendung mehr für derartigen Luxus.

Der Barkeeper hat mich zuerst nicht bedienen wollen. Ich musste ihn dreimal rufen und mit einer westlichen Banknote wedeln, bis er sich mit herablassendem Blick zu mir bequemte. Nachdem ich gesagt hatte, was ich gerne kaufen wollte, »to take away, don't open«, verschwand er eine Weile hinter einer Tür, auf der »Staff only« stand. Schließlich kam er mit einer Kiste zurück.

»All?«, fragte er.

Ich schüttelte den Kopf. »Just one«, sagte ich. »In a bag, please.«

Ich bin tief in Gedanken, während die Landschaft langsam an mir vorbeizieht.

Lorenz hat es nicht geschafft. Nach zwei Monaten im Koma haben sich die Ärzte und Lorenz' Eltern entschlossen, die lebenserhaltenden Geräte abzuschalten, da keinerlei Hoffnung mehr bestand. Sein Gehirn hat in der Zeit, in der sein Herz nach dem Sprung von der Brücke stillgestanden ist, irreparablen Schaden genommen. Lorenz' Eltern willigten in die Organentnahme ein. Somit hat Lorenz einigen Menschen neues Leben geschenkt. So, wie ich Lorenz kannte, hätte er das gut gefunden.

Man sagt, dass ein Mensch, der Suizid begeht, nicht sterben will, aber keine Möglichkeit sieht weiterzuleben. Dieser Satz hat womöglich noch nie so uneingeschränkt gestimmt wie bei Lorenz.

Wenn ich mir das vorstelle: Lorenz schleppt die toten Körper von Matze und Enrico nach draußen. Wuchtet den blutüberströmten Enrico und Matze auf den Rücksitz. Fährt mit zwei Leichen auf dem Rücksitz den ganzen langen Weg von Hörnum mitten durch Westerland bis nach Kampen. Dringt auf das fremde Grundstück ein, tauscht die Nummernschilder aus, fährt mit dem anderen Cayenne zurück nach Hörnum, immer mit der Gefahr, erwischt zu werden. Ich bin mir nicht sicher, wie ich das an seiner Stelle verkraftet hätte. Ich finde es mehr als schlimm genug, dass ich alles hinterher nach und nach erfahren habe.

Das war auch der Grund, dass ich mich nach den Semesterferien nicht aufraffen konnte, wieder zur Uni zu gehen, als wäre nichts geschehen. Ich bin noch nie der motivierteste Student gewesen, aber nach den Ereignissen auf Sylt wirkte alles so unendlich banal – die Uni, das Studium, die Menschen, die hin und her hetzten und ihr kleines Leben und ihre ach so großen Ziele wahnsinnig wichtig nahmen.

Ich hing die meiste Zeit im Garten auf dem Stadtwerder herum. Manchmal kam Miriam vorbei. Sie hatte an der Uni Heidelberg ein Urlaubssemester eingereicht, offiziell, um Lorenz nahe sein zu können, aber sie blieb auch noch nach seinem Tod in Bremen und hat Franziskas WG-Zimmer übernommen.

Franziska hat Bremen mit wehenden Fahnen verlassen. Nein, »mit wehenden Fahnen« trifft es nicht. Sie ist vielmehr heimlich, still und leise verschwunden. Von Miriam weiß ich, dass sie weiter Jura studiert, aber am anderen Ende von Deutschland, in Freiburg. Anscheinend hat sich ihre Sicht auf Silvio grundlegend geändert, jedenfalls wohnt sie mit ihm zusammen in einer Altbauwohnung in der Wiehre. Laut Miriam will sie nicht mehr Staatsanwältin werden, sondern Strafverteidigerin. Ich stelle mir Franziska vor, wie sie für ihre Mandanten kämpft, ob sie es nun verdient haben oder nicht. Ihre Spezialität werden schwere Kapitalverbrechen sein. Sie wird den Ruf haben, selbst den übelsten Gewalttäter als Opfer der Umstände darstellen zu können.

Bei mir hat sich Franziska nie mehr gemeldet. Ist vielleicht auch besser so.

Miriam und ich redeten viel in diesen Monaten. Über fast alles, was uns durch den Kopf ging. Nur über Sylt schwiegen wir.

Dann meldete sich Luna bei mir. Anscheinend hatte sie irgendwann ihre Mutter genug genervt, jedenfalls bekam sie ihren Pass und alle notwendige Unterschriften, um ihren Vater in Indien besuchen zu können. »Kommt doch mit«, hatte sie gesagt, und uns fiel kein vernünftiges Argument dagegen ein. Nur eines musste ich noch zuvor erledigen.

103

Berlin
Danach

Das Büro liegt im zweiten Stock eines gesichtslosen Neubaus unweit des Reichstagsgebäudes. Ich bin noch nie zuvor hier gewesen. Ich kenne keine Privatadresse, nur die Adresse des Büros, und mir wird das erste Mal bewusst, wie bezeichnend das ist.

Die Sekretärin heißt Müller und ist eine dralle Blondine Mitte 40, die sich vergeblich Mühe gibt, wie Mitte 30 zu wirken und nicht so gewöhnlich auszusehen, wie ihr Name suggeriert. Sie will mich abwimmeln. Momentan gehe es ohnehin nicht, und ob ich nicht besser auf privatem Weg einen Termin mit meinem Vater vereinbaren könnte. Und sollte. Als ich ihr deutlich mache, dass ich weder eine private Telefonnummer noch eine Wohnadresse meines Vaters kenne, sieht sie mich mit einer merkwürdigen Mischung aus Ungläubigkeit und Mitleid an. Schließlich deutet sie auf drei schwere schwarze Ledersessel in einer schattigen Nische, die den Wartebereich darstellt.

Ich warte eineinhalb Stunden. Dann geht plötzlich eine Tür auf, drei Männer in dunklen Anzügen kommen heraus und tauschen einige Abschiedsfloskeln aus. Zwei Männer gehen an mir vorbei und verlassen das Büro. Ein Mann kehrt zurück in das Zimmer, aus dem die Männer gekommen sind, und lässt die Tür offen. Frau Müller huscht ihm hinterher, schneller, als ihre Figur vermuten lässt, und schließt die Tür hinter sich. Eine Minute später kommt sie wieder heraus und bittet mich hinein.

Mein Vater ist alt geworden. Das ehemals blonde Haar ist auf unschöne Art ergraut. Und nicht nur die Farbe ist gewichen, sondern mit ihr auch jeder Glanz. Er hat mindestens zehn Kilo abgenommen, was ihm nicht steht, weil er vorher nicht dick, sondern athletisch gewesen ist. Nun wirkt er ausgemergelt, abgearbeitet, geschwächt. Er versucht sich an einem herzlichen Lächeln, was ihm gründlich misslingt. Es wirkt eher wie das Zähnefletschen eines in die Enge getriebenen Raubtiers.

»Karsten«, stellt er fest. »Schön, dass du mich mal besuchst. Nimm Platz.« Er weist mit einer knappen Handbewegung auf die Besucherstühle vor seinem mächtigen, mit Akten und losen Papieren überfrachteten Schreibtisch. »Was verschafft mir die Ehre?«

Ich weiß nicht, wie ich anfangen soll. Zwischen Hannover und Berlin, im ICE, allein in einem Abteil, hab ich noch genau gewusst, was ich meinen Vater fragen, ihm sagen will. Nachdem ich am Berliner Hauptbahnhof in einen überfüllten Bus umgestiegen bin, war ich mir schon nicht mehr so sicher. Während der Wartezeit konnte ich mich plötzlich kaum mehr erinnern, warum ich eigentlich hergekommen bin.

»Brauchst du Geld?«, hakt mein Vater nach, als ich nichts sage.

Ich schüttle den Kopf.

»Was ist es dann?« Mein Vater versucht, unauffällig einen Blick auf seine Armbanduhr zu werfen.

»Ich wollte mit dir über Mama sprechen«, sage ich schließlich leise. »Aber jetzt weiß ich nicht mehr, ob das eine gute Idee ist.«

Das ohnehin schon freudlose Lächeln im Gesicht meines Vaters erstirbt.

»Was gibt es darüber noch zu reden?« Seine Stimme ist abweisend, eisig.

»Es ist einfach so …« Meine Stimme stockt. »In letzter Zeit sind ein paar Erinnerungen wieder hochgekommen. Ich hab lange gar nicht mehr dran gedacht. Es war total verschwunden aus meinem Kopf. Aber jetzt …«

»Was ist dir hochgekommen?«

»Du hast mir damals die Schuld gegeben, dass Mama sich umgebracht hat. Warum?«

Mein Vater springt auf und stürmt zur Tür. »Frau Müller, sagen Sie dem Herrn Minister, dass ich mich um eine halbe Stunde verspäten werde.« Er will die Tür schon wieder schließen, da fällt ihm noch etwas ein. »Und bringen Sie uns zwei Kaffee.«

Als er sich wieder gesetzt hat, fällt es ihm schwer, mich anzusehen. Sein Blick irrlichtert im Raum herum, unfähig, länger als eine halbe Sekunde auf einem Punkt zu ruhen.

»Deine Mutter war schwer krank«, sagt mein Vater nach einer gefühlten Ewigkeit. »Niemand hatte Schuld, dass sie das getan hat. Nicht einmal sie selbst.«

»Aber du hast gesagt, dass ich schuld wäre«, flüstere ich. »Dass ich sie enttäuscht hätte, weil ich mich in der Schule nicht mehr angestrengt habe. Weil ich immer seltener zu Hause war. Weil ich nicht mehr Zeit mit ihr verbracht habe, sondern ständig bei Freunden war, bei Julia und … sonst wo.«

»Ach Quatsch«, sagt mein Vater unwirsch. »Deshalb bringt sich doch niemand um.«

»Warum hast du mir dann gesagt, dass sie sich meinetwegen das Leben genommen hat?« Meine Stimme wird hoch und zittrig. Ärgerlich versuche ich, die Tränen wegzuzwinkern.

»Ich war doch selbst völlig überfordert mit der ganzen Situation.« Mein Vater ist aufgestanden, hat mir den Rücken zugekehrt, sieht durch die bodentiefen Fenster hinaus. Man hört den vorbeibrandenden Verkehr zwei Stockwerke tiefer.

»Ich hatte damals eine Affäre mit einer anderen Frau«, fährt mein Vater leise fort, ohne seinen Blick wieder ins Zimmer zurückzuholen.

Ich sehe ihn an wie vom Donner gerührt.

»Sie wusste es. Ich könnte mir also genauso Vorwürfe machen. Aber sie sagte, es mache ihr nichts aus. Oder nein, sie sagte: ›Es ist mir egal.‹ Es wäre ihr sogar recht, weil sie mich sowieso nicht mehr ertragen könnte. Ich solle nur meine Midlife-Crisis ausleben und kleine Praktikantinnen vögeln, solange ich überhaupt noch könnte.«

Das Schweigen im Zimmer ist ohrenbetäubend. Unten auf der Straße hält der Linienbus direkt vor dem Haus, die Türen öffnen und schließen mit dem dazugehörenden Ächzen, Schmatzen und Fauchen. Der Dieselmotor brüllt dröhnend auf und entfernt sich.

»Deine Mutter war mit allem unzufrieden. Immer hatte sie etwas zu meckern. Ich konnte ihr nichts recht machen. Wenn ich 16 Stunden pro Tag gearbeitet habe, hat sie gemeckert, dass ich mich zu wenig um die Familie kümmere. Wenn ich mich früher aus der Kanzlei losgeeist habe, hat sie gemeint, dass wir noch verarmen würden. Sie hat mich beschimpft, dass ich ohne ihren Vater ein Niemand wäre, das Erbe ihrer Eltern nicht verdient hätte und ihr Vater sich im Grab umdrehen würde, wenn er das wüsste, und so weiter und so fort.«

»Mit wem hattest du eine Affäre?«, hake ich nach. Meine

Gedanken sind bei diesem Punkt hängengeblieben. Zu schockierend ist diese Neuigkeit für mich. Mein Vater, der Saubermann, hatte eine Affäre!

»Das ist doch jetzt völlig unwichtig«, zischt mein Vater ungehalten. »Ich kann mich selbst kaum an ihren Namen erinnern.«

»Aber damit hast du Mama in den Tod getrieben!«, rufe ich.

»Nein!«, brüllt mein Vater. Erschrocken weicht Frau Müller zurück, die gerade durch die Tür kommt, in den Händen ein Tablett mit zwei Tassen Kaffee und einem kleinen Teller mit Gebäck.

»Das hat nichts damit zu tun!«, erwidert er etwas gedämpfter, nachdem die Tür wieder geschlossen ist. »Deine Mutter war krank, eine kranke Frau, niemand hat Schuld, niemand.«

»Warum bist du abgehauen?«

Mein Vater schweigt und starrt wieder durch das Fenster hinaus.

»Warum hast du dich nicht um mich gekümmert? Warum hast du mich mir selbst überlassen?«

»Komm, komm, komm!«, ruft mein Vater. »Jetzt mach mal halblang! Du warst fast 18 und hast dich einen Dreck um die Familie geschert. Ich hab dich fürstlich versorgt. Du hattest immer mehr Geld, als du ausgeben konntest. Du konntest im Haus weiter wohnen. Du musstest nichts, absolut nichts dafür machen! Ich bin nach Berlin gegangen, weil ich die einmalige Chance hatte, nach dem Tod von Doktor Wallner sein Bundestagsmandat zu übernehmen. Das war schon lange mein Traum, das weißt du ganz genau. Dass du mir das jetzt vorwirfst, finde ich ganz schön mies von dir!«

»Aber warum bist du nicht bei mir geblieben? Ich bin

dein Sohn! Ich hab dich gebraucht! Warum hast du mich verlassen?«

»Kannst du dir das nicht vorstellen?«, fragt mein Vater leise. Seine Stimme droht zu kippen. Auch er hat jetzt Tränen in den Augen.

Ich hebe ratlos die Schultern, suche nach den richtigen Worten. »Weil ich dir an die Gurgel gegangen bin?«

Mein Vater sieht mich irritiert an. »Was? Wieso an die Gurgel gegangen? Du bist mir nie an die Gurgel gegangen.« Er schnaubt. »Das wäre ja noch schöner!«

»Ich bin dir doch an die Gurgel gegangen, damals im Badezimmer.«

»Quatsch!«, sagt mein Vater kopfschüttelnd. »Wie kommst du nur auf so eine Idee? Du warst fix und fertig mit den Nerven, hast nur geheult, bist fast zusammengebrochen.«

»Aber … ich kann mich ganz deutlich daran erinnern«, stammle ich. »Du hast mir immer wieder gesagt, dass ich Schuld hätte, so lange, bis ich angefangen habe, dich zu würgen.«

Ich kann die Tränen nicht mehr zurückhalten.

»Karsten!« Vater legt eine Hand auf meine Schulter. Sie fühlt sich warm an und leicht. Nicht kalt und schmerzhaft klammernd wie in meinem Traum. »Das ist nie passiert! Ich habe dir nie gesagt, dass du schuld wärst, weil das auch völliger Unsinn ist. Und du hast mich nie gewürgt. Wir haben uns umarmt und beide geheult und geschrien, so traurig und entsetzt waren wir über das, was geschehen war.«

»Aber ich sehe es doch ganz deutlich vor mir!«

»Ich weiß nicht, warum du so was denkst und glaubst zu wissen, mein Junge«, sagt mein Vater und schluckt, »aber bitte glaub mir: Das ist niemals passiert! Das hast du dir zurechtgesponnen! Vielleicht ist dein Verstand nicht anders mit der Realität klargekommen! Vielleicht, weil deine Mutter dir von klein auf ständig Vorwürfe gemacht hat.«

Ich nicke langsam.

Die Neonröhren beginnen zu flackern, immer langsamer. Das gleichmäßige Rauschen der Straße schwillt an, braust und tost in meinem Kopf. Ich sehe, wie mein Vater weiter die Lippen bewegt, doch ich kann nicht mehr verstehen, was er sagt.

Vielleicht ist dein Verstand nicht anders mit der Realität klargekommen. Verstand nicht anders mit der Realität klargekommen. Verstand. Realität. Nicht klargekommen.

Die Neonröhren zucken wie ein langsames Stroboskoplicht, und aus dem Dunkel zwischen den Lichtblitzen sehe ich hellrotes Blut auf dem orangefarbenen Etikett auf einer schweren dunklen Flasche, die auf einen dicken Teppich fällt und davonrollt. Das Bild implodiert, fällt in sich zusammen. Mein Vater sieht mich fragend an, eindringlich, besorgt.

»Ich hatte einen epileptischen Anfall«, sage ich. »Einen Krampfanfall. Danach hat es angefangen.«

»Du hattest mal als kleines Kind einen Fieberkrampf«, antwortet mein Vater.

»Das hat Mama auch immer gesagt!«, schluchze ich. Mein Vater nimmt mich in den Arm und drückt mich fest an sich.

»Mein Junge«, sagt er. »Mein Junge.«

Das Telefon auf dem Schreibtisch klingelt. Widerwillig lässt mein Vater mich los und nimmt den Hörer ab.

»Ja?«, bellt er ungehalten in den Hörer. »Ja, ich komme gleich. Er wird wohl noch fünf Minuten haben.« Knallend legt er den Hörer auf und wendet sich wieder mir zu.

»Dieses verdammte Haus!« Er atmet schwer. Seine Stimme klingt gepresst. »Ich bin auch nach Berlin gegangen, weil ich es nicht mehr ausgehalten habe in diesem viel zu großen Haus, wo mich überall Erinnerungen an Marie-Luise gequält haben.«

Unwillkürlich zucke ich zusammen. Marie-Luise. So hat mein Vater sie mir gegenüber noch nie genannt.

»Das Haus hat uns die Haare vom Kopf gefressen. Diese dämliche alte Bruchbude! Aber sie musste ja unbedingt am Haus ihrer Großeltern festhalten! Und von Grund auf renovieren und mit allem Schnickschnack ausstatten. Sie dachte, das wären wir ihren Großeltern schuldig, diesen blöden alten Nazis! Aber selbst hat sie keinen Finger dafür krumm gemacht! Stattdessen nur das ewige Lamentieren!«

Erneut höre ich das Telefonklingeln vom Schreibtisch her.

»Entschuldige«, sagt er zu mir gewandt, »ich muss los. Die Pflicht ruft.«

Ich nicke und wische mir mit dem Handrücken über die Augen.

»Ich weiß«, sage ich. »Wie immer.«

Mein Vater legt den Kopf schief. »Ach komm!«, sagt er. Ich sehe, wie schwer es ihm fällt, jetzt zu gehen.

»Schon gut«, sage ich. »Aber ich glaube, es wird Zeit, dass ich aus dem Haus ausziehe.«

»Bist du doch längst«, wirft mein Vater ein. Er ist jetzt auf dem Sprung. »Du wohnst doch mehr in Opas Garten als im Haus.«

»Irgendwie hatte ich im Haus immer so ein diffuses Gefühl von Familie«, sage ich. »Und hab mich ein Stück weit verpflichtet gefühlt, Mama gegenüber, da zu sein. Zumindest ab und zu, weißt du?«

»Ich denke schon«, antwortet mein Vater langsam. »Aber das musst du nicht. Man muss nicht zu Hause rumsitzen, um der Mutter einen Gefallen zu tun. Früher, als sie noch gelebt hat, nicht. Und jetzt schon gar nicht.«

Er schaut mir tief in die Augen. Seine Augen sind hellblau und sein Blick ist liebevoll. Ganz anders, als ich es in Erinnerung hatte. »Und schon gar nicht nach dem, was passiert ist. Fühl dich frei! Wir können das Haus verkaufen. Wir können stattdessen was anderes kaufen. Eine Wohnung, ein Haus, etwas, das nicht vorbelastet ist. Wohin wir beide gerne kommen. Wo nicht die Vergangenheit auf allem lastet. Wo wir beide ... so etwas wie eine Familie sein können.«

»Ja, Papa«, sage ich, und dann brechen die Tränen aus mir heraus. Ich kann sie nicht mehr stoppen. Es ist so lange her, dass ich *Papa* zu meinem Vater gesagt habe.

»Aber vielleicht muss ich auch mal ganz weg. Weg aus Bremen. Weg aus Deutschland.«

»Ich muss jetzt wirklich los, Karsten«, sagt mein Vater.

Ich lasse mich aus dem Zimmer schieben. Frau Müller beäugt uns irritiert, als wir uns mit einer ungelenken Umarmung an der Tür verabschieden.

Der Kaffee steht unberührt auf seinem Tablett. Wo die Crema durch das lange Stehen zurückgewichen ist, starrt mich die schwarze Flüssigkeit vorwurfsvoll an. Doch für Vorwürfe habe ich keinen Blick mehr.

»Und Papa«, sage ich, als er bereits in der Tür steht, »ich will kein Geld mehr von dir. Ich möchte auf eigenen Füßen stehen.«

Mein Vater nickt. »Erwachsen werden, hm?«

Ich nicke.

»Finde ich gut.« Er lächelt. Anerkennend. Er kommt zurück und nimmt mich noch einmal in den Arm. »Aber lass ab und zu was von dir hören, ja?«

EPILOG

Indien. Am Arabischen Meer
Acht Monate danach

Sie erwartet mich schon am Strand an der Stelle, an der wir uns meistens am späten Nachmittag treffen, um auf den frühen, schnellen Sonnenuntergang zu warten.

»Hey«, ruft Luna. »Wo warst du denn so lange?«

»Im Internet«, antworte ich. »Es gibt Neuigkeiten!«

»Und was ist da drin?«

»Gleich«, sage ich und stelle die Tüte, nach der sie schon gegriffen hat, beiseite. »Erst die Neuigkeiten. Wo ist Miriam?«

»Gibt noch eine Yogastunde für die drei Neuseeländer, die gestern angekommen sind«, sagt Luna. »Ah, da kommt sie schon.«

Sie zeigt in Richtung der Hütten, wo sich Miriam, in einen hellblauen Sari gehüllt, ihren Weg durch die Menschenmenge bahnt. Sie lässt sich in den Sand plumpsen und schnauft tief durch.

»Angelina hat geschrieben«, sage ich, bevor Miriam »Hallo« sagen kann, und bei Miriam und Luna klappen die Kinnladen runter.

*

Kampen/Sylt. Ein Haus am Watt
Siebeneinhalb Monate danach

Doktor Werner Volkerts schiebt Angelina vor sich her, ihre beiden Schultern mit seinen heißen, feuchten Händen umfasst, die Treppe hinauf ins Obergeschoss, in ein Zimmer, ein Schlafzimmer, ein großes Bett, ein Schrank, ein Schreibtisch und ein Stuhl, auf einer Kommode ein Fernseher, den er anschaltet.

»Warte hier«, sagt er.

Er verlässt das Zimmer, schließt die Tür. Sie hört seine schweren Schritte die Treppe hinuntergehen.

Angelina starrt benommen auf den Fernseher, doch sie nimmt nicht wahr, was da läuft, kann nur an das Bild der verwesten und durch Vogelfraß zerfledderten Leichen auf dem Rücksitz des Cayenne denken. So etwas Ekelhaftes hat sie noch nie zuvor gesehen.

Angelina nimmt ihr Handy, ein nagelneues iPhone mit dem größten bestellbaren Speicher, gekauft von dem Geld, das sie von Matze bekommen hat, hart erarbeitetes Geld.

Sie öffnet das Mailprogramm, beginnt zu tippen. Sie wählt eine Adresse aus, die sie noch nie benutzt hat. Dann hält sie inne. Hektisch löscht sie den Text, setzt sich an den Schreibtisch, findet in der Schublade einen zerrupften, fast aufgebrauchten Collegeblock und einen Kugelschreiber, beginnt zu schreiben. Dann hält sie wieder inne, reißt das Blatt aus dem Block, zerknüllt es und steckt es tief in ihre Jeanstasche. Reiner Aktionismus. An so etwas hätte sie früher denken müssen.

Sie hört von unten Stimmen. Wenig später Autotüren. Sie schaut aus dem Fenster, doch Volkerts hat sie in ein Zimmer verfrachtet, von dem sie den Hof nicht sehen kann.

Sie schleicht hinaus in den Flur, ins gegenüberliegende Zimmer, späht aus dem Fenster.

Volkerts steht mit einem Mann im blauen Arbeitsoverall neben dem Cayenne. Sie reden, aber sie kann nichts verstehen und das Fenster zu öffnen, traut sie sich nicht. Schließlich geben sie sich die Hand, der Mann im Overall steigt in den Cayenne, lässt den Motor an und fährt langsam davon.

Wenig später ist Volkerts wieder bei ihr.

»Wer war das?«, fragt sie.

»Niemand«, antwortet er.

»Was hast du gemacht?«

»Ich hab es erledigt.«

»Wie meinst du das?«

»Vergiss die Sache«, sagt er. »Sie hat nie stattgefunden.«

Sie schweigt. Weiß nicht, was sie sagen soll.

Bis hierher ist es ja gut gelaufen. Von einer kleinen, bösen Idee, wie sie mittels ihres Wissens schnell zu viel Geld kommen könnte, über die mehr als einfache Internetsuche nach Doktor Werner Volkerts und der Bewerbung bei dem Schweizer Ableger der amerikanischen Investmentbank, bis hin zum Erregen von Volkerts Aufmerksamkeit und dem Wecken seiner männlichen Eitelkeit – alles ein Kinderspiel.

Es brauchte auch nicht allzu viel Geschick, um ihn von seiner Villa in Kampen erzählen zu lassen, und als er sich über seinen unzuverlässigen Hausverwalter beklagte, der sich aus unerfindlichen Gründen gar nicht mehr meldete, musste sie ihn nur noch ein kleines bisschen schubsen und sich gleichzeitig kleinmädchenhaft zieren, bis er schließlich scheinbar von selbst auf die Idee zu der gemeinsamen Reise nach Sylt gekommen war. Männer sind so leicht zu manipulieren, hat sie einmal mehr gedacht.

Nervös ist sie erst kurz vor Kampen geworden, denn ihr Plan ist nicht zu Ende gedacht, muss sie sich mit Entsetzen eingestehen. Was würde er jetzt mir ihr tun? Niemand weiß, dass sie mit ihm weggefahren ist, niemand weiß, wo sie ist. Wie konnte sie nur so leichtsinnig sein? Würde er sie genauso verschwinden lassen wie Matze und Enrico?

Aber dann, nach einem schier endlosen Schweigen, hörte sie ihn die erlösende Frage stellen:

»Okay, was willst du?« Seine Stimme klingt angespannt.

»Ich weiß nicht, ob ich das vergessen kann.«

Er seufzt. »Hast du Hunger?«

Sie schüttelt den Kopf. »Ich würde gerne wissen, was die Polizei dazu sagen würde.«

Er sieht sie verdutzt an.

»Ach so ist das«, sagt er schließlich und kann seine Enttäuschung nicht verbergen. »Wie viel willst du?«

»100.000 Euro.«

Er lacht laut auf. »Ich gebe dir 10.000.«

»Dann gehe ich zur Polizei und sage, dass du zwei Leichen hast verschwinden lassen.«

»Und wer soll dir glauben? Ich werde sagen, dass du mich erpressen willst.«

»Ich weiß, wie die beiden Toten heißen.«

Er sieht sie irritiert an. »Du willst mich doch verarschen.«

»Willst du's drauf ankommen lassen?«

»Na gut«, sagt er nach einer Weile. »Ich gebe dir 50.000. Mehr sind hier nicht im Tresor. Und dann haust du ab und verlierst kein Wort darüber, dass du überhaupt je auf Sylt gewesen bist.«

Er wendet sich ab, geht aus dem Zimmer, sie hört ihn erneut die Treppe hinuntergehen. Wenig später kommt er mit einem schlichten Stoffbeutel zurück. *Bellevue Apotheke*

Zürich steht darauf. Und: *Wacht Tag und Nach*t. Er wirft ihn aufs Bett.

»Und jetzt verschwinde.«

Sie greift nach dem Beutel. Mehrere Geldbündel liegen darin.

»Und wie soll ich verschwinden?«

»Deine Sache«, sagt er barsch. »Geh hoch zur Hauptstraße, ruf dir ein Taxi, lass dich zum Bahnhof bringen. Hast ja jetzt genug Geld. Und kein Wort zu niemandem, wenn du nicht willst ... Du weißt ja jetzt, dass ich Leute kenne ...«

Doch die letzten Worte hört Angelina schon nicht mehr. Hastig verlässt sie das Haus, ihren kleinen Rollkoffer in der einen, den Stoffbeutel mit dem Geld in der anderen Hand.

Wacht Tag und Nacht. Der Slogan hat eine merkwürdig bedrohliche Wirkung auf Angelina. Sie geht schneller, sie würde rennen, wenn ihre hochhackigen Schuhe es zuließen. Später im Zug hört sie den Slogan in dem Rattern der Räder auf den Gleisen. Wachttagundnacht. Wachttagundnacht. Wachttagundnacht. Sie ist froh, als der Hindenburgdamm hinter ihr liegt. Sie wird nie wieder nach Sylt zurückkehren.

*

Luna schaudert. »Das ist echt gruselig. Was der Banker wohl mit ... mit den ... ?«

»Ich will's gar nicht wissen«, murmelt Miriam.

Die Sonne steht inzwischen tief über dem Meer, hat sich zu einem Oval verformt und im tropischen Dunst eine blassorange Farbe angenommen.

Die Leute strömen aus dem Dorf, aus dem Camp, aus den kleinen Guest Houses hin zum Strand, Reisende, Hängengebliebene, Einheimische. Lachen, Reden und das Knattern von Motorrädern mit kleinem Hubraum schallen durch die Luft. Es riecht nach Feuer, Essen und Marihuana.

»Was ist denn nun in der Tüte?«, fragt Luna ungeduldig.

Ich befreie die Flasche aus dem zerknitterten braunen Packpapier. Das orangefarbene Etikett wirkt im Licht der untergehenden Abendsonne beinahe blutrot.

»Veuve Clicquot!« Miriam pfeift durch die Zähne. Luna lacht.

»Zur Feier des Tages«, sage ich. »Auf die Nachrichten von Angelina! Und mein Roman ist so gut wie fertig. Ich brauche nur noch ein gutes Ende.«

Miriam greift nach der Champagnerflasche. »Lauter gute Gründe zum Feiern!«

Ich nicke. »Aber wir haben keine Gläser!«

»Schrecklich«, flüstert Luna.

»Und der Schampus ist nicht gekühlt«, bemerkt Miriam.

»Igitt!« Luna schüttelt sich geziert. »Und haben wir zum Trinken nicht was Besseres?«

»Ich fürchte, der Dom Pérignon ist gerade alle.«

»So ein Pech.«

Miriam hat den Kopf auf meine Schulter gelegt. Sie riecht nach den Räucherstäbchen, die sie während der Yoga-Stunden abbrennt. Jetzt hebt sie den Kopf und wendet mir ihr Gesicht zu. Es ist nur wenige Zentimeter von meinem entfernt.

»Du hast doch bestimmt Gläser in deiner Hütte, oder?«, flüstert sie nach einer Weile.

»Hmmm«, antworte ich. »Soll ich dir mal mein Campinggeschirr zeigen?«

Sie kichert. »Das würde ich zu gerne sehen.«

Luna steht auf. »Ich lass euch zwei mal allein«, sagt sie

grinsend und geht. Schon nach wenigen Metern hat sie Leute aus dem Camp gefunden. Elijah, der Israeli mit den Rastas, legt den Arm um Lunas Taille und zieht sie mit sich. Sie dreht sich noch einmal um, winkt und lacht. Dann verschwindet sie zwischen den Grüppchen, die den Strand bevölkern. Lagerfeuer erleuchten flackernd gut gelaunte Gesichter.

Es ist gut, dass wir hierhergekommen sind. Ich habe keine Eile, nach Deutschland zurückzukehren, und auch wenn wir nicht darüber reden, glaube ich nicht, dass Miriam und Luna zurück möchten.

*

Miriam ist nicht das erste Mal in meiner winzigen Hütte. Aber es ist das erste Mal, dass sie sich in der kleinen Nasszelle mit dem kühlen Wasser aus dem großen Bottich, der die Dusche ersetzt, den Staub und Schweiß des Tages von der Haut wäscht.

Ich liege auf dem Rücken und sehe dem Gecko zu, der wie jeden Abend an der Decke sitzt und mich bewacht. Er sieht mich aufmerksam an, und ich bilde mir ein, dass etwas Besorgnis in seinem Blick liegt.

»Du musst nicht eifersüchtig sein«, flüstere ich ihm zu. »Du kannst hier bleiben und auf uns beide aufpassen.«

Das Licht geht aus und Miriam schlüpft zu mir unter das dünne Laken.

»Was hast du gesagt?«, flüstert sie mir ins Ohr.

»Der Gecko ist eifersüchtig auf dich.«

Sie lacht. »Damit kann ich leben. Ich glaube, er ist ein gutmütiger Typ.«

Sie schmiegt sich an mich. Ihre vom Wasser gekühlte Haut fühlt sich gut an in der stickigen Hitze der Hütte.

»Ich bin stolz auf dich«, flüstert Miriam. »Dass du das durchgezogen hast.«

»Den Roman?«

»Ja. Hast du echt alles aufgeschrieben? Alles, was passiert ist?«

»Im Prinzip schon.«

»Und schreibst du das hier auch noch auf? Das von heute Abend?«

»Unbedingt. Inklusive Gecko. Das ist das perfekte Ende.«

»Aber wenn doch jemand irgendwann eins und eins zusammenzählt?«

»Ich hab alles verfremdet. Niemand wird einen Bezug zur Realität herstellen können. Zum Beispiel wird der Gecko vielleicht eine Schildkröte werden und Indien wird zu Neuseeland und so weiter.«

*

In der Nacht wache ich auf. Wind ist aufgekommen. Er rauscht durch die Kronen der Palmen und pfeift durch die Ritzen der Hütte. Von irgendwoher dringt ein schwacher Lichtschein ins Zimmer und erleuchtet die Champagnerflasche, die wir auf dem Tisch am Fenster stehen gelassen haben. Sie ist noch mehr als halb voll.

Vielleicht liegt es an der indischen Hitze, vielleicht auch am asketischen Aussteigerleben, das wir hier führen. Oder eben an jener Nacht auf Sylt. Jedenfalls ist Luna, Miriam und mir die Lust auf Alkohol vergangen.

Ich bin aufgewühlt. Nachtschwarze Gedanken, manchmal kommen sie noch. Wir werden wegen der Geschehnisse auf Sylt keinen Ärger mehr bekommen. Wir sitzen an einem sehr schönen Ende der Welt. Wir werden so lange bleiben können, wie wir wollen, dafür sorgt Lunas Vater. Aber irgendetwas in mir fühlt sich noch nicht rund an.

Miriam regt sich, dreht den Kopf, sieht mich fragend an.

»Du bist ja wach«, stellt sie fest.

»Hab so viele Gedanken im Kopf.«

»Sylt?«

»Hmmm.«

»Ich auch.«

Wir schweigen und hängen unseren Gedanken nach.

»Was hast du mit Franziska eigentlich getuschelt?«, frage ich. »Damals, als sie, in die Decke eingewickelt, zurück aus dem Unwetter ins Haus kam während des Flaschendrehens.«

Miriam sieht mich belustigt an. »Das verrate ich dir nicht. Aber es hatte nichts mit dir zu tun, auch wenn du das vielleicht glaubst.«

»Wir sollten heute einen Schlussstrich ziehen«, sage ich. »Die Vergangenheit endgültig abschließen. Heute ist der perfekte Tag dafür.«

Sie lacht leise. »Ritual?«

Ich nicke. »Komm«, flüstere ich, »wir gehen an den Strand!«

Wir schlüpfen in unsere Kleider und hinaus in die Nacht. Es ist kühler geworden. Ich fröstle, obwohl es noch immer mindestens 25 Grad warm ist. Wir huschen durch den Palmenhain wie zwei, die etwas zu verbergen haben.

Der Strand ist menschenleer. Der Wind und die Flut haben das Wasser bis zur ersten Palmenreihe hinaufgedrückt und die Feuerstellen überspült. Zwischen uns und den Sternen eilen Wolken vorüber.

»Einen letzten Schluck?«, frage ich und halte ihr die Champagnerflasche hin.

Miriam schüttelt den Kopf. »Bloß weg damit!«

Ich hole mit der rechten Hand weit aus und schleudere die Flasche so fest ich kann hinaus ins Arabische Meer. Bald wird das Wasser wieder ablaufen. Die Flasche wird von der Ebbe hinaus aufs Meer gezogen und von der Strömung nach Süden getragen werden, in den Indischen Ozean, weit weg von hier.

*

Am nächsten Morgen ist der Himmel wolkenverhangen. Im Lauf des Tages fängt es an zu regnen, zunächst leise plätschernd, dann laut prasselnd. Der Monsun ist gekommen, doch noch, endlich.

DANKE …

an Sina Beerwald fürs Laufenlernen in Sachen Schreiben, für unzählige gute Ratschläge und für den unerschütterlichen Glauben an mich und dieses Buch

an Baumi, Ulrike, Esther, Angela, Ingeborg, Monika und Rebecca für den immer wieder intensiven und motivierenden Austausch während mittlerweile unzähliger Abende

an David Safier für Rat, Zuspruch und Gelassenheit zu enorm wichtigen Zeitpunkten und vor allem für den Steinbruch …

an meine Lektorin Claudia Senghaas für die wunderbare Zusammenarbeit und die immer positive Art und Einstellung, mit der sie die Buchwerdung meines Manuskripts begleitet hat

an Kurt Geisler für Enthusiasmus und das Öffnen einer Tür zu gerade noch rechter Zeit

an Steffi, Sebbo, Katrin, Eva und Bernhard für soap-artige Verwicklungen und einen Urknall vor vielen, vielen Jahren

an die Broockis und die mit ihnen Verbundenen für Anker und Hafen – durch euch bin ich als Süddeutscher (»südlich von Hannover«) zumindest ein bisschen zum Fischkopp geworden.